문우영 신무협 장편소설
ORIENTAL FANTASY STORY & ADVENTURE

악공전기(樂工傳記) 5
출사(出師), 싸우러 나가다

초판 1쇄 인쇄 / 2008년 7월 10일
초판 1쇄 발행 / 2008년 7월 20일

지은이 / 문우영

발행인 / 오영배
편집장 / 김경인
펴낸 곳 / (주)삼양출판사 · 드림북스

주소 / 서울특별시 강북구 미아8동 322-10호
대표 전화 / 02-980-2112~4 팩스 / 02-983-0660
편집부 전화 / 02-980-2116 팩스 / 02-983-8201
홈페이지 / www.sydreambooks.com

등록번호 / 제9-00046호
등록일자 / 1999년 3월 11일

ⓒ 문우영, 2008

값 8,000원

(주)삼양출판사 · 드림북스의 서면 허락 없이는 어떠한
형태나 수단으로도 이 책의 내용을 이용하지 못합니다.

ISBN 978-89-542-2741-4 04810
ISBN 978-89-542-2584-7 (세트)

* 지은이와 협의하에 인지는 생략합니다.
* 잘못된 책은 구입한 곳에서 바꾸어 드립니다.

목차

제1장 사육(飼育)의 기술 • 007

제2장 여래강림(如來降臨) • 033

제3장 불의 검(熱火之劍) • 073

제4장 떠나는 사람들 • 097

제5장 변방(邊方)의 노장(老將) • 137

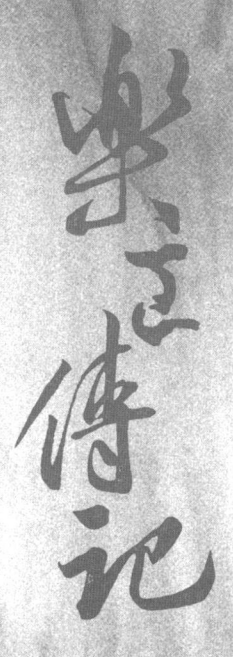

제6장 혈랑애(血狼崖)에 이르다 • *187*

제7장 폭풍전야(暴風前夜) • *231*

제8장 적(笛)과 적(笛)의 대결 • *267*

제9장 일기당천(一騎當千) • *307*

제10장 승천패(昇天牌)의 출현 • *351*

제1장
사육(飼育)의 기술

 세상을 바꾸는 거대한 사건이나 천하를 뒤흔들 거인의 등장이 예고 없이 이뤄지는 경우가 종종 있다.

 그러나 모든 일에는 반드시 시작이 있기 마련이다. 다만 그 처음이 미약해서 세상이 미처 알아채지 못할 따름이다.

 무림맹에 들어간 석도명의 출발 또한 그랬다. 그가 입맹 신청을 한 사실이 널리 알려질 까닭도 없었으려니와, 그걸 알게 된 소수의 사람들도 의외로 조용한 반응을 보였다.

 단호경과 수하들은 '사부님의 가문에 관해 알아볼 일이 있다'는 석도명의 설명에 달리 토를 달지 않았다. 석도명의 유별난 삶과 터무니없는 능력에 대해서는 어느 정도 면역이 돼 있던 탓이다.

무려 10년이나 장님 행세를 했던 석도명이 이제 와서 황군에 들어간다고 한들 대수롭지 않을 듯했다.

반면, 남궁세가의 사람들은 그 소식을 접하고 남몰래 서운함을 달래며 침묵을 지켰다.

석도명을 놓친 건 아쉬웠지만, 그의 비범함을 다른 문파에게 떠벌리고 싶지 않았다. 결과적으로 남궁설리가 석도명에게 거절당했다는 사실이 소문나게 할 수도 없는 일이었다.

남궁강은 '사람의 인연은 쉽게 끊어지지 않는 것'이라며 진한 여운을 남겨뒀고, 남궁설리는 석도명에게 '세가의 친구로 남아 달라'고 부탁했다. 그리고 남궁호천은 '어디에 있건 가는 길이 같으면 그만'이라며 의미심장하게 웃었다.

이제 석도명에게는 스스로의 힘으로 헤쳐가야 할 길이 남아 있었다.

그러나 그 길의 시작은 별로 순탄치 않았다.

"후우……."

석도명이 무겁게 고개를 흔들었다.

그 앞에는 천리산을 비롯한 다섯 사내가 죽어라 제마환검을 펼치고 있다. 저편에서는 단호경이 혼자 구화진천무의 수련에 한창이었다.

석도명의 얼굴이 어두운 것은 관음의 경지에서 살펴본 단호경과 천리산 등의 검이 그저 어지러운 탓이다.

천리산과 이광발, 서량, 곽석, 구엽이 펼치는 제마환검은 한마디로 엉망이었다.

오히려 처음 만났을 때만 해도 저 정도는 아니었다. 많게는 20년에서 적게는 5, 6년 이상을 열심히 갈고 닦은 덕에 최소한의 기초는 단단히 잡혀 있는 편이었다.

하지만 유감스럽게도 그들의 제마환검이 엉망이 된 까닭은 온전히 석도명에게 있었다.

'본성을 버린 것은 소리가 아니다'라며 제마환검에 감춰진 본성에 치중하라고 조언을 해준 게 화근이라면 화근이었다. 그 충고를 받아들인 막내 구엽이 오직 무거움에만 매달린 끝에 첫 초식인 제산정협(制山淨俠)에 담긴 중검(重劍)의 묘를 깨달았다. 그리고 비무에서 천리산을 꺾었다.

그 뒤로 단호경의 수하들은 지난 2년 반 동안 제마환검의 초식보다는 그 원천을 파고드는 데 심혈을 기울였다.

이제 다섯 사내의 검은 과거와는 전혀 달랐다.

1초식 제산정협은 무거워졌고, 2초식 운무천휘(雲霧天煇)에는 날카로움이 더해졌고, 호곡응맥(浩谷膺脈)은 그 화려함이 빛을 발했다. 일락반조(日落返照)를 펼치면 검이 나지막이 울었으며, 만엽소류(萬葉疏流)는 거침없는 변화를 보였고, 마지막 초식인 풍명진림(風鳴振林)은 바람처럼 몰아쳤다.

문제는 여섯 개의 초식이 각각으로써는 완성도가 높아진 반면, 초식간의 어울림은 완전히 깨지고 말았다는 점이다.

원래의 제마환검이 여섯 초식으로 이뤄진 하나의 검법이라면, 지금 천리산 등이 펼치는 것은 하나의 초식으로 이뤄진 여섯 개의 검법이라고 함이 옳았다. 아니, 진실을 말하자면 여섯 개의 검법에서 빌려온 여섯 개의 초식이 아무런 연관성 없이 따로 놀고 있었다.

본시 검법이란 그 안에 완결된 흐름과 구조를 갖고 있어야 하는 법이다. 실전에서 벌어질 수 있는 여러 가지 상황에 맞춰 구성된 다양한 검로가 압축적으로 담겨야 하기 때문이다.

그래서 자연스럽게 상호보완 관계에 있는 몇 개의 초식이 하나의 검법을 이루는 것이 보통이다. 초절정의 경지에 들어간 상승의 무공이 아닌 바에는 달랑 하나의 초식으로 완성되는 검법은 세상에 아주 드물었다.

더욱이 천하의 무공에 통달한 고수라고 해도 매 초식마다 새로운 검법을 펼치며 싸우기는 쉽지 않은 일이다. 검법을 바꿀 때마다 어쩔 수 없이 빈틈이 드러나기 마련인 까닭이다.

다섯 사내가 직면한 문제가 바로 그랬다. 초식이 갈릴 때마다 멈춰 서서 자세를 바로 하지 않으면 다음 초식을 이어갈 수가 없었다.

그동안 외찰대가 대대적으로 동원될 만한 사건이 없었기에 망정이지, 실전에서 써먹었더라면 목숨을 위태롭게 하고도 남을 결함이었다.

주악천인경을 펼친 석도명의 눈에는 다섯 사내의 검에서 피어나는 소리가 실타래처럼 꼬이거나, 툭툭 잘려나가는 것이 선명하게 보였다.

엉망이 된 저 실타래를 고르게 펼쳐내도록 만들면 되는 것인데 그 방법이 도통 찾아지지 않았다.

"알면 알수록 모르는 것만 는다고 하더니……."

석도명이 한숨을 내쉬며 고개를 돌렸다.

이번에는 죽어라 검을 휘두르고 있는 단호경의 모습이 눈에 들어왔다. 단호경이 벌써 두 시진 넘게 혼자서 수련을 하고 있는 동안 석도명은 근처에도 가지 않았다. 해줄 말이 없는 탓이다.

솔직히 석도명에게는 단호경의 구화진천무가 더 큰 충격이었다. 단호경은 무려 18년이나 구화진천무를 익혔다. 무공 수준 또한 천리산 등을 크게 앞서 있었다.

자신이 경험한 것을 잘 전해 주면 단호경이 단번에 껍질을 깨고 나올 것으로 믿어 의심치 않았다. 한 달 정도의 시간이면 불을 뿜어내는 경지까지는 몰라도, 검에 열기를 담는 수준은 가능하리라는 계산이 있었다.

그러나 단호경은 석도명의 기대를 엄청나게 배신해 버렸다.

단호경과 닷새가량 손을 섞어본 뒤 석도명은 손을 들었다. 자신이 깨우친 경지는 다 보여주지도 못했다. 걷지도 못하는 아이에게 뛰는 법을 가르칠 수 없질 않은가?

사육(飼育)의 기술

단호경이나 그의 수하들의 가슴 안에서 뭔가가 가득 차오르는 것은 분명했다. 다만 물을 가두고 있는 둑을 터뜨릴 결정적인 계기를 찾지 못하는 상황이었다.

그리고 그것은 단 하루 만에 해결될 수도, 반대로 10년이 걸릴 수도 있는 문제였다.

어쩌면 한 달이라는 시한이 정해진 것이 단호경의 발목을 잡고 있는지도 모른다는 생각이 들었다. 추헌과의 비무 약속 때문에 자신도, 단호경도 강박증에 빠진 것 같았다.

석도명이 자꾸만 고개를 들어 숲 어귀를 바라봤다. 누군가를 기다리는 듯한 기색이다.

그리고 머지않아 그 누군가가 모습을 드러냈다.

"오셨습니까? 많이 기다렸습니다."

"끄끄, 망할 놈. 좋은 곳도 많은데 또 숲이냐?"

부도문이 퉁명스런 말과는 달리 편안한 얼굴로 가을색이 완연한 숲 속을 천천히 둘러봤다. 낯선 사람이 등장하자 단호경과 수하들이 일제히 수련을 멈췄다.

"하하, 석 악사께서 초청하신 분이오?"

이광발이 먼저 웃음을 띤 얼굴로 다가왔다. 석도명이 대체 누구를 불러왔는지 궁금했기 때문이다.

"예, 제가 형님으로 모시고 있는 분입니다. 부도문이라는 함자를 쓰십니다."

"오오, 그렇소이까? 허허, 이거 석 악사의 형님이라면 잘 모셔야겠구먼. 저 그런데 올해 춘추(春秋; 나이)가……."

이광발이 나이를 물으면서 슬쩍 천리산을 쳐다봤다. 부도문이 40대 중반의 천리산은 물론 30대 후반인 자신보다도 어려 보인 탓이다.

"아, 나이가…… 좀 많으시죠. 형님이 워낙 동안이시라……. 하하하, 나이가 뭐 중요하겠습니까?"

석도명이 어색하게 웃었다.

부도문 앞에서 나이를 따지다가 경을 친 사람이 어디 한둘이던가? 석도명은 당장에라도 부도문의 입에서 '대가리에 피도 안 마른 것들'이라는 말이 떨어질까 봐 은근히 긴장하고 있었다.

"허허, 어쨌거나 반갑습니다."

"아이고, 처음 뵙겠습니다."

"우와, 정말로 미남이시네요. 부럽습니다."

단호경의 수하들이 앞 다퉈 부도문에게 인사를 했다. 그들의 눈길에 담긴 것은 따스함과 호기심이었다. 석도명이 형님으로 모시는 사람이라면 어딘가 비범한 구석이 있을 것만 같아서다.

사내들이 부도문과 인사를 채 끝내기도 전이다.

"뭐? 형님이 어째? 누구 허락을 받고!"

저편에 혼자 있던 단호경이 버럭 소리를 지르며 달려왔다.

딴에는 그럴 만한 이유가 있었다. 자신과 석도명은 형식적이긴 하지만 의형제를 맺은 사이다.

 석도명의 형님이라면 자신에게도 형님이라는 이야기가 아닌가? 자신도 모르는 사이에 기생오라비 같이 생긴 놈을 형님으로 모셔야 한다니!

 단호경은 일이 잘못되기 전에 바로잡을 생각이었다.

 "너, 너! 네가 뭔데 형님이야?"

 단호경이 잡아먹을 듯한 눈빛으로 석도명과 부도문을 번갈아 노려봤다.

 자신이 석도명과 의형제를 맺은 건 어디까지나 필요에 의한 일이었다. 그로 인해서 다른 사람과 마구잡이로 관계를 맺을 수는 없는 것이다.

 하지만 부도문의 반응은 영 심드렁했다.

 "끄끄, 이 멧돼지가 네놈 의제냐?"

 "뭐 멧돼지? 이놈이 죽으려고 환장을 했나?"

 단호경이 주먹을 번쩍 치켜들었다. 생긴 것과 달리, 아니 생긴 게 흉측한 관계로 외모에 대해서는 누구보다 민감했다.

 그러나 부도문에게 통할 수법이 아니었다.

 "웩!"

 다음 순간 단호경은 외마디 비명과 함께 거품을 물고 쓰러졌다. 부도문의 손이 느리게 단호경의 복부를 스쳐간 다음의 일이었다.

 "어, 어……."

"허걱!"

단호경의 수하들이 경악을 금치 못한 얼굴로 입을 다물지 못했다. 세상에 저보다 더 느린 몸짓이 있을까 싶게 움직인 부도문의 손이 실제로는 전광석화처럼 단호경을 제압했다는 사실이 놀라울 뿐이었다.

너무 빨라서 오히려 느리게 보인다는 풍소만류(風嘯晩流; 바람이 불어 늦게 흐른다)나, 그림자가 동작을 따라가지 못한다는 이형환위(以形換位)의 경지가 바로 저런 게 아닐까 싶었다.

단호경이 입에 거품을 문 채 혼절을 하자 부도문이 아무 일도 없다는 듯이 석도명을 바라봤다. 본래의 용건으로 들어가자는 재촉이었다.

"자, 여러분께서는 제마환검을 펼쳐주십시오."

석도명이 곧장 본론으로 들어갔다.

부도문이 이 자리에 나타난 것은 석도명으로부터 무공을 봐달라는 부탁을 받고서였다.

남궁호천이 부도문에게 따귀를 맞고서 각성을 했듯이, 단호경과 수하들 또한 부도문에게서 뭔가를 배울 수 있지 않을까 하는 것이 석도명의 생각이었다.

구화진천무도, 제마환검도 모르는 부도문이기에 오히려 잡아낼 수 있는 부분이 있을지도 몰랐다. 자고로 바둑판에서도 훈수를 두는 사람의 눈에만 보이는 것이 있지 않던가!

석도명의 말을 알아들은 다섯 사내가 허둥지둥 자리를 잡고는 검을 바로 세웠다. 보기 드문 고수가 자신들의 무공을 봐주 겠다는데 무얼 주저하겠는가?

석도명이 쓰러진 단호경을 살피는 동안 다섯 사내가 제마환 검을 펼치기 시작했다. 이내 숲속 공터가 다섯 자루의 검에서 뿜어지는 바람 소리로 가득 찼다. 잠시 뒤 제마환검이 끝났다.

"끄끄끄, 좋구나. 정말 좋아."

"예? 정말…… 그렇게 좋습니까?"

천리산이 자신 없는 음성으로 물었다. 이광발과 서량, 곽석, 구엽 또한 전혀 믿기지 않는다는 표정을 지어 보였다. 문제가 많아서 죽을 지경인데 좋다니?

"어떤 점을 좋게 보신 겁니까?"

석도명이 물었다.

부도문의 성격상 입에 발린 칭찬을 했을 리가 없다. 분명 뭔가 좋은 점을 본 모양이다.

"끄끄, 바탕이 좋거든. 하나하나가 정종(正宗)의 무예로다. 본성이 어쩌고저쩌고 했다더니 제대로 건졌어. 끄끄끄."

"하지만 이대로는 써먹을 수가 없지 않습니까? 조화가 전혀 안 되는데."

"조화? 끄끄끄, 그건 대가리 터지게 싸우는 거라며?"

"그렇기는 하지요……."

석도명의 표정은 조금도 밝아지지 않았다.

"그래, 서로 대가리가 터지게 싸워서 제자리를 지키게 하란 말이다. 서로 빼앗지 못하게 하는 것, 그게 바로 조화니라!"

사실 유일소가 석도명에게 가르쳤고, 석도명이 다시 부도문에게 전했던 부상탈야(不相奪也)야말로 조화에 이르는 근원이요, 첩경(捷徑; 지름길)이었다.

석도명이 그 이치를 모를 리가 없다.

하지만 이질적인 기운이나 소리를 다스리는 것과 제마환검 여섯 초식을 조화시키는 것은 좀 다른 문제였다. 석도명이 부상탈야를 통해 얻은 조화는 동시성(同時性)을 전제로 한 것이기 때문이다.

제마환검의 여섯 초식은 순서대로 펼쳐지는 것이지 동시에 서로의 우위를 다투지는 않았다.

이를 테면 동시에 연주되는 두 악기의 소리는 서로 충돌하고 경쟁할 수 있지만, 첫 초식인 제산정협이 중간 초식인 일락반조와 충돌을 할 일이 없지 않은가?

"끄끄, 업어 쳤으면 메치는 방법도 찾아봐야지."

"예? 메치라고요?"

"뭐 사는 이치가 그렇다는 거지. 끄끄, 더 묻지 마라. 피곤하다."

석도명의 얼굴에 실망과 흥분이 묘하게 엇갈렸다. 부도문 특유의 토막 어법에 담긴 해결의 실마리를 알 것 같기도 하고,

모를 것 같기도 한 탓이다.

석도명이 아무런 말이 없자 부도문이 턱짓을 해보였다.

"끄끄, 이 멧돼지는 어쩌랴?"

부도문이 가리킨 곳에는 단호경이 정신을 잃은 채 뻗어 있었다. 점혈을 당한 것도 아닌데 깨어나지 못하는 것을 보면 슬쩍 스쳐간 부도문의 손끝이 어지간히 매웠던 모양이다.

"글쎄요, 진짜로 심각한 건 이쪽인데……."

석도명이 난처하게 말꼬리를 흐렸다.

정말 급한 사람은 추헌과의 비무를 앞둔 단호경이다. 부도문을 청한 것도 사실은 단호경 때문이었다.

헌데 성미 급한 단호경이 초면에 주먹부터 쳐들었다가 한 방에 정신을 놓아 버렸다. 부도문에게 곱게 보여도 부족할 판에 말이다. 부도문의 성격이라면 단호경을 순순히 도와줄 것 같지가 않았다.

"끄끄, 이놈은 내게 맡겨라. 간만에 멧돼지나 요리해 보게."

"옛?"

석도명이 불길한 느낌에 흠칫 몸을 떨었다.

부도문이 안고 살아가는 엄청난 살기를 생각하면 단호경을 진짜로 멧돼지처럼 요리하지 말라는 법도 없었다. 그 지독함을 여러 차례 겪어본 터라 석도명의 눈에는 부도문이 단호경의 몸에 칼을 대는 모습이 선하게 그려졌다.

다행히도 부도문의 말은 그런 뜻이 아니었다.

"끄끄끄…… 짐승 길들이는 재미가 있더란 말이지."
"아, 예."
석도명의 입가에 안도의 미소가 번졌다.

염씨 노인에게서 들은 이야기가 있었다. 한동안 틈만 나면 개를 잡아먹자고 날뛰던 부도문이 요즘은 개를 길들이는 데 푹 빠져 하루 종일 마당에서 지낸다고 했다.

죽음의 고비를 넘긴 뒤 어떤 심경의 변화가 있는지 모르겠지만, 확실히 부도문은 달라지고 있었다.

'설마 죽이기야 하겠어.'

석도명의 대답이 떨어지자 부도문은 망설이지 않고 단호경의 뒷덜미를 움켜쥐었다. 그리고는 기절한 단호경의 거구를 질질 끌며 깊은 숲속으로 들어갔다.

그 안에서 무슨 일이 벌어질지는 이제 두 사람만이 알 수 있으리라.

부도문이 멀어져 가는 것과 동시에 천리산 등이 석도명에게 몰려들었다.

"서, 석 악사 괜찮을까?"
"아이고, 형님도. 설마 진짜 인육을 먹겠소?"
"먹지는 않아도 패잡기는 하겠던데."
"그러게, 손속이 장난이 아니던걸."

모두들 단호경을 걱정했다. 그도 그럴 것이 부도문이 마지막에 단호경을 내려가는 모습은 정말로 사냥한 멧돼지를 끌고

가는 듯했다. 아무리 봐도 부노분은 사람과 짐승을 다루는 데 구분을 두는 것 같지가 않았다.

"걱정하지 마십시오. 저래 봬도 좋은 분이십니다."

"그럼, 그럼. 석 악사가 형님으로 모시는 분인데 좋은 분일 게야."

호들갑을 떨던 이광발의 표정이 그런대로 밝아졌다.

"그나저나…… 우리가 문제네요. 업어 쳤으면 메치라는 게 대체 무슨 뜻일까요?"

석도명이 힘없이 던진 물음에 다섯 사내는 꿀 먹은 벙어리가 됐다.

"험험, 석 악사가 뭘 심하게 업어 쳤던 모양인데, 그게 대체 뭔가?"

천리산이 망설이다가 어렵게 한 마디를 보탰다.

"글쎄요. 제가 뭘 업어 쳤는지를 알면 답이 나올까요?"

"……"

석도명의 되물음에 누구도 입을 열지 못했다.

'제길, 아무래도 답이 없는 모양이로구나.'

천리산이 어두운 얼굴로 공연히 하늘만 올려다봤다.

무림맹에 처음 입맹해 제마환검이 적힌 검보를 받아들고 얼마나 희열에 떨었던가? 그리고 몇 년이 지나지 않아 제마환검의 한계에 얼마나 좌절했던가? 석도명을 만나 희망이 보이나 했더니 다시 제자리였다. 부도문 같은 고수도 답을 모르겠다고 한다.

　머리를 맞대고 제마환검을 만들어냈다는 여러 문파의 고수들은 그 사실을 이미 알고 있었을 것이다. 제마환검이 뛰어난 상승의 무공이 될 방법이 있었다면 그들이라고 그렇게 하지 않았을 리가 없다.

　아니, 진짜 그런 가능성이 있는 무공이라면 애초에 어중이떠중이들을 모아 놓은 외찰대에 제마환검을 전했을 리가 있겠는가?

　다른 이들도 비슷한 생각을 한 것일까? 누가 먼저랄 것도 없이 다섯 사내가 모두 검을 내려놓은 채 땅바닥에 주저앉아 깊은 고민에 빠져들었다.

　석도명 또한 두 손으로 머리를 감싼 채 좀처럼 고개를 들지 않았다.

　석도명의 머릿속으로 여러 가지 생각이 스쳐 지나갔다.

　본성을 잃은 것은 소리가 아니라고 믿었고, 그래서 제마환검에 담긴 본래의 소리에 귀를 기울이라고 충고를 해줬다. 그러나 본성을 찾고 나니, 이제는 조화를 되찾을 길이 보이지 않는다.

　부도문은 업어 쳤으면 메치라고 한다. 처음대로 되돌려 놓으라는 말인가, 아니면 자신의 방식대로 끝까지 밀고 나가보라는 뜻인가?

　석도명이 눈을 질끈 감았다. 그리고 천리산 등이 펼치는 제마환검이 소리를 다시 떠올렸다.

수도 없이 보고 들은 덕에 여섯 초식이 울려내는 소리, 그 소리에서 펼쳐지는 기의 움직임이 손에 잡힐 듯 선명하게 그려졌다. 붙었다 떨어지기를 반복하면서 한없이 엉켜드는 소리의 향연은 살아 꿈틀거렸다. 문제는 그 역동성이 너무 지나치다는 점이다.

'역시 진성(眞聲)조차도 지나쳐서는 안 되는 거다.'

석도명이 그 생각과 함께 주악천인경의 한 구절을 떠올렸다.

크기는 균을 넘지 않고, 무게는 석을 지나지 않는다
(大不出鈞 重不過石).

소리가 음악으로써 제구실을 하려면 너무 크거나, 너무 작아서는 안 된다고 배웠다. 또 너무 맑거나, 너무 흐린 것 역시 적합하지 않다.

소리의 지나침을 경계한 구절이 바로 크기는 균(鈞; 30근, 적절한 크기를 나타내는 상징적 숫자임)을 넘지 않고, 무게는 석(石; 120근)을 지나지 않아야 한다는 것이었다. 제대로 다듬어진 소리란 크고, 작고, 가볍고, 무거움에 치우쳐서는 안 된다는 뜻이다.

결국 자신이 해야 할 일은 크고 작고, 무겁고 가벼움이 제멋대로 살아서 날뛰는 여섯 초식의 소리를 고르게 가다듬는 것이리라. 문제는 검의 소리를 듣는 법은 알아도, 소리에 맞춰 검법을 뜯어 고치는 방법은 모른다는 것이다.

'후우, 검으로 음악을 연주하는 거라면 모를까……'

순간 석도명의 뇌리에 뭔가가 번득 스쳐갔다.

석도명이 자신도 모르게 주먹을 불끈 쥐었다. 생각이 트이자 걷잡을 수 없이 한 방향으로 내달리고 있었다.

그렇게 시간이 얼마나 흘렀을까? 석도명이 혼자 생각에 취해 머릿속으로 이것저것을 짜 맞추는 동안 숲에는 어느새 어둠이 내리기 시작했다.

저벅저벅.

정적을 깨고 발자국 소리가 들려왔다.

석도명을 비롯한 여섯 사람이 일제히 고개를 들었다. 날이 제법 어둑해진 탓에 제법 컴컴해진 숲 그림자를 헤치고 부도문이 걸어 나왔다. 혼자였다.

석도명이 다가가 물었다.

"제 아우는 어디 있습니까?"

"끄끄, 손질을 좀 했으니 육질은 많이 좋아졌을 게다."

"예? 육질이라뇨?"

"헙!"

단호경의 수하들이 신음에 가까운 탄성을 내뱉었다. 멧돼지를 요리하겠다던 부도문의 말이 떠오른 탓이다. 개나 돼지를 잡을 때 육질을 부드럽게 하려고 때려서 죽이기도 한다더니 부도문의 말이 딱 그 짝이 아닌가?

천리산 등이 먼저 달려갔고 석도명이 그 뒤를 따랐다.

단호경은 피떡이 되어 땅바닥에 누워 있었다. 너무 많이 맞은 탓인지, 아니면 죽자고 덤벼들다가 기력이 쇠한 탓인지 좀처럼 눈을 뜨지 못했다.

"아이고, 백정이 따로 없구먼."

"석 악사의 형님은 정말 끔찍하오."

"단 조장이 과격하기는 해도 나쁜 사람은 아닌데……."

천리산과 후배들이 혀를 내두르며 석도명을 바라봤다. 무슨 생각으로 부도문을 끌어들여 사람을 이 모양으로 만들었냐는 원망이다.

석도명이 쓴웃음을 지었다.

보지 않아도 그림이 훤히 그려졌다. 부도문은 가타부타 설명도 없이 주먹만 휘둘렀을 테고, 단호경 또한 성질을 이기지 못해 이를 악물고 덤벼들었을 것이다.

단호경 자신은 왜 맞는지도 모르고 맞았을 테지만 석도명은 따로 짚이는 구석이 있었다.

"너무 흥분하지 마십시오. 그럴 만한 이유가 있었을 겝니다."

"단 조장이 본시 매를 버는 성격이기는 하지만 이건 좀 과하지 않소."

이광발은 석도명이 말한 '이유'라는 것을 버릇들이기 정도로 생각한 모양이었다.

"그런 게 아닙니다. 그분한테 이 정도로 맞는 것도 쉬운 일이 아니거든요. 항주에 있을 때는 그분께 뺨을 때려달라고 날마다 술을 싸들고 찾아온 사람도 있었답니다. 그 사람은 단 조장보다 더한 고수였지요."

"후아……."

"말도 안 돼."

사내들이 믿을 수 없다는 듯이 고개를 흔들었다.

"쓰벌…… 나는…… 죽어도…… 술은…… 안 사."

그때 다 죽어가는 음성이 들려왔다.

의식을 놓은 줄 알았던 단호경이 석도명의 말에 반응을 보인 것이다. 그 말에 천리산 등의 표정이 변했다.

단호경 또한 자신이 맞은 의미를 알고 있다는 뜻이 아닌가? 알 수 없는 부러움이 몰려들었다.

"조장은 좋겠소. 착한 형님에, 모진 큰형님까지 얻었으니."

천리산이 단호경의 어깨를 툭 쳤다.

머리로는 이해할 수 없는 일이었지만, 아마도 이 고비가 지나고 나면 단호경은 더 먼 곳으로 날아갈 것만 같았다.

"제길, 석 악사 형님은 멧돼지만 사육하나? 여기 인간들도 잔뜩 있는데."

이광발이 푸념을 쏟아냈다. 그 또한 천리산과 같은 심경이었다.

"뭐? 멧돼지? 이……것들이……."

다 죽어가던 단호경이 치를 떨며 부르짖었다.

*   *   *

 석도명이 한 달도 채 남지 않은 서품전을 앞두고 골머리를 앓고 있는 순간, 무림맹에서도 여러 사람이 같은 문제로 고민에 빠져 있었다.
 "이번 서품전의 심사와 진행방식의 결정은 소림사에 일임할 것이오."
 무림맹주 여운도의 한 마디가 청공전에 울려 퍼졌다.
 "허어……."
 "소림사라……."
 십대문파와 오대세가 문파의 수장들이 일제히 술렁였다.
 각 문파의 자존심이 걸려 있는 민감한 사안을 특정 문파가 독점한다는 이야기에 충격을 받은 것이다.
 헌원세가의 가주인 헌원소 또한 그런 사람들 가운데 하나였다.
 '허, 겉보기와 달리 교활한 놈이로고. 소림사를 걸고 들어가다니.'
 무림맹주직을 내놓겠다는 여운도의 협박에 코가 꿰어 서품전 개최를 억지로 승인하기는 했지만 대다수 문파들은 내심 다른 생각을 갖고 있었다.
 여러 가지 명분과 구실을 내세워 계속 트집을 잡겠다는 심사였다. 무림을 대표하는 문파들이 여운도에게 끌려 다니는 모습을 보일 수는 없기 때문이다.

헌원소만 해도 호락호락 넘어갈 생각이 전혀 없었다. 특히나 서품전의 공정성 문제야말로 벼르고 있던 사안이었다.

적게 잡아도 500명이 넘는 무사들이 일일이 비무를 벌여 실력을 가린다는 것은 누가 봐도 불가능한 일이다. 결국은 평가기준을 세워 어느 정도 선에서 추려내는 작업이 필요할 것이고, 그 과정에는 필경 각 문파의 고수들이 동원될 수밖에 없었다.

아마도 십대문파와 오대세가의 수장들을 중심으로 심사단이 꾸려질 테고, 거기에서부터 각 문파의 알력이 벌어질 수밖에 없다는 것이 일반적인 예상이었다. 모두가 수긍할 수 있는 공정한 심사단의 구성이란 애초에 불가능한 일일 테니 말이다.

헌데 여운도는 소림사에 모든 것을 맡기겠다며 자신은 발을 빼 버렸다. 이제 여운도를 걸고넘어지려면 소림사를 먼저 거론해야 하니 완전히 뒤통수를 맞은 격이었다.

헌원소가 불편한 음성으로 입을 열었다.

"크흠, 소림사의 처신이 공정함은 세상이 다 아는 일이외다. 하지만 결국은 사람의 일이니 어찌 오해가 없겠소이까? 소림사에만 너무 부담을 안기는 것 같아서 마음이 편치 않소이다."

"옳소이다. 소림사를 너무 곤란케 해서는 안 될 일이오. 다들 아시다시피 정각선사께서 방장을 맡은 뒤로 소림사에서 뛰어난 기재들을 많이 배출하지 않았소이까? 그들이 이번 서품전에서 뛰어난 실력을 발휘할 것이 분명하거늘, 나중에 혹시라도 사문의 덕을 봤다는 헛소문에 시달리게 될까 두렵소이다."

종남파의 장문인 두한모가 냉큼 거들고 나섰다. 몇 년째 온갖 이권사업에 보조를 맞추다 보니 이제는 헌원소와 '실과 바늘'로 통하는 사이였다.

두한모의 말은 소림사를 한껏 치켜 올리고 걱정해 주는 것 같았지만, 사실은 '소림사가 자파 제자를 유리하게 심사하지 않겠냐'는 지적이었다.

"흐음, 독점이라는 게 본시 폐단이 많은 법이라오."

"협력과 공존이라는 무림맹의 설립 취지를 잊지 맙시다. 심사든 뭐든 공동으로 하는 게 옳을 것이오."

여기저기서 헌원소와 두한모를 지지하는 음성이 들려왔.

여운도가 소림사를 끼고 영향력을 키우는 것은 누구도 원치 않는 일이었다.

노골적인 반발에도 불구하고 여운도의 얼굴에는 일말의 흔들림도 보이지 않았다.

"여러분의 걱정을 이해하오이다. 그래서 소림사는 무림을 위해 큰 희생을 감수하기로 했소이다."

여운도가 정각선사를 바라봤다. 다음 말을 직접 해달라는 뜻이다.

"아미타불……."

정각선사가 불호를 외우는 것으로 잠시 뜸을 들인 다음 입을 뗐다.

"소림사는 이번 서품전에 참가하지 않을 것이오. 본문의 제자들은 앞으로 무림맹에서 아무런 품계도, 직책도 받지 않고 백의종군(白衣從軍; 벼슬 없이 싸움에 참가함)하기로 했소이다."

"어허……."

좌중에서 일제히 탄성이 쏟아졌다.

아무리 명리(名利)에 초탈했다고 해도 소림사의 승려들 또한 속으로는 피가 끓는 무림인이다. 헌데 정당한 실력을 평가 받지 못하는 것은 물론, 무공의 고하와 상관없이 다른 문파의 제자들에게 고개를 숙이겠다는 것이다.

소림사가 그 정도의 희생을 감수하면서 심사를 맡겠다고 하니 이를 반대할 명분은 딱히 떠오르지 않았다.

각파 수장들의 얼굴이 하나같이 복잡해졌다. 설마 했는데 이제는 꼼짝없이 서품전에 끌려들어가게 됐다.

게다가 그동안 무림에서 익톨이나 다름없던 무림맹주가 소림사와 손을 잡았다는 사실 또한 마음에 걸렸다.

여운도를 무림맹주로 떠받든 이유는 단지 그가 허수아비였기 때문이다. 그런 여운도가 막후교섭을 통해 소림사를 움직였다는 것은 심상치 않은 기류 변화였다.

여운도의 최측근으로 분류되는 군사 사마중 또한 머릿속이 많이 혼란스러웠다.

'어허, 그동안 모르는 게 없다고 믿었거늘……, 이제 와서는 맹주의 마음을 도통 헤아릴 수가 없구나.'

평생 동지로 여기며 살아온 여운도다. 헌데 얼마 전 무림맹주 자리에서 물러나겠다고 폭탄 발언을 했을 때 자신은 그런 낌새를 사전에 조금도 눈치채지 못했다.

그러더니 이번에는 자신과 한 마디 상의도 없이 소림사를 등에 업었다.

대체 여운도는 이 어수선한 시국을 두고 어떤 그림을 그리고 있는 것일까?

적과 아군이 수시로 갈리고 바뀌는 냉혹한 강호에서 자신은 언제까지 여운도의 편으로 남을 수 있을까?

어쨌거나 소림사가 서품전 불참을 선언하는 것으로 회의는 허무하게 끝이 났다. 소림사와 철천지간의 원수가 되기로 마음을 먹지 않는 한 더 이상 반발할 여지가 없었기 때문이다.

이로써 서품전의 방식은 소림사의 뜻에 따라 정해지게 되었다. 그것은 거대문파 간의 피 튀기는 싸움을 기대했던 세간의 속된 관심과는 거리가 먼 방향이었다.

제2장
여래강림(如來降臨)

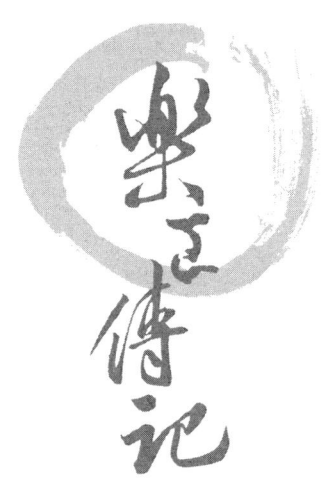

강호를 시끄럽게 했던 중양절이 지나갔다.

녹림맹도, 소의련도 성대하게 개파대전을 마쳤다.

녹림맹의 개파대전은 장룡구방의 총방주인 교룡신쟁(蛟龍神爭) 천수작(千修作)이 하객으로 참석했다는 사실만으로도 세간의 화제가 됐다. 그동안 물과 기름같이 겉돌기만 하던 산적패와 수적패가 마침내 손을 잡았다는 소문이 빠르게 번져 나갔다.

세간에서는 심지어 황하를 주름 잡고 있는 황하수채련(黃河水寨聯)마저도 조만간 녹림맹과 장룡구방에 가세할 것이라는 예측이 나돌았다.

녹림맹주로 공식 추대된 멸산도제 우무중은 무림맹으로 상징되는 거대문파의 전횡을 타파하겠다고 목청을 높였다.

　십대문파와 오대세가가 겉으로는 협의를 내세우면서, 정작 뒤로는 제 잇속을 챙기기 위해서 정사(正邪) 간의 편 가르기를 하고 있다고 맹비난을 퍼붓는 것도 잊지 않았다.

　우무중이 녹림맹주의 자격으로 내린 첫 명령은 '청산과 장강의 형제들은 십대문파와 오대세가의 곳간을 털어 빈민을 구제하자' 는 것이었다.

　녹림맹과 장룡구방은 거기서 한 걸음 더 나아가 십대문파와 오대세가의 보호 아래 있는 표국과 상단의 재물을 집중적으로 약탈하겠다는 선언을 했다.

　소의련 역시 무림맹으로 상징되는 십대문파와 오대세가를 비난하는 데 열을 올렸다.

　비록 녹림맹과는 거리를 두겠다는 입장을 밝혔지만, 중소문파가 관련된 표물에는 손을 대지 않겠다는 녹림맹의 선언만은 거부하지 않았다.

　녹림맹과 소의련이 기세를 떨치는 바람에 역설적으로 무림맹의 행보가 더욱 세간의 관심을 끌게 됐다.

　무림맹은 이 위기를 어떻게 넘길 것인가? 그동안 허수아비 맹주 노릇을 해온 여운도가 과연 개혁을 통해 무림맹을 손아귀에 틀어쥘 수 있을 것인가? 사람들이 모이는 곳마다 그 문제를 놓고 열띤 토론이 벌어졌다.

　그리고 무림맹 개혁의 향배를 좌우할 서품전의 개막이 마침내 하루 앞으로 다가왔다.

　무림맹 앞에 십여 명의 승려들이 모습을 드러냈다.
　오랜 여행 때문인지 먼지를 뽀얗게 뒤집어 쓴 잿빛 가사는 누추했지만 승려들의 기도는 하나같이 범상치 않았다. 무림맹 정문을 향해 당당하게 걸어가는 모습만으로도 그들의 신분을 짐작할 수 있었다.
　소림사의 승려들이다.
　스무 살쯤 되어 보이는 젊은 승려가 무림맹의 현판을 올려다보면서 상기된 표정을 지었다.
　"사숙, 그래도 다행입니다. 서품전이 시작되기 전에는 도착했으니 말입니다."
　"그러게 말이다. 후발대라고 해도 많이 늦었지?"
　젊은 승려의 말을 받은 40대 중반의 승려는 만감이 교차하는 표정이었다.
　그의 법호는 성목(省苙). 소림사의 팔대호원(八大護院) 가운데 다섯 번째 자리를 맡고 있었다.
　강호에 모습을 드러내는 법이 없다는 팔대호원이 무림맹에 나타난 것은 서품전 심사를 위해서였다. 팔대호원은 물론 사대금강(四大金剛)과 십팔나한(十八羅漢)까지 서품전을 위해 총동원된 상태였다.
　그중에서도 성목의 감회는 특별했다. 거의 20년 만에 다시

찾은 무림맹이다. 이곳에서 보낸 20대 초반의 기억이 조금씩 되살아났다.

'그때는 정말 겁도 없었는데……'

성목이 서둘러 옛 기억을 밀어냈다. 지금은 감상에 빠져 있을 때가 아니다. 사소한 이기심에 치여 사분오열(四分五裂)된 무림맹의 상황이 걱정스러웠다.

그 와중에 서품전의 심사를 떠맡은 소림사의 책임은 막중하기만 했다.

성목이 소림사의 젊은 제자들과 함께 서둘러 무림맹 안으로 들어섰다.

그때 누군가가 반가운 기색으로 달려왔다.

"저, 혹시 성목 스님 아니십니까?"

말을 걸어온 사람은 성목과 비슷한 또래로 보이는 중년의 사내였다.

성목이 선뜻 아는 체를 하지 못했다. 상대가 누구인지 전혀 기억에 없었다.

성목의 뒤에 서 있던 젊은 승려들이 의아한 표정을 지었다. 지긋한 나이에 어울리지 않게 사내가 하급무사 복장을 하고 있는 까닭이다. 게다가 강호에서 이름 높은 천수신권(千手神拳)을 태연하게 '성목 스님'이라고 불렀으니 자못 황당하기까지 했다.

성목이 자신을 기억하지 못하자 사내가 얼른 이름을 밝혔다.

"저, 천리산입니다. 20년 전에 태고하(太古河)에서 제 목숨을 구해주셨잖습니까. 제가 그때 낭령오시(狼靈五屍)한테 죽을 뻔했는데……."

"아…… 생각납니다."

성목이 어렴풋한 기억을 되살렸다. 과거 아녀자를 상대로 무차별 살인을 저지르던 낭령오시라는 낭인 무사들을 추격해 척살했던 일이 있었다.

당시 포위망을 짜고 있던 젊은 무사 하나가 죽음의 위기에 처해 있던 것을 구해준 사실이 떠올랐다. 그 이름도, 얼굴도 잊은 지 오래였지만 말이다.

성목이 뒤늦게 아는 체를 했으나 천리산의 얼굴에서는 이미 반가운 기색이 사라진 다음이었다.

옛 은인을 만났다는 기쁨에 앞뒤 가리지 않고 달려오기는 했지만, 자신과 성목 사이에 가로놓인 엄청난 격차를 비로소 깨달았기 때문이다.

"소식은 늘 듣고 있었습니다. 친수신권이라는 별호도 얻으시고, 팔대호원에도 오르시고……."

천리산이 말꼬리를 흐리며 뒤로 물러섰다.

상대는 소림사에서도 고수로 손에 꼽히는 팔대호원이고 자신은 그때나 지금이나 초라한 하급무사다. 그의 앞길을 가로막고 서 있기에는 자신의 신분도, 과거의 인연도 보잘 것 없었다.

"허허, 이렇게 아는 분을 만나니 반갑습니다. 아직 외찰대에 계시는 모양입니다."

성목이 웃으며 천리산에게 말을 붙였다. 갑자기 기가 죽은 모습을 보니 오히려 모른 척 지나치기가 어려웠다. 하지만 그 말투가 너무 공손해서 천리산은 되레 거리감을 느꼈다.

"하하, 외찰대가 없어졌으니 저도 서품전을 통해 새 직책을 받게 되겠죠."

"예, 그렇겠군요. 부디 좋은 결과가 있으시기를 바랍니다."

"예. 예…… 그럼, 다음에 또 뵙겠습니다."

천리산이 황망하게 고개를 숙이고는 성목 일행에게서 멀어져갔다.

성목이 안쓰러운 눈길로 천리산의 뒷모습을 바라봤다.

젊은 승려 하나가 성목에게 말을 붙였다.

"어휴, 사숙께서 무림맹에 계셨던 게 벌써 20년 전 아닙니까? 아직도 외찰대 하급무사라니 좀 심하군요."

"쯧쯧, 그렇게 말할 것이 아니다. 저 사람이라고 어디 노력이 부족했겠느냐? 사문의 도움을 받지 못해서 그런 게지."

성목이 혀를 찼다. 소림사 같은 명문 정파에 들어갈 기회는 아무나 잡을 수 있는 것이 아니었다.

"그나저나 서품전에 참가한다니 사숙께서 직접 심사를 할 수도 있겠군요. 저 사람한테는 도움을 주실 수도 있겠습니다."

"허어, 심사는 공정해야 하는 법이다! 게다가 그런 일이 있을 것 같지도 않고…….”

잠깐 언성을 높였던 성목이 이내 말끝을 흐렸다.

돌이켜 보니 천리산에 대한 기억이 새록새록 되살아났다. 목숨을 구해준 뒤 한동안 은인으로 모시겠다면서 자신의 뒤를 졸졸 따라다닌 일이 있었다.

성목이 그 청을 받아들이지 않았음은 물론이다. 출가한 몸으로 속세의 인연에 다시 얽히고 싶지 않다는 분명한 이유가 있기는 했다. 하지만 아무 연줄도 없는 하급무사가 자신에게서 뭔가를 얻어 보려고 그러는 게 아닐까 하는 성가심도 적지 않았다.

“쯧쯧…… 딱한 사람 같으니라고.”

멀어져가는 천리산을 보면서 성목이 고개를 저었다.

40대 중반을 바라보는 나이에 무슨 영화를 보겠다고 무림맹의 하급무사로 남아 있는지, 보기가 안쓰러웠다.

그동안 어떻게 살았는지 알 수는 없으나 여태 하급무사를 벗어나지 못한 것을 보면 이번 서품전에서 높은 품계를 받기는 불가능할 것이다.

성목이 천리산의 뒷모습을 향해 조용히 합장을 했다. 과거 젊은 날의 치기로 그를 무시했던 게 미안했다. 그러나 이제 와서도 천리산에게 베풀어 줄 수 있는 거라고는 그저 작은 연민뿐이었다.

합장을 끝낸 성목이 이내 천리산에 대한 생각을 깨끗이 지왔다. 지금은 과거의 기억 따위에 신경을 쓸 때가 아니었다. 사문의 안위, 더 나아가 무림의 상래를 위해서 걱정해야 할 일이 너무 많았다.

* * *

마침내 서품전이 시작됐다.

세간의 뜨거운 관심과 달리 서품전이 벌어지는 동안 무림맹 내부는 조용하기만 했다. 당초 기대했던 비무대회가 아니라 품계 심사형태로 그 방식이 정해진 탓이다.

소림사로서는 서품전이 과열될 경우 각 문파간의 화합에 금이 갈 수 있다는 점을 고려한 조치였지만, 그로 인해서 낙담한 사람들이 적지 않았다.

특히나 간만에 구경거리를 기대하고 찾아왔던 외부인들이 실망을 감추지 못했다.

단호경에게 본때를 보여주겠노라고 칼을 갈고 있던 추헌 또한 김이 빠진 사람 가운데 하나였다.

소림사가 내놓은 서품전 방식은 간단했다.

무림맹에는 천(天), 지(地), 인(人), 용(龍), 호(虎)의 다섯 품계를 위한 심사장이 설치된다. 서품전 참가자들은 자신이 원하는 품계에 도전을 해서 통과하면 상위단계 도전이 가능하고, 반대로 실패하면 하위단계로 내려가야 한다.

여기에 약간의 수정이 가해졌다. 십대문파와 오대세가가 아무나 상위 품계에 도전하는 것은 곤란하다는 입장을 표했기 때문이다. 명예욕에 불타 무모한 도전이 줄을 이을 것이라는 우려를 내세웠지만 실상은 최소한의 기득권을 인정해 달라는 요구였다.

 결국 직책이 낮은 무사들은 하위 품계부터 단계를 밟아 올라가게 됐다. 하급무사의 경우에는 입문심사를 먼저 거친 뒤에야 최하 품계인 호품에 도전할 수 있었다. 물론 십대문파와 오대세가의 제자들은 그보다 위 품계에서 도전을 시작하게 됐다.

 품계별 심사가 치러지는 동안에도 구름 같은 관중이 몰려들어 고수들의 대결을 지켜보는 광경은 연출되지 않았다. 품계 심사장에 외부인의 출입이 철저히 차단된 탓이다. 무림맹 소속의 무사들조차 자신이 도전하는 품계가 아니면 다른 심사장에 드나들 수 없었다.

 그럼에도 서품전은 소리 없이 치열했다. 각 문파가 자파 제자들을 상위 품계에 통과시키기 위해서 전력을 다한 결과였다.

 그러다 보니 자연스럽게 무림맹에 파견할 각파 제자들의 수준도 과거와 비교할 수 없게 높아졌다. 그 또한 무림맹주 여운도가 바라던 일이었을 것이다.

 반면 각파가 전력을 다해 임하는 바람에 중소문파의 제자들에게 기회를 주겠다던 당초의 취지는 조금 빛이 바래는 것 같았다.

첫날 심사가 끝났을 때, 250여 명에 달하는 외찰대 무사 가운데 3분의 2 가량이 입문심사에서 탈락해 최하 품계조차도 받지 못했다.

개인적으로 무림맹에 가담한 무림지사들로 구성된 금강대의 고수들이 그나마 실력을 발휘했지만 십대문파와 오대세가에 비하면 숫자가 크게 밀렸다.

자파 제자들이 압도적인 실력으로 상위 품계를 장악하자 십대문파와 오대세가의 어깨에는 잔뜩 힘이 들어갔다.

그러나 서품전은 아직 끝난 게 아니었다. 하위 품계를 통과한 무사들에게는 계속 상위 품계에 도전할 기회가 남아 있었다.

소림사 팔대호원은 오늘도 용무당(龍武堂)에 나와 있다. 팔대호원이 담당하고 있는 세 번째 품계 즉, 인품 심사가 이곳에서 열리기 때문이다.

"사형, 이제 마지막이군요. 오늘도 잘 끝나야 할 텐데 말입니다."

성목의 말에 셋째 사형인 성오(山俉)가 웃음을 지었.

"하하, 여태 잘 했는데 뭐 잘 되지 않겠나. 게다가……."

성오가 갑자기 음성을 낮췄다.

"……오늘은 도전자가 얼마 없어서 곧 끝날 것 같구먼."

"예, 그렇겠지요."

성목이 조용히 고개를 끄덕였다. 사형이 목소리를 낮춘 까닭을 그 또한 알았다.

오늘 용무당에서 심사를 받을 사람들은 첫날 제일 아래 단계인 호품에서 시작해 어제 용품 심사를 통과한 하급무사들이다. 솔직히 용품 심사에서 하급무사가 다섯 명이나 살아남아 호품에 진출했다는 소식 자체가 의외였다.

그러나 그 기적도 오늘로 끝이 날 것이다. 호품 심사를 맡았던 십팔나한과 오늘 심사관으로 나서는 팔대호원의 무공은 그 격이 달랐다.

십대문파와 오대세가의 제자들로 구성된 오당의 단원들 가운데서도 상당수가 팔대호원의 벽을 넘지 못했다. 심지어는 후기지수로 이뤄진 창룡대에서도 탈락자가 제법 생겼다.

하급무사의 신분으로 여기까지 온 것은 장한 일이나, 팔대호원은 그들을 결코 쉽게 통과시켜 주지 않을 터였다.

잠시 뒤 용무당에 들어서는 추레한 차림의 다섯 사내를 보고서 성목은 눈을 비벼야 했다. 전혀 기대하지 않았던 얼굴이 그들 가운데 있었다.

다섯 사내가 일렬로 도열해 인사를 올리고 그중 가장 늙수그레한 사내가 먼저 앞으로 나서며 포권을 했다.

"천리산입니다."

성목이 넋을 잃은 채 천리산의 얼굴을 바라봤다.

그때 귀에 익은 음성이 성목의 귀에 들어왔다.

"세 사람은 쉬어도 되겠구먼. 누가 먼저 수고를 해줄 텐가?"

팔대호원을 이끄는 감원(監院)의 자리를 맡은 성결(省潔)이 8명의 심사관 가운데 누가 천리산을 상대할 것인지를 물은 것이다.

"제가 하겠습니다."

성목이 자신도 모르게 불쑥 대답을 했다. 아무래도 아는 얼굴이 나오는 바람에 저절로 몸이 반응을 한 것 같았다.

성결이 승낙의 뜻으로 고개를 끄덕였다.

그러나 정작 앞으로 걸어 나가면서 성목은 후회하고 있었다.

'허, 경솔했구나. 이 친구에게 또 좌절을 안겨야 하다니.'

생각해 보니 자신의 손으로 천리산을 떨어뜨려야 하는 상황이었다. 얼굴을 안다고 봐줄 생각은 조금도 없으니 말이다.

"규칙은 간단하오. 내가 펼치는 일곱 초식을 견뎌내면 통과하는 게요. 준비됐소?"

성목이 담담한 어조로 심사규칙을 설명했다.

"준비됐습니다."

"최선을 다하시오."

"예, 정말로 최선을 다하겠습니다."

"……."

성목의 얼굴이 무거워졌다. 최선을 다하겠다는 천리산의 굳은 의지가 그대로 가슴에 전해진 까닭이다.

'그래, 자존심 하나로 버텨온 거겠지.'

천리산의 얼굴에 가득한 것은 고집이자, 자존심이었다. 천리산이 하급무사 신세를 면치 못하면서도 20년 넘게 무림맹을 지키고 있는 데는 그만한 집념이 있었던 모양이다.

성목이 주먹을 쥐었다. 애초에 섣부른 연민이나 감정 따위가 끼어들 자리가 아니었지만, 정말로 최선을 다해서 천리산을 시험하고 싶었다.

공격은 천리산으로부터 시작됐다.

공격을 하든지 수비를 하든지 일곱 초식을 견뎌내면 되는 것이다. 여태껏 팔대호원이 먼저 도전자들에게 손을 쓰는 경우는 없었다. 심사라고 해도 고수가 먼저 출수를 하는 건 강호의 도리가 아니었다.

성목은 맨손으로 천리산의 첫 공격을 가볍게 받아냈다. 제마환검은 과거 무림맹에 있을 때 수도 없이 접해봤다. 게다가 첫 초식인 제산정협은 바로 소림사의 달마육검에 뿌리를 둔 것이다. 애쓰지 않아도 그 길이 훤히 보였다.

"금강사자(金剛獅子)!"

성목의 입에서 낭랑한 음성이 터져 나왔다.

성목의 두 주먹이 천리산의 검면을 밀어내면서 맹렬하게 쳐들어갔다. 아홉 개의 권영(拳影)이 허공에 중첩되는 듯한 착각을 일으키면서 곧장 천리산의 가슴에 쏘아졌다. 소림사의 절예 가운데 하나인 금강복마권(金剛伏魔拳)이었다.

"헙!"

천리산이 다급하게 헛바람을 뿜으며 뒤로 물러섰다. 검로를 꿰뚫고 있는 성목의 반격에 초식이 잘리는 바람에 서둘러 몸을 피할 수밖에 없었다.

선공의 실익은 얻지도 못한 채 곧장 수세에 몰리게 되자 천리산의 검은 순식간에 어지러워졌다.

그나마 위태로운 가운데서도 성목의 공격을 용케 피해내고 있는 게 다행이었다.

성목이 천리산의 빈틈을 노려 임기응변으로 절초를 펼치지 않고 우직하게 정해진 초식을 밟아나갔기 때문이다. 목숨을 취하기 위한 싸움이 아니라, 상대의 실력을 가늠하기 위한 심사인 탓이다.

천리산을 몰아치며 성목은 짙은 실망을 느끼고 있었다.

'고작 이 정도였나?'

결정적인 결함을 안고 있는 제마환검으로는 죽었다 깨어나도 고수가 될 수가 없을 것이다. 그렇다 해도 첫 초식에서 무너진 천리산의 실력은 너무나 어설펐다.

'응?'

헌데 다음 순간 성목의 얼굴에 미세한 변화가 생겼다. 천리산이 허겁지겁 제산정협을 끝내고는 다음 초식으로 들어간 직후였다.

당연히 제마환검의 두 번째 초식인 운무천휘가 이어질 줄 알았는데 엉뚱하게도 네 번째 초식인 일락반조(日落返照)가 이어진 것이다.

상대의 검로를 미리 예상하고 뻗어나가던 성목의 주먹이 허공에서 급작스럽게 방향을 바꿨다. 초식의 순서를 바꾸는 정도의 얄팍한 수법에 당할 성목이 아니다. 다만 상대의 초식을 너무 자세히 읽고 있던 탓에 권의 흐름에 미세한 파문이 일었다.

그 틈을 천리산의 검이 파고 들어왔다.

성목이 재빨리 몸을 낮춰 검을 피해내면서 다리를 뻗어 천리산의 하체에 반격을 가했다.

천리산이 제자리에서 껑충 뛰어오르더니 거리를 두고 뒤로 물러났다. 기회를 이용해 잠시 숨을 고르려는 모양이었다.

"금강연호(金剛燕濩)!"

성목이 금강복마권 가운데 가장 빠른 일수를 내뻗으며 천리산을 덮쳐갔다. 제마환검의 순서를 바꾸는 얄팍한 속임수에 찰나의 틈을 허용했지만, 마음 놓고 쉬도록 해줄 생각은 없었다.

"풍명진림(風鳴振林)!"

천리산이 성목의 공격에 맞서 제마환검의 6초식을 펼쳐냈다. 사마세가의 현조비검에 바탕을 둔 풍명진림 또한 빠름을 근간으로 하는 초식이었다.

퍼엉, 펑!

뒤이어 성목의 권영과 천리산의 검이 부딪치면서 묵직한 폭발음이 터졌다.

성목과 격돌할 때마다 천리산의 몸은 반 보씩 뒤로 밀려났다. 그런데도 더 이상 허둥대는 기색은 보이지 않았다. 아니, 천리산이 펼치는 제마환검은 시간이 지날수록 촘촘해지는 느낌이었다.

'이상하다. 이게 뭐지?'

성목은 알 수 없는 위화감에 사로잡혔다. 어느 순간부터인가 천리산의 기세가 달라졌는데 그 까닭이 쉽게 납득되지 않았다.

여전히 열세를 보이고 있으면서도 천리산의 안색은 너무나 평온했다. 아니, 뭔가에 홀린 듯 상대를 안중에도 두지 않는 모습이었다.

성목이 자신의 허리께로 검을 흘려보내고는 상대를 감싸 안듯이 천리산의 몸에 바싹 다가섰다. 거리를 좁혀 결정적인 한 수를 날리기 위함이다.

그러자 천리산이 성목의 팔을 피해 빙글 몸을 돌렸다.

"고고중림(姑姑仲林), 임중고태(林仲姑太)……."

서로의 몸이 비껴가는 그 순간에 성목은 들을 수 있었다. 천리산이 뭔가를 나지막이 흥얼거리고 있는 것을.

아까부터 자신을 괴롭히던 위화감의 정체가 무엇인지 그제야 깨달아졌다.

천리산은 계속해서 이상한 가락을 흥얼거리며 자신을 상대하고 있었다.

천리산만이 아니었다. 천리산과 함께 올라온 외찰대 하급무사 4명이 지그시 눈을 감고 앉아서 낮은 음성으로 같은 노래를 부르고 있었다.

실제로 천리산은 언제부턴가 자신이 노래에 취해 검을 휘두르는 것인지, 아니면 검에 취해 노래를 흥얼거리는지를 잊고 있었다.

'이 노래를 빼고 나면 내 검은 무엇이 될까?'

천리산은 스스로에게 물었다.

그 질문은 석도명이 낯선 가락을 가르쳐 주면서 자신들에게 던진 것이었다.

> 부도문이 제마환검을 봐주고 이틀이 지난 뒤 석도명은 천리산과 후배들에게 종이 두 장을 건넸다.
> "이게 뭐야? 일일상척(一一上尺), 척상일사(尺上一四), 합합사일(合合四一), 일사사(一四四)······."
> "어이쿠, 머리 깨지겠다."
> "아이고, 이건 더 어렵네. 고고중림(姑姑仲林), 임중고태(林仲姑太), 황황태고(黃黃太姑) 고태태(姑太太)라니······ 석악사 이게 뭐요?"

"혹시 무공비급인가?"

"맞아, 검보(劍譜)야, 검보!"

석도명이 나눠준 종이에는 도무지 해석할 수 없는 글자들이 빼곡히 적혀 있었다.

"하하, 이건 검보가 아니라 악보입니다."

"잉? 악보? 악보라고!"

"자, 종이 제일 아래를 보면 각각 10개 또는 12개의 글자가 일렬로 적혀 있는 게 보이죠? 그 순서를 먼저 외워야 이해가 될 겁니다. 그게 바로 음계니까요."

석도명이 나눠준 것은 정말로 악보였다.

석도명은 '일일상척'으로 시작된 것이 십이율(十二律; 12개의 기본음)과 사청성(四淸聲; 음역의 표시)을 열 개의 문자로 기록하는 방식인 공척보(工尺譜)의 음계라고 했다.

반면 '고고중림'으로 시작한 구절은 황종(黃鐘), 대려(大呂), 태주(太簇), 협종(夾鐘), 고선(姑洗), 중려(仲呂), 유빈(蕤賓), 임종(林鐘), 이칙(夷則), 남려(南呂), 무역(無射), 응종(應鐘)을 일컫는 12개 음률의 첫 글자를 그대로 옮겨 적는 율자보(律字譜)였다.

"헉! 음계를 외우는 게 무공하고 무슨 관계가 있는 겐가?"

40대 중반에 접어든 천리산은 손에 쥔 게 악보라는 사실이 난감하기만 했다.

'이 나이에 배우다, 배우다 이제 음악공부까지 해야 한단 말인가!'

그런 천리산의 내심을 아는지 모르는지 석도명의 설명이 계속되었다.

"자자, 둘 중에서 편한 쪽을 골라서 하나만 외우시면 됩니다. 뭐, 이제부터 제가 들려드리는 곡조를 단번에 듣고 외울 수 있으면 악보가 필요 없을 테지만요."

"이걸 외우라고? 왜 그래야 하는데?"

천리산의 반문에 석도명은 담담하게 말을 이어갔다.

"이 곡조를 익히십시오. 그리고 앞으로 제마환검을 펼칠 때 이 음악에 맞춰 움직여야 합니다."

"헐, 음악에 맞춰 검법을 펼치라면…… 설마 검무를 추라는 거요?"

"흠, 그렇게 생각할 수도 있겠군요. 이렇게 생각해 보죠. 검법에 음악을 더하면 검무가 된다. 그러면 그 검무에서 음악을 빼면 뭐가 남을까요?"

"그거야 당연히 검법이지."

"크크, 어째 셈법 공부도 해야 하는 건가?"

천리산의 답변에 이광발이 한 마디를 거들었다.

석도명을 알게 된 뒤로 소리와 무공이 결코 별개가 아님을 알았지만 검과 음악의 관계를 더하고 빼기로 설명하는 것은 아무래도 낯설었다.

"그렇지요. 검법이 남습니다. 하지만 처음의 검법과 나중의 검법은 결코 같지 않을 겁니다. 이 음악이 여러분의 제마환검에 하나의 결을 만들어 줄 테니까요."

"결이라…… 흐흐, 점점 더 모를 이야기로군."

"아따, 형님! 우리가 뭐 언제는 알고 익혔소? 결이 뭐든지 간에 석 악사가 하라면 하는 거지."

천리산과 이광발이 서로를 바라보며 고개를 주억거렸다. 워낙에 죽이 잘 맞는 사이였지만, 두 사람 모두 석도명을 믿고 따라 가자는 데는 이견이 없었다.
 석도명이 설명을 이어갔다.
 "결이라는 것을 너무 어렵게 생각하실 필요는 없습니다. 바람결이나 물결 같은 것을 떠올려 보세요. 움직임에는 어떤 흐름이 있는 법이지요. 아니, 꼭 움직이는 것에만 결이 있는 것은 아닙니다. 돌이나 나무를 쪼개 보면 역시 그 안에 결이 보이지 않습니까? 세상 만물을 이루는 기본 형태가 결이다, 그렇게 보면 될 겁니다. 결을 익히는 것이 결국 만물의 본질을 꿰뚫는 핵심이 되는 겁니다."
 "크흠, 석 악사. 나는 아직도 어렵소. 결을 익히라니……."
 "좀 더 쉽게 설명을 하자면, 물결을 잘 헤치는 사공은 남들보다 빨리 가고 나뭇결을 잘 다루는 나무꾼은 쉽게 나무를 베죠. 그들의 몸이 이미 결을 따라 움직이기 때문입니다. 검을 쓸 때도 마찬가지 효과가 나타나지 않겠습니까?"
 "오호! 그런 게 결이었구려."
 "형님들, 살결이 고와야 미인이라는 말도 있잖습니까."
 "구엽아, 살결은 젊은 네놈이나 많이 익혀라."
 사내들은 수다를 오래 떨 수 없었다. 석도명이 뜻밖의 이야기를 했기 때문이다.
 "아, 한 가지가 더 있습니다. 이 음악은 여러분이 펼치는 제마환검에서 들리는 소리를 가락으로 다듬은 겁니다. 그 과정에서 더할 것은 더하고, 뺄 것은 뺐지요."
 "잉, 뭘 더하고, 뭘 뺀 거요?"

천리산과 후배들은 그날부터 기이한 하나의 곡조를 익혔다.

음악에 맞춰 검을 펼쳐라!

너무 황당한 이야기였지만 천리산은 반신반의(半信半疑; 반은 믿고 반은 의심함)하면서도 그 말을 따랐다.

누구는 무공을 위해서 죽도록 맞기도 하는데, 음악 하나를 더 배우는 게 무슨 대수겠는가? 아니, 석도명이 자신들 때문에 몇 날을 고생하며 만든 것임을 알기에 따르지 않을 수가 없었다.

석도명이 전해준 곡조는 결코 가슴을 울리는 아름다운 선율이 아니었다.

그런데 이상하게도 그 곡에 맞춰 제마환검을 펼치면 마음이 한결 편해졌다. 일체의 잡념이 사라지면서 머릿속에는 오로지 검 한 자루가 떠올랐다.

시간이 지나면서 천리산도, 이광발도, 서량과 곽석, 구엽도 자신들에게 뭔가가 변하고 있음을 느끼기 시작했다. 그건 마치 내가 한 자루 검이 되어 너울너울 춤을 추는 것 같은 기분이었다. 그 기분을 말로 설명할 수 없었지만 말이다.

석도명은 제마환검에 곡조만 붙여준 것이 아니었다.

더하고, 뺐다더니 여섯 초식에 달하는 제마환검 가운데 절반이나 버리라고 했다. 1초식인 제산정협 다음에 느닷없이 4초식인 일락반조가 이어진 것은 그런 연유였다.

본인은 아직 자각하지 못하고 있었지만, 천리산이 펼치는 제마환검은 성목이 알고 있는 과거의 검법이 아니었다.

성목의 표정이 점점 굳어졌다. 천리산이 이상한 곡조를 흥얼거리면서부터 그의 검이 계속 변했기 때문이다. 제산정협도, 일락반조도, 풍명진림도 점점 낯설어지기만 했다.

성목이 주먹에 불끈 힘을 줬다.

천리산에게 증오심이 생겨서가 아니다. 기묘하게 감겨드는 천리산의 끈적끈적함이 성가셨다. 강한 것은 깨부수고 싶은 무인 특유의 근성이 발동한 탓에 온몸에 저절로 힘이 들어갔다.

성목이 내공을 극성으로 끌어올렸다. 그것은 모든 도전자를 8성 이하의 공력으로 상대하기로 한 심사 방침에는 어긋나는 일이었다.

하지만 지금 이 순간 성목은 제대로 싸워보고 싶다는 순수한 호승심 외엔 아무것도 생각할 수 없었다.

성목의 두 주먹이 서서히 윤곽을 잃더니 흐릿하게 변해갔다. 주먹에 은은한 금빛 광채가 어리기 시작했기 때문이다.

"헛, 사제가 왜 저러는 거지?"

"말려야 하지 않을까요?"

성목의 사형들이 팔대호원의 수장인 성결을 바라봤다. 성목의 상태가 심상치 않음을 한눈에 알아본 탓이다.

허나 무슨 까닭인지 성결은 조용히 고개를 가로저었다.

신중하기로 정평이 난 다섯째 사제가 무슨 연유로 저런 행동을 하는지 궁금했다. 또 한편으로는 기이하게 마음을 잡아끄는 천리산의 검법을 제대로 보고 싶다는 욕망을 감출 수 없었다.

 텅, 텅!

 공력이 더해지면서 성목의 주먹은 더욱 빠르고, 무거워졌다. 성목의 주먹과 천리산의 검이 맞부딪칠 때마다 쇳소리가 터져 나왔다. 성목의 주먹은 더 이상 뼈와 살로 만들어진 평범한 주먹이 아니었다.

 그에 맞서는 천리산의 신형은 마치 회오리에 휘말린 낙엽 같았다. 때로는 튕겨나가고, 때로는 달라붙으면서 높이 뛰어오르기도 하고, 낮게 지면을 쓸어가기도 했다.

 성목의 거센 공격은 어느덧 여섯 초식을 지나 일곱 번째로 접어들고 있었다.

 "금강무괴(金剛無壞)!"

 마침내 성목의 손에서 금강복마권의 마지막 초식이 펼쳐졌다. 은은한 금빛 광채를 머금은 권영이 허공에서 빠르게 분열을 해나갔다.

 금강무괴가 궁극의 경지에 달하면 108개의 권영이 갈라져 나와 남김없이 상대를 쓸어간다고 했다. 성목이 만들어낸 주먹은 36개였다.

 "헙!"

누가 먼저랄 것도 없이 팔대호원들이 일제히 헛바람을 토해냈다. 외찰대 하급무사를 상대로 금강무괴는 과해도 너무 과한 초식이었다. 극성의 공력을 실은 36개의 주먹을 무슨 수로 피해낼 것인가?

당사자인 천리산 또한 위기가 닥쳤음을 알았다. 인품 심사가 이렇게 살벌한 것이라는 이야기는 들은 적이 없지만, 이제는 목숨을 걸어야 할 상황이었다.

'풋, 죽어도 여한은 없는 거지.'

등줄기가 서늘해지는 오싹함과는 달리 천리산은 묘한 쾌감을 느끼고 있었다.

젊은 날 얼마나 상상하고 동경했던가? 고수를 상대로 목숨을 건 짜릿한 결투 장면을 말이다.

성목과 겨룬 이 짧은 순간이 꿈결 같기만 했다. 몸도, 의식도 마치 자신의 것이 아닌 듯한 이런 황홀감은 처음 맛보는 것이었다.

어쨌거나 사방에서 덮쳐오는 36개의 권영을 천리산은 감당할 재간이 없었다. 이대로 죽나 보다 하는 생각을 하면서 천리산이 마지막 의지를 짜내 검에 실었다.

죽음을 받아들이기로 하고 마음을 비운 탓이었을까? 제마환검의 세 초식을 엮고 있던 모든 검로가 머릿속에서 하얗게 지워졌다.

천리산이 무념의 상태에서 무겁게 검을 내리그었다. 36개의 주먹을 받아내겠다는 의지조차 잊은 다음이었다.

퍼퍼퍼펑!

번쩍!

어느 것이 먼저라고 말하기가 어려웠다. 폭음이 터지고, 한 줄기 섬광이 번득였다.

천리산의 검이 원을 그려내면서 성목의 권영을 깨부쉈다. 바위라도 가루를 낼 것 같던 36개의 주먹이 허공에서 바스러졌다.

그러나 천리산의 검이 긴 꼬리를 남기며 제자리로 돌아왔을 때 성목의 권영은 다 지워지지 않은 상태였다. 천리산이 황급히 몸을 틀었지만 그중 몇 개가 기어이 몸에 작렬했다.

"쿨럭!"

천리산이 충격을 이기지 못하고 비틀거리며 기침을 토해냈다. 입에서는 붉은 선혈이 쏟아졌다.

검을 땅에 짚은 채로 천리산이 천천히 무릎을 꿇었다.

"형님!"

이광발과 서량 등이 황급히 달려가 천리산의 몸을 받아들었다.

"푸흐흐, 죽을…… 죽을힘을 다했는데…… 실패했군……. 너희들한테 미안하다……. 쿨럭!"

천리산이 피를 게워내며 힘겹게 입을 뗐다.

자신의 패배는 억울하지 않았다. 다만 후배들에게 미안했다. 우리는 죽어라 노력을 해도 안 된다는 사실만 확인해 준 것 같았다. 아무리 발악을 해도 자신은 언제까지나 못난 선배로만 살아야 하는 운명인 모양이다.

그때 천리산을 에워싼 사내들을 헤치고 팔대호원의 수장인 성결이 다가왔다.

성결은 천리산의 몸 상태를 확인하고는 직접 내기를 다스려 줬다. 성목이 과하게 손을 쓴 것이 마음에 걸리기도 했지만, 천리산의 분전이 꽤나 인상적이었던 탓이다.

"불행 중 다행이구먼. 내상이 아주 심각한 것은 아닐세. 한 열흘 정도 요양을 하면 몸을 추스를 수 있으리라 생각되네만……"

"감……사합니다."

천리산은 소림사의 팔대호원을 이끄는 수장이 자신을 보살펴 줬다는 사실에 몸 둘 바를 몰라했다.

성결이 그런 천리산의 얼굴을 물끄러미 바라봤다. 아직 할 말이 남아 있었다.

"그나저나, 이런 몸으로는 서품전에 더 이상 나설 수가 없겠구먼."

"흐흐…… 이제 다 끝이 난 걸요……"

체념 어린 천리산의 눈을 똑바로 응시하며 성결이 고개를 저었다.

"아닐세. 자네는 일곱 초식을 다 받아낸 다음에 쓰러졌다네. 그러니 합격인 게야."

"예? 정말입니까?"

다 죽어가던 천리산의 얼굴에 갑자기 화색이 돌았다.

"하이고, 형님 장하오!"

"천 선배, 수고하셨수다!"

이광발과 서량, 곽석, 서량이 감격에 겨워 천리산을 얼싸 안았다.

성결이 그 모습을 보면서 나지막이 중얼거렸다.

"허어, 그게 어디 보통 일곱 초식이던가?"

성결이 천리산을 뒤로 하고 성목에게 다가섰다.

무슨 연유에선지 성목은 멍하니 허공을 바라보고 서 있었다. 천리산이 자신의 주먹에 맞아 피를 쏟으며 쓰러졌다는 사실조차 인식하지 못하는 것 같았다.

성결이 성목의 어깨를 가볍게 다독였다. 사제가 무슨 까닭으로 과하게 손을 쓰게 됐는지, 또 그 과정에서 어떤 충격을 받았는지를 얼마간은 헤아릴 수 있었다.

"사제, 괜찮은가?"

성목이 떨리는 음성으로 대답했다.

"사형…… 보셨지요? 여래가, 여래가 강림했습니다."

"그랬던가? 아미타불…… 아미타불……."

무슨 까닭인지 성결이 안타까운 눈길로 성목을 바라보며 낮게 불호를 외웠다.

* * *

 서품전 두 번째 품계인 지품 심사가 열리는 천원당(天圓堂)에 거친 욕설이 울려 퍼지고 있다.
 "쓰벌!"
 "아미타불."
 "이런 제장."
 "아미타불."
 연신 욕을 해대는 쪽은 단호경, 불호를 외는 쪽은 소림사 사대금강의 일원인 성곡(省曲)이다.
 퍽, 퍼벅.
 성곡이 두 번의 불호를 외는 동안, 그러니까 단호경이 두 번 욕을 하는 동안 세 번의 타격음이 들렸다.
 "크흑…… 쌍!"
 달마권(達磨拳)에 몸을 내준 단호경이 신음을 삼키면서 다시 욕을 내뱉었다.
 "아미타불."
 불호를 외는 성곡의 얼굴이 조금 더 무거워졌다.
 소림사 십대고수면서도 평소 성품이 온화하고 불심이 깊어 무불승(武佛僧)으로 불리는 성곡이다. 그러나 코앞에서 퍼부어지는 거친 육두문자만큼은 견디기가 곤혹스러웠다.
 심사관석에 앉아 있는 다른 사대금강들 또한 이런 경험은 처음이었다. 소림사 사대금강 앞에서 이렇게 대놓고 욕설을 퍼부을 수 있는 사람이 천하에 과연 얼마나 될까?

다른 날 같으면 선장(禪杖; 스님의 지팡이)을 들어 엄한 가르침을 내렸을 테지만 오늘은 마음대로 손을 쓸 수도 없었다. 품계 심사 중이니 말이다.

"허어, 투지가 좀 과하군요."

사대금강의 셋째 성안(省安)이 대사형인 성백(省百)에게 나지막이 말했다.

단호경의 입에서 쏟아지는 욕설이 상대를 모욕하기 위해서가 아니라 스스로 투기를 끌어올리기 위함임을 성안 또한 모르지 않았다.

다만 그런 버릇도 지나치면 좋을 게 없는 법이다. 상승의 경지에 들려면 극한의 상황에서도 오히려 평정심을 잃지 않는 게 중요하기 때문이다.

"과유불급(過猶不及; 지나침은 부족함만 못하다)이라고들 하지. 허나 그것도 일단은 과해진 다음의 일인 게야. 한 번쯤은 지나치게 해보는 게 평생 부족한 것보다는 나은 걸세."

성백의 말에 성안은 조용히 고개를 끄덕였다.

지나침을 우려하는 것은 확실히 뭔가를 지나칠 만큼 이룬 다음의 일이다. 고작 외찰대 조장 정도가 사대금강과 겨루면서 지나치고 말고를 걱정할 여유가 있겠는가?

스스로를 완전히 불태워서라도 두려움을 잊고 맞설 수 있다면 그로써 장한 일인 것이다.

"그나저나 좀 특이한 친구군요. 외공(外功)을 익힌 것 같지도 않은데 저렇게 맞고도 버티다니."

이번에 입을 연 사람은 사대금강의 둘째인 성암(省唵)이었다.

심사가 시작되고 나서 단호경은 성곡에게 무수히 맞고 있었다. 수비를 포기한 것인지 공격 일변도의 초식에 번번이 구멍이 뚫린 탓이다. 그런데도 용하게 버텨내면서 무지막지한 공세를 멈추지 않았다.

"맷집이 좋다고 하기는 그렇고…… 흠, 맞는 기술이 좋은 게지."

"그러게요. 맞아도 요혈은 아슬아슬하게 비켜내는군요. 그래도 고통이 심할 텐데, 그것도 잘 참아내고. 근성은 아주 탐이 나는군요."

"허허, 어디 근성뿐인가? 저 시원한 검 소리를 들어보게."

"하하, 사형 말마따나 오싹하기는 합니다."

사대금강은 어느새 단호경과 성곡의 겨루기를 즐기며 감상하고 있었다. 어려서부터 체계가 제대로 잡힌 정종 무공만 익혀온 그들에게는 단호경의 잡초 같은 근성이 참신하게 느껴지기도 했다.

그리고 그들의 예리한 눈에는 무겁게 허공을 가르는 단호경의 검이 서툴지만 예사롭지 않게 보였다.

'제발 한 번만…… 한 번만 맞아라.'

그 순간 단호경은 자신을 향한 사대금강의 호기심 어린 눈길도, 자기 입에서 쏟아지는 욕설도 제대로 의식하지 못하고 있었다. 머릿속에는 오직 한 가지 간절함만이 소용돌이쳤다.

단호경은 자신과 맞서고 있는 사람이 사대금강의 한 명인 무불승 성곡이라는 사실조차 잊은 상태였다.

그가 이를 악물고 덤벼드는 상대는, 지금도 그의 눈에 아른거리는 상대는 오직 부도문이었다. 매순간 몸에 전해지는 고통마저도 부도문의 잔인한 손속으로만 여겨졌다.

어디 그뿐인가? 단호경의 귓가에는 성곡의 불호가 아니라, 부도문의 밉살스런 웃음소리가 쟁쟁 울렸다.

"끄끄, 이렇게 느린 멧돼지는 처음이야."
"웃기지 마!"
"끄끄끄, 싸움의 상책. 절대로 맞지 않는다."
"헛소리 집어치워! 크흑!"
말이 끝나기도 전에 부도문의 주먹이 다시 단호경의 옆구리를 치고 지나갔다.

고통이 치밀어 올라 숨이 턱턱 막혔지만 단호경은 이를 악물고 버텼다.

"끄끄, 그렇지! 싸움의 차선책. 맞아도 버틴다."
"지랄…… 크헉!"
부도문의 손등이 단호경의 뺨을 슬쩍 스쳤다. 볼이 삽시간에 부풀어 올랐다.

하지만 가슴 안에서는 그보다 더한 증오가 부풀었다.

"끄끄끄, 싸움의 최후책. 못 때리면 죽어도 못 이긴다!"

"악!"
 이번에는 어디를 어떻게 맞았는지도 몰랐다. 단말마의 비명과 함께 단호경의 무릎이 꺾였다.
 벌써 몇 번째인지도 모르겠지만 단호경은 다시 의식을 잃으면서 이를 갈았다.
 '오냐. 때려주마. 반드시······.'

단호경의 인생에서 가장 혹독하고 끔찍한 스무 날이 그렇게 지나갔다.
 처음에는 맞지 않으려고 발악을 했다. 그러나 언제부턴가 '내 몸이 바스러져도 좋으니 저 가증스러운 놈을 단 한 대라도 때리고 싶다'는 갈망이 단호경의 몸과 의식을 지배했다.
 그 같은 증오 속에서 단호경의 무공은 서서히 변해갔다. 맞는 것을 꺼리지 않았지만 그로 인해 결정타를 흘려내는 기술이 몸에 뱄다.
 물론 부도문이 자로 잰 듯한 정교함으로 단호경의 급소를 요령껏 찔러준 덕분이었다.
 그보다 더 중요한 건 단호경이 일격 일격에 목숨을 걸게 됐다는 사실이다.
 의지와 갈망이 담겨진 단호경의 검은 여전히 거칠었지만 계속해서 무거워지고 또 단단해졌다. 부도문에 대한 분노가 켜켜이 쌓여 단호경만의 방식으로 일만격이 완성되는 중이었다.
 물론 본인은 분노에 매몰돼 그조차 의식하지 못하고 있지만.

 단호경을 지켜보던 사대금강이 검 소리가 시원하다고 한 것은 그런 의미였다. 성곡의 주먹을 맞으면서도 악착같이 휘둘러대는 단호경의 검이 심상치 않은 파공성을 만들어냈기 때문이다.

 그리고 그 사실을 가장 절감하고 있는 것은 바로 단호경을 상대하고 있는 성곡이었다.

 '허, 이런 무지막지한 검은 처음이로구나.'

 성곡은 단호경의 검에 상상 이상의 힘이 실리고 있음을 직감했다.

 어지간한 도검 앞에서는 전혀 주눅이 들지 않는 경지에 올라 있으면서도 왠지 단호경의 검은 정면으로 받아치기가 께름칙했다.

 실전이라면 모를까, 품계 심사에서 전력을 다했다가 상대를 상하게 할 수는 없었다.

 용무당에서 천리산을 상대로 투기를 참지 못했던 성목과 비슷한 상황을 맞고 있었지만, 온화한 성곡의 성품으로는 무자비한 공격이 쏟아지지 않았다.

 물론 그렇다고 상대를 어설프게 봐줄 성품은 더더구나 아니었다.

 '이것도 받아내 보게나.'

 성곡의 절제된 손놀림이 기이하게 변하기 시작했다.

우웅—!

성곡의 두 손이 허공을 가를 때마다 신기하게도 검명(劍鳴)과 비슷한 소리가 울렸다.

"천수구유(千手救有)!"

50줄에 접어든 나이에 걸맞지 않게 낭랑한 음성이 성곡의 입에서 울려 퍼졌다.

관음보살(觀音菩薩)이 천 개의 손으로 중생의 어려움을 구한다는 뜻처럼, 성곡의 손이 부챗살처럼 둥글게 퍼져나갔다.

천수구유가 극성에 이르면 천 개의 황금권(黃金拳)과 황금수(黃金手)가 펼쳐진다고 했지만 성곡의 손은 그림자처럼 은은하게 일렁이기만 할뿐 황금빛을 뿜어내지는 않았다. 성곡의 경지가 아직 그에 이르지 못했다는 증거다.

좌우로 부지런히 몸을 흔들며 움직이던 단호경이 일순 발놀림을 멈췄다. 그리고는 성곡을 향해 일직선으로 쳐들어갔다. 더 이상 피할 수 없다는 직감과 함께였다.

'젠장, 죽어도 팬다!'

단호경이 이를 악물고 검을 일자로 내리쳤다. 태어나서 이렇게 한순간에 아니, 단 일격에 자신의 모든 것을 걸어 보기는 처음인 것 같았다.

까가가강!

다음 순간 금속이 부딪쳐 서로 갈리며 깨지는 소리가 장내의 모든 소음을 덮었다.

단호경의 검은 무겁게 떨어지다 못해 땅속으로 깊이 파고들어간 상태였다. 성곡의 천수구유를 절반쯤 가르며 들어간 다음의 일이었다.

"어허!"

"아미타불……."

사대금강의 입에서 탄성과 불호가 이어졌다. 제법 오싹한 소리를 내던 단호경의 검이 성곡의 권영을 저렇게 깊이 자르고 들어갈 줄은 미처 몰랐기 때문이다.

성곡이 두 주먹을 가볍게 털어내고는 다시 앞으로 뻗어냈다. 1차 공격이 가로막히자 재차 공격에 나서려는 움직임이다.

"제길……."

단호경의 입에서 다시 욕설이 흘러나왔다. 금방이라도 상대를 잡아먹을 것 같은 그런 욕설이 아니었다. 이번에는 체념이 잔뜩 실린 음성이었다.

단호경은 자신의 검을 들어올릴 수가 없었다. 검이 땅에 깊이 박힌 탓이 아니다. 조금 전의 일격에 기력을 다한 것도 아니었다. 검 끝이 너무나 무거워서 조금도 들리지가 않았다.

한 번의 검에 일만 번의 검을 쌓는다는 일만격이 드디어 극성으로 실현된 것이었다.

단호경이 질끈 눈을 감았다.

찰나의 순간에 너무 많은 것이 북받쳐 올랐다. 구화진천무

때문에 아버지를 얼마나 원망하고 증오했던가? 가문의 비전 무공을 자신보다 석도명이 먼저 깨달았을 때는 또 얼마나 비참하고 억울했던가?

단호경의 입가에 쓴웃음이 떠올랐다.

'젠장, 그래도 진 건 진 거잖아.'

감격에 몸을 떨어도 부족한 순간이었지만 단호경은 얄팍한 아쉬움을 지우지 못했다.

종남파의 추헌이 바로 어제 이 자리에서 지품 심사를 통과했다. 그는 지금 무궁당(武穹堂)에서 최고 품계인 천품에 도전하고 있을 것이다.

헌데 자신은 곧 퍼부어질 성곡의 주먹을 막아낼 재간이 없었다. 석도명이 장담했던 대로 산동 구화문의 이름을 떨쳐 보이겠다던 야무진 꿈은 여기에서 끝이 나려는 모양이다.

휘잉.

소매 자락이 펄럭이는 소리와 함께 한 줄기 바람이 단호경의 목덜미를 스쳐갔다. 뜻밖에도 기다리던 주먹은 날아들지 않았다.

단호경이 천천히 눈을 떴다.

"수고하셨소이다. 아미타불."

성곡은 어느새 손을 거두고 조용히 합장을 하고 있었다. 그가 펼친 천수구유는 약속된 열두 번의 초식 가운데 마지막이었다.

단호경의 예상치 못한 반격에 반사적으로 다음 동작을 취하기는 했지만, 그대로 주먹을 내뻗어 열세 번째 공격을 펼칠 만큼 성곡의 수양은 낮지 않았다.

챙그렁.

단호경의 손에서 검이 떨어졌다.

"젠장…… 나쁜 놈……."

단호경은 사지에 힘이 풀려 똑바로 서 있지를 못했다. 가슴속에서 자꾸 뭔가가 치미는 바람에 욕이라도 하지 않고는 견딜 수 없었다.

그 욕이 부도문을 향한 것인지, 석도명을 향한 것인지 아니면 자기 자신에게 한 것인지조차도 알 수 없었다.

그날 외찰대 숙소가 발칵 뒤집혔다. 천리산을 비롯한 외찰대 하급무사 다섯 명이 세 번째 품계인 인품을 통과했다는 소식이 날아들었기 때문이다.

게다가 십대문파와 오대세가의 후기지수들도 줄줄이 고배를 마신 지품 심사에서 단호경이 살아남았다는 사실 또한 뜻밖의 낭보였다. 내내 두드려 맞으면서 오로지 맷집으로 버텨 낸 것이라는 이야기가 꼬리표처럼 달려 있기는 했지만 말이다.

그리고 같은 날 천품에 도전했던 십대창룡 가운데서 무려 일곱 명이 떨어졌다는 소식이 전해졌다. 그 일곱 가운데는 종남파 추헌의 이름도 들어 있었다.

　이제 단호경이 추헌과 동등한 자격에 놓이게 된 것이다. 만일 단호경이 다음날 치러질 천품 심사를 통과한다면 싸우지 않고도 추헌을 꺾는 셈이었다.

　심사 결과가 알려지면서 사람들의 관심이 뜨겁게 타올랐다. 비무가 됐든, 품계 심사가 됐든 추헌의 승리를 믿어 의심치 않았던 사람들까지도 이러다가 단호경이 내일 있을 천품 심사마저 통과하는 게 아니냐고 은근한 기대를 걸기 시작했다.

　하지만 그날 밤 정작 단호경의 가슴 안에서는 엉뚱한 것이 타오르고 있었다.

제3장
불의 검(熱火之劍)

밤이 본격적으로 깊어가는 시간이다. 보름을 막 비껴난 둥근 달이 세상을 어루만지고 풀벌레는 남은 힘을 다해 울어대고 있다. 더 할 수 없을 만큼 짙어진 가을의 정취가 사방에 가득했다.

그 애틋하고 따스한 어둠 속에서 누군가가 여가허 남쪽으로 뻗은 외길을 홀로 걷고 있었다.

단호경이다.

"아버지……."

단호경이 불쑥 아버지를 불러놓고는 소매 자락으로 눈언저리를 문질렀다. 동료들이 권한 술 몇 잔을 받아 마신 탓인지

가슴이 벅차고 자꾸 눈가가 시큰거렸다.

지금 이 시간에도 외찰대 숙소는 여전히 시끌벅적할 것이다. 단호경과 천리산 등을 축하해 주기 위해 동료들은 거나한 술판을 벌였다.

평소 사람들과 어울려 술 마시고 떠들기를 즐겨하는 성격과 달리, 단호경은 그 자리에 오래 있지 않았다.

먼저 일어서는 단호경을 잡는 사람 또한 없었다. 내일 최종 품계인 천품에 도전하기 위해 휴식을 취하거나 따로 준비를 하러 간다고 생각했기 때문이다.

잠시 뒤 단호경은 개백정 염씨 노인의 집에 도착했다.

대문을 열고 들어가니 낯익은 세 사람과 처음 보는 한 사람이 술상을 놓고 마주 앉아 있었다.

"오셨습니까? 축하합니다."

언제나 그랬듯이 반갑게 맞아준 사람은 석도명뿐이다. 부도문과 염씨 노인은 단호경을 힐끗 쳐다보는 게 전부였다.

그리고 낯선 사내가 석도명을 따라 자리에서 일어났다. 석도명이 서로를 소개해 주기를 기다리는 눈치였다.

"제 의젭니다."

"오, 단 소협이셨구려. 말씀 많이 들었소이다. 나는 남궁세가의 남궁호천이라 하오."

"예, 단호경입니다."

남궁호천이 정중하게 포권을 취하자 단호경이 엉거주춤하

게 같은 자세를 취했다. 남궁호천의 태도가 너무 정중하고 친근한 탓이다.

'뭐야? 품계가 높아지니 대접이 달라진다 이건가?'

단호경이 무림맹에 들어온 뒤로 십대문파나 오대세가의 제자로부터 이런 대접을 받은 기억이 없었다. 아무래도 서품전에서 쟁쟁한 후기지수들과 어깨를 나란히 했더니 그 효과가 바로 나타난 모양이다.

'응? 남궁호천?'

단호경은 상대가 누군지를 기억해냈다. 항주에 묻혀 살다가 처음 무림맹을 밟았다는 남궁세가의 젊은 무사 하나가 서품전에서 돌풍을 일으켰다고 했다. 그의 이름이 바로 남궁호천이었다.

"자자, 이리 오시오."

"예……."

남궁호천이 예의 바르게 자리를 권하자 단호경이 당황한 기색을 감추지 못했다. 남궁호천은 서품전에서 이미 칙고 품계를 받았다. 자신이 지품을 통과했다고 자세를 낮출 까닭이 없는 것이다.

'헐, 석도명이 같은 사람이 또 하나 있었군.'

단호경은 그저 남궁호천의 품성이 지나치게 겸손한 모양이라고 믿어 버렸다.

불과 1년 전만 해도 남궁호천이 전혀 다른 사람이었다는 사실, 지금은 석도명의 행동거지를 은근히 따라하고 있는 줄은 꿈에도 생각하지 못했다.

석도명과 남궁호천의 권유에도 불구하고 단호경은 자리에 앉지 못했다. 부도문을 향해 복잡한 눈길을 던졌을 뿐이다.

"고맙소……. 나 단호경, 은원을 잊지 않는 사람이오."

"끄끄, 맞은 거 갚아 줄려고?"

"아니오. 아직은 아니오."

단호경이 황급하게 손을 내저었다.

이제는 부도문의 성격을 확실히 알고 있었다. 딴에는 감사를 표시한 말이었지만, 부도문이라면 제멋대로 해석하고도 남았다. 그 결과는 또다시 매타작으로 이어질 터였다.

"하하, 이렇게 그윽한 밤에 무슨 은원입니까? 제 잔이나 받으세요."

남궁호천이 호탕하게 웃으며 부도문에게 술을 권했다.

"끄끄, 그래도 여기서 술맛을 아는 놈은 너뿐이야."

"어이쿠, 이거 어째 또 술을 갖다 나르라는 말씀으로 들립니다."

"끄끄, 그거 좋은 생각이다."

"에고, 이제는 월급 받아서 쓰는 처지인지라……. 사실 항주에서는 뒷주머니가 따로 있었거든요."

"끄끄끄……. 오나가나 돈이 원수로구나."

부도문과 남궁호천이 주고받는 이야기를 들으면서 단호경

은 문득 짚이는 것이 있었다. 부도문에게 뺨을 맞으려고 술을 싸들고 다녔다는 사람이 있었다더니 그게 바로 남궁호천이었던 모양이다.

그제야 남궁호천의 친근한 태도가 납득됐다. 아무래도 자신에게 동지애 비슷한 걸 느꼈나 보다.

단호경을 슬그머니 끌어다 앉힌 석도명이 잔을 건넸다.

"이야기 들었습니다. 마지막에 검을 들지 못했다면서요?"

"크흐흐, 기분이 정말 더럽더라."

"이제야 문이 열렸는데…… 기뻐하는 게 옳지 않을까요?"

"너는 내가 그 검을 들어올릴 수 있을 것 같냐? 죽기 전에."

"……"

석도명은 선뜻 대답을 하지 못했다.

대화의 주제가 가볍지 않음을 깨달았는지 다른 사람들도 조용히 귀 기울여 듣기만 했다.

석도명은 단호경의 마음이 편치 않은 까닭을 누구보다 잘 알았다.

일만격의 오의를 깨달았으니 이제 곧 일만 개의 검을 한 호흡에 자유자재로 쌓고, 또 흩을 수 있으리라.

하지만 그렇게 쌓인 일만검을 들어올리려면 그만한 힘이 필요했다. 그러기에는 단호경의 내공이 충분치 않았다.

솔직히 자신조차도 부도문을 만나 기이한 내공심법을 배우지 못했으면 일만검을 발출해 불꽃을 피워내는 경지에 쉽게 오르지는 못했을 것이다. 아니, 천하에 가득한 소리의 기운을 끌어다 쓰는 주악천인경을 익히지 못했더라면, 자신에게도 평생 불가능한 일이었을 것이다.

자고로 아는 게 있어야 한계가 보이는 법이라고, 단호경은 이제야 자신의 능력을 냉정하게 볼 수 있게 된 셈이었다.

"구화진천무에는 본시 내공심법이 없죠. 그게 무슨 뜻일까요? 어떤 심법을 익혀도 상관이 없다는 뜻이기도 할 테지만, 반대로 어떤 심법을 익힌다 한들 구화진천무를 펼칠 만큼 충분한 내공을 쌓기가 어렵다는 뜻이 아닐까요?"

"크크, 지랄 맞은 상황이네."

"저는 이런 생각을 했습니다. 구화진천무는 빠름이나, 변화는 아예 염두에도 두지 않는 무공입니다. 처음부터 끝까지 무거움만을 추구하죠. 그리고 그 궁극에 도달하면 무거워짐으로써 빨라지고, 무거워짐으로써 변화가 생깁니다. 구화진천무의 초식이 왜 툭툭 끊어지는지 압니까? 검 끝이 혼자 내달리려고 할 때 그걸 바로잡지 못하기 때문입니다. 변화를 눌러주고, 무거움을 지탱해 줄 힘이 부족한 탓이죠."

"그러니까 희망이 없지. 일만격만 익히면 될 줄 알았는데, 그게 오히려 한계였잖아."

"아니죠. 그건 절반만 본 겁니다. 일만격은 오히려 부족한 내공을 메워 주기 위한 방편이니까요."

"내공이 있어야 일만격을 제대로 쓸 수 있는데 그걸로 어떻게 내공을 메울 수 있냐고!"

 단호경이 버럭 소리를 질렀다. 석도명이 뻔한 결론을 두고 말을 빙빙 돌린다고 생각한 탓이다.

 그 순간 뭔가가 허공을 가르며 날아갔다.

 따악.

 단호경의 이마에 나무젓가락이 날아들었다. 뾰족한 부분이 세워진 상태였다면 이마를 뚫고 남을 힘이었지만, 가로로 맞은 터라 다행히 뼈에 박히지는 않았다. 그럼에도 단호경은 두개골이 빠개지는 듯한 통증을 느껴야 했다.

 "흑……."

 단호경이 비명을 삼키며 부도문을 노려봤다.

 "개구리 같은 놈! 딱 야랑(夜郞) 임금이 제격이로구나. 끄끄."

 "개구리가…… 왜 임금을 합니까?"

 멧돼지에서 개구리로 전락한 단호경이 억울한 표정으로 물었다. 자신이 맞은 까닭을 도무지 짐작할 수 없는 탓이다.

 "험험!"

 남궁호천이 멋쩍게 헛기침을 해댔다.

 단호경은 그제야 자신이 말귀를 알아듣지 못했음을 깨닫고는 석도명을 바라봤다. 그래도 제대로 된 설명을 기대할 사람은 석도명뿐이었다.

 "그게 말이죠. 야랑자대(夜郞自大)라는 말이 있습니다. 옛날 한나라 시절에 남쪽 변방에 야랑이라는 작은 나라가 있었는데 그 나라 임금이 자기 나라보다 더 큰 나라가 있겠냐며 으스대 더라 뭐 그런 이야기죠."

"그게 뭐?"

이번에는 보다 못한 염씨 노인이 끼어들었다.

"허허, 그러니까 '우물 안 개구리가 바다 넓은 줄 모른다' 그 뜻 아닌가?"

"……."

단호경의 얼굴이 붉어졌다.

개백정 노인조차 알아들은 말을 자신만 못 알아들었다. 게다가 그 안에 담긴 뜻이 더 부끄러웠다. 부도문은 자신의 단견(斷見; 좁은 소견)을 꾸짖은 것이다.

단호경의 무안함을 덜어주기 위해 석도명이 서둘러 말을 이어갔다.

"올바른 비유인지는 모르겠지만 이렇게 생각해 봅시다. 여기 무거운 짐을 잔뜩 실은 마차가 한 대 있어요. 그걸 산 너머로 최대한 빨리 옮겨야 하는 건데 의제는 지금 이렇게 생각하고 있죠? 있는 힘을 다해서 말을 몰면 가장 빨리 산을 넘을 수 있다. 그런데 말 한 마리로는 힘이 부쳐서 도저히 산을 올라갈 방법이 없다."

"그래서 어쩌라고? 말을 한 마리 더 갖다 붙이라고? 무슨 방법으로?"

"하하, 그거 좋은 생각입니다. 말 한 마리는 일마(一馬), 일만 마리면 일만마(一萬馬). 그게 일만격의 한쪽입니다. 하지만 일만격만 생각합니까? 일만고(一萬考)는 어쩌구요?"

"일만고……."

단호경이 서서히 석도명의 이야기에 빨려 들어갔다.

생각해 보니 일만격만 있는 게 아니었다. 일만 번 휘두른 뒤에는 일만 번 생각하고, 또 일만 번 생각한 뒤에 일만 번 휘두르라고 하지 않던가? 뭔가 알듯 말듯 한 것이 머릿속을 온통 헤집는 기분이 들었다.

"말을 늘릴 수도 있지만, 짐을 나눠서 몇 번 오갈 수도 있죠. 한 번에 못가면, 두 번에, 그래도 안 되면 세 번, 네 번…… 결국에는 일만 번. 일만격은 쌓는 것뿐 아니라, 흩는 것이기도 하지요. 이래도 모르겠습니까? 구화진천무를 펼치는 내내 손에 일만 개의 검을 얹어둘 필요는 없는 겁니다. 힘을 길러서 필마단기(匹馬單騎; 혼자서 말 한 마리로 감)로 산을 넘는 건 나중에 생각하자구요."

"그런가……."

단호경이 깊은 침묵에 빠져 들었다.

그 모습을 보면서 부도문이 술잔을 치켜들었다.

"끄끄, 마침내 개구리가 바다에 이르렀도다!"

"어이쿠, 부럽습니다."

남궁호천이 웃음을 지으며 잔을 마주 들었다.

확실히 부러운 마음이 들기는 했다. 부도문이 단호경을 대하는 태도가 남다르다는 느낌을 지울 수가 없었다. 단호경과 비교하면 부도문이 자신은 그리 공을 들여 때려준 것 같지도 않았다.

게다가 왠지 부도문의 말수가 전보다 크게 늘어난 듯했다. 결국 단호경이 석도명의 의제라서 각별하게 대해주는 게 아닐까 싶을 뿐이다.

술자리는 밤이 깊도록 계속 됐다.

홀로 넋을 놓은 채 앉아 있던 단호경이 갑자기 자세를 바로 했다. 그 모습에 자연 사람들의 눈길이 그에게로 향했다.

무슨 까닭인지 단호경은 석도명을 무섭게 쏘아봤다. 그리고 물었다.

"너, 입맹은 해놓고도 서품전에는 왜 참가하지 않은 거냐?"

"글쎄요, 소림사도 불참한다기에……."

석도명이 어울리지 않게 싱거운 소리를 하며 빙긋 웃었다. 단호경의 질문에 담긴 뜻을 알아들은 것이다.

단호경은 석도명이 서품전에 나갔더라면 어떤 결과를 얻었을지가 궁금한 모양이었다.

그러나 그 이면에 담긴 진짜 속뜻은 '너는 지금 어느 수준에 올라 있냐? 내가 얼마나 노력하면 너와의 격차를 좁힐 수 있느냐?' 로 보는 것이 옳았다.

단호경이 석도명에게 좀 더 솔직하게 물어봤더라면 다른 대답을 들었을지도 모른다. 하지만 석도명은 서품전 불참 이유를 밝힐 수가 없는 처지였다.

'쩝, 갈수록 비밀만 늘어나는구나.'

석도명이 속으로 혀를 찼다.

석도명이 서품전에 나가지 않은 것도, 그 사연을 털어놓지 못하는 것도 오직 한 사람, 무림맹 군사 사마중 탓이었다.

사마중이 석도명을 다시 자신의 집무실로 불러들인 것은 입맹 신청서를 낸 바로 다음날이었다.

"생각을 해보고 답을 달라고 했더니 덜컥 입맹 신청을 했더군. 자네 성격이 원래 이렇게 화끈했던가?"

"의지가 확고한 것이라고 이해해 주십시오."

사마중은 잠시 석도명의 얼굴을 말없이 살폈다. 왠지 그의 기백이 예전과 달라진 것 같아서였다.

"흠, 자네의 입맹 신청서를 보니 소속 문파는 없다고 적었던데……."

"남궁세가와의 관계를 물으시는 거라면, 서품전이 끝나는 대로 봉황전에서 나올 생각입니다."

봉황전은 무림맹에서 남궁세가가 처소로 사용하는 건물이다. 어차피 서품전까지만 남궁설리와 남궁호천을 돕기로 했으니 그 뒤에는 그곳에 더 머물 이유가 없었다.

"흠, 남궁세가와의 관계가 그 정도라면 잘 된 일이로구먼. 그래, 그러면 무림맹에서는 앞으로 무슨 일을 할 생각인가?"

"제가 원하는 것은 이미 알고 계시지 않습니까? 그걸

위해서 해야 할 일이 무엇인지는 군사께서 가르쳐주셔야 할 듯합니다만."

"허허, 생각을 말끔히 정리한 게 확실하구먼. 좋네, 간단히 말하지. 자네가 원하는 것을 얻으려면 우선 군사부에 배속 되는 게 좋을 게고, 그 다음에는 공을 세워서 빨리 승진을 해야겠지."

"벌써 생각해 두신 일이 있으신 모양입니다."

"흐음, 그렇다고 하면 따를 텐가?"

"옳지 못한 일만 아니라면 그래야겠지요. 군사께 도움을 받아야 할 사람은 저니까요."

"허허, 자네와의 대화가 점점 즐거워지는군. 발전이 빨라서 말이야."

사마중이 잠시 뜸을 들였다.

"서품전에 나가지 말게."

"예?"

석도명이 크게 놀랐다. 맹주의 측근으로 알려진 사마중이 여운도의 야심작이라는 서품전 참가를 가로막는 이유를 알 수 없어서였다.

"그렇게 놀랄 것 없다네. 이게 다 맹주를 돕기 위한 일이니까."

"……."

"자네도 얼마간은 알고 있을 거라고 믿네. 맹주가 무림맹에서 별로 힘을 쓰지 못한다는 사실을. 그래서 이번의 무림맹 개혁 작업 또한 쉽지는 않을 거라네. 솔직히 나 자신도 앞으로 어떤 일이 벌어질지 장담을 할 수 없지. 해서 따로 준비를 해두고 싶다네. 송곳을 주머니에 감춰봐야

튀어나오게 마련인지라, 자네의 진면목이 언젠가는 드러나겠지. 하지만 당분간은 숨겨 두고 싶구먼. 그러니까 나는 자네를 비밀병기로 써먹을 생각이라네."

석도명이 그제야 고개를 끄덕였다.

솔직히 칠현검마라는 별호로 먼저 알려진 자신의 정체를 가급적 드러내고 싶지 않았다.

사마중이 자신을 비밀병기로 써먹을 생각이라면 칠현검마에 관한 정보는 알아서 덮어줄 것이니 이래저래 잘된 일일 수도 있었다.

"그 뜻을 따르겠습니다."

"이번 일을 잘 마치고 돌아오면 내 자네에게 작은 성의 표시를 할까 한다네. 고생 좀 해주게나."

"예."

"그나저나 미안하게 됐구먼. 그렇지 않아도 자네를 악사로만 보고 우습게 여기는 이들이 많을 텐데 품계조차 받지 않으면 고생을 좀 해야 할 게야."

"상관없습니다. 한두 번 당하는 일도 아닙니다."

"허허, 상관하지 않는다? 어째 나는 그 말이 더 무섭구먼. 나중에 큰 코 다칠 사람이 적지 않겠어. 사마세가에는 미리 단속을 시켜둬야겠는걸. 으허허!"

고명한 무림인들과 어울리다가 겉멋이 들어서 강호를 엿보는 주제넘은 악사.

그것이 당분간 석도명에게 주어진 역할이었다.

석도명은 남들이 자신을 어떻게 볼지는 별로 신경을 쓰지 않았다. 다만 사마중이 약속한 성의 표시를 잔뜩 기대하고 있었다. 그것은 분명히 식음가의 비극에 관계된 일일 터였다.

석도명이 서품전 불참 이유에 대해 제대로 된 답을 피했지만 단호경은 따져 묻지 않았다. 석도명의 생각대로 관심이 다른 곳에 있었기 때문이다.

"너, 나랑 붙자!"

단호경이 석도명에게 뜬금없이 소리를 지르고는 마당 한가운데 버티고 섰다.

석도명이 두말없이 일어섰다.

단호경은 그동안 단 한 번도 석도명에게 제대로 된 비무를 청하지 않았다. 자신의 부족함을 확인하는 게 두려웠기 때문이다.

단호경은 지금 그 부족함을 확인해 보기 위해 용기를 낸 것이다.

석도명이 천천히 자리에서 일어났다.

단호경의 가슴에 타오르고 있는 절박함을 석도명이 아니면 누가 알겠는가? 자신의 한계에 죽을힘을 다해 부딪쳐 보겠다는 그 갈망을 말이다.

상황을 눈치챈 염씨 노인이 마당에 흩어져 나뒹굴고 있던 개들을 서둘러 뒷마당으로 몰아넣었다.

"끄끄, 술맛 나게 싸워 보라고."

부도문이 좋아 죽겠다는 얼굴로 술상을 두드렸다.

남궁호천의 얼굴에는 다시 부러움이 떠올랐다.

'내가 의형제를 맺자고 하면 받아줄까?'

남궁호천은 석도명과 의형제를 맺고 싶은 마음이 굴뚝같았지만, 차마 그 말을 입 밖으로 꺼낼 용기가 나지 않았다.

왠지 자신은 부도문이나 단호경처럼 석도명과 스스럼없이 어울리진 못할 것 같았다.

남궁세가에 매인 몸이기 때문이다. 평생 남궁세가의 사람임을 긍지로 알고 살아왔지만, 이 순간만큼은 무소속의 자유가 그리웠다.

남궁호천의 심경을 알 리 없는 두 사람이 마침내 검을 들고 마주섰다.

"자, 오세요."

석도명이 말이 끝나기가 무섭게 단호경이 거침없이 쳐들어갔다.

깡!

정면으로 부딪친 두 사람이 똑같이 한 걸음씩을 뒤로 물러났다. 단호경이 재차 검을 휘둘렀고 다시 쇳소리가 났다. 이번에는 석도명도, 단호경도 두 걸음을 물러나야 했다.

단호경이 내리치면 석도명이 검을 들어 막기만 하는 단순한 겨루기가 되풀이 되고, 또 되풀이 됐다.

달라지는 것이라곤 쇳소리가 조금씩 커지고, 두 사람이 충격을 받아 뒤로 물러나는 거리가 점점 멀어지고 있다는 점이었다.

'흩고 또 쌓는다······. 흩고 쌓는다.'

단호경은 석도명과 부딪칠 때마다 같은 구절을 되뇌고 있었다.

들어올릴 때는 가볍게, 내리칠 때는 무겁게. 그것을 자유자재로 할 수 있으면 내공이 딸려도 일만격의 힘으로 구화진천무를 펼치는 게 가능하다는 석도명의 깨우침을 가슴에 새기고 또 새기는 중이었다.

단호경은 서서히 무아지경에 빠져 들었다. 검과 검이 마주칠 때마다 손에 전해지는 저릿저릿함이 묘한 쾌감이 되어 몸을 점점 가볍게 만드는 것 같았다. 형언할 수 없는 자유로움이 뼈 마디마디, 근육 하나하나에 가득 차올랐다.

내려치기 일변도였던 단호경의 검이 어느 순간부터 형태를 지니기 시작했다. 그리고 마침내 단호경의 검이 허공에서 죽죽 갈라졌다. 구화진천무 1초식 일적십거(一積十拒)가 펼쳐진 것이다.

다음 순간 단호경의 검이 하나로 모여 석도명에게 쏘아졌다.

"중천지일(中天指一)!"

단호경이 자신도 모르게 초식명을 뱉어냈다. 단호경은 어느새 무아지경에서 빠져나와 자신의 검을 또렷하게 보고 있었다.

깡!

또 한 번의 쇳소리와 함께 석도명과 단호경이 동시에 뒤로 주룩 밀려났다. 석도명이 똑같은 중천지일의 수법으로 단호경의 검을 맞받아친 결과였다.

단호경이 우뚝 멈춰 서서 움직이지를 않았다. 눈빛이 크게 흔들리는 것을 보니 뭔가 고민에 빠진 눈치였다.

'똑같다. 한 치의 어긋남도 없어.'

단호경은 석도명의 검을 되새기는 중이었다.

찬찬히 되짚어 보니 석도명의 검에 실린 힘은 처음부터 끝까지 자신과 똑같았다.

자신의 검이 무거워지는 만큼 무거워졌고, 빨라지는 만큼 빨라졌다. 수없이 부딪치고 부딪치는 와중에 단 한 치의 부족함도, 넘침도 없었다.

상대방이 검에 어느 정도의 힘을 싣는지를 파악하고, 그에 맞춰 똑같은 힘으로 상대한다는 건 쉬운 일이 아니다. 실력으로 상대를 압도하고도 남음이 있다고 해도 말이다.

단호경은 석도명이 벌써 자신과는 차원이 다른 세계로 날아갔다는 사실을 인정하지 않을 수가 없었다. 단호경의 팔이 서서히 아래로 떨어졌다. 조금 전까지 활활 타오르던 투지가 빠르게 식어 내렸다.

그때 석도명이 차갑게 외쳤다.

"왜 그러고 있습니까? 남의 것이 더 커 보여서 자신이 실망스럽습니까? 나를 봐야지 왜 다른 사람을 봅니까? 먼저 자기 자신을 보지 않고는 절대 앞으로 나갈 수가 없습니다!"

"……."

단호경이 묵묵히 석도명의 날카로운 시선을 받아냈다. 그리고 검을 움켜쥔 손이 다시 위를 향해 움직였다.

부웅―!

단호경의 검이 무지막지한 소리를 내면서 석도명을 향해 떨어졌다. 그리고 두 사람 사이에 다시 불꽃이 튀었다. 대결은 아까보다 훨씬 더 격렬했고, 위험했으며, 그리고 처절했다.

'그래, 부족해도 좋아. 모자라도 좋아. 나는 단호경이다. 나는 단호경이라고!'

단호경은 속으로 절규를 삼키고 또 삼켰다.

자기 자신을 보라는 석도명의 말에 부끄러워 견딜 수가 없었다. 이제 겨우 구화진천무의 첫 문을 열었을 뿐인데 다른 사람과 자신을 비교하기에 급급했던 자기 꼴이 초라하기만 했다.

단호경은 정말 죽어도 좋다는 마음이 됐다.

그 마음이 고스란히 검에 실리자 단호경의 구화진천무는 점점 더 거칠어졌다.

그와 함께 석도명의 입가에 흐릿하게 미소가 감돌았다. 미처 날뛰듯이 거칠기만 한 단호경의 검에서 드디어 일정한 궤적이 만들어지는 게 보였기 때문이다.

그와 함께 검 끝에서 뭉게뭉게 뿜어지는 실타래 같은 기운이 열기를 머금기 시작하는 모습이 석도명의 눈에 또렷하게 잡혔다.

'조금만 더. 조금만 더!'

석도명이 마음속으로 단호경을 응원하면서 점점 더 내공을 끌어올렸다. 단호경의 분발을 위해서 압박의 수위를 좀 더 높일 필요가 있었다.

석도명이 압박을 더하자 단호경이 이를 악물었다. 똑같은 수법으로 맞받아치기만 했던 석도명의 검이 어느 순간부터 단호경의 검을 끈질기게 물고 늘어져 좀처럼 떨어지지 않았다.

"으아악!"

단호경이 젖 먹던 힘까지 짜내 최후의 발악을 했다.

석도명의 검을 밀어낸 단호경의 검이 연달아 사선을 그리며 앞으로 쏘아졌다.

치이익.

남궁호천에게는 결코 낯설지 않은 소리가 붉게 달아오른 단호경의 검에서 흘러나왔다. 반 박자 늦게 움직인 석도명의 검 또한 같은 소리를 흘려냈다.

까라라랑!

열기를 머금은 두 자루의 검이 서로의 검신을 훑으며 날카로운 금속성을 냈다.

다음 순간 검극과 검극이 맞닿을 정도로 가깝게 다가선 채로 석도명과 단호경의 신형이 멈춰 섰다.

석도명의 얼굴이 담담한데 반해, 단호경은 경악을 금치 못하는 표정이었다. 두 자루의 검 사이에 불꽃이 일렁이고 있었다.

그 불꽃이 단호경의 것인지, 석도명의 것인지는 분명치 않았다.

"크흑."

단호경이 신음을 내뱉었다.

다음 순간 단호경의 손에서 검이 떨어졌고, 오른팔 팔꿈치 아래쪽이 힘을 잃은 채 덜렁거렸다. 팔이 부러진 모양이었다.

"어이쿠!"

석도명이 당황하며 단호경의 팔을 받쳐 들었다.

의도한 일은 아니었다. 검에 열기가 맺히는 것을 보고는 단호경의 잠력을 좀 더 짜내기 위해서 힘을 불어넣었던 게 생각보다 지나쳤던 것이다.

한 치의 어긋남도 없었던 석도명의 검이 마지막 순간에 이르러 한 푼의 힘을 더했던 것은 단호경의 공격이 그만큼 강했다는 의미였다.

팔을 움켜쥔 단호경은 좀처럼 입을 열지 못했다.

'제가…… 해냈습니다.'

가문의 숙원, 아버지의 평생 한이었던 불꽃을 드디어 피워

냈다는 감격에 단호경을 몸을 떨었다. 뭔가가 두 뺨을 뜨겁게 만드는 것을 보니 자신도 모르게 눈물을 쏟아내는 모양이었다.

석도명의 대견한 눈길, 남궁호천의 부러운 눈길, 염씨 노인의 놀란 눈길이 허공에서 얽힌 가운데 부도문의 웃음소리가 울려 퍼졌다.

"끄끄끄, 잘했다. 잘했어. 형한테 덤비면 팔이 부러지는 거야."

다음 날 단호경은 서품전에 나가지 못했다.

팔만 부러진 게 아니라, 가벼운 내상까지 입은 덕분에 천리산과 사이좋게 며칠을 몸져누워야 했다.

산동 구화문의 신화 또한 그렇게 미완성으로 남겨졌다.

제4장
떠나는 사람들

 천하가 당장에라도 뒤집어질 것같이 소란스러웠던 가을이 지나갔다.

 소림사의 뜻대로 서품전을 조용히 끝낸 무림맹은 한동안 별 나른 움직임을 보이지 않았다. 새로 부여된 품계에 따라 무림맹 조직을 개편하는 작업을 마무리하는 정도였다.

 기존 5당 3대로 편성돼 있던 조직이 정풍대(正風隊), 계림대(桂林隊), 단화대(端火隊), 도산대(壽山隊)의 4대로 재편되고 각 문파의 제자들이 품계에 따라 고르게 배정됐다.

 석도명은 사마중의 안배에 따라 군사부에 배속됐고, 명석하기로 평이 높은 우문 낭자 한운영 또한 자연스럽게 군사부로 보내졌다.

석도명의 입맹을 두고는 예상대로 일부 호사가들이 입방아를 찧어댔다. 연주 솜씨 하나로 사마세가와 남궁세가의 가주 눈에 들더니 겁도 없이 무림을 기웃거린다는 비난이었다.

그나마 생활고에 시달린 선비 몇 명이 무림맹에 지원해 군사부에 배치된 덕분에 석도명에 대한 관심과 비판이 조금은 수그러들었다.

서품전도 끝나고, 조직 개편도 완료됐건만 무림맹 안팎에는 여전히 불안요인이 산재해 있었다.

내부적으로는 서품전 결과가 문제였다.

봉문에 들어간 천산파와 서품전 참가를 포기한 소림사를 제외한 13개 문파 가운데 종남파와 헌원세가, 모용세가, 궁가방이 최고 품계인 천품을 단 한 명도 배출하지 못해 망신을 샀다.

반면 무당과 화산이 똑같이 3명씩을 배출해 과연 무림의 태산북두라는 칭송을 받았고, 사마세가에서도 2명의 천품이 나와 '머리의 사마세가가 무공에도 강하다'는 평을 들었다.

무림맹의 후기지수로 이름을 날리던 십대창룡 가운데서도 화산파의 매화일풍(梅花一風)성가용, 무당파의 청송검(靑松劍) 고원(高圓), 사마세가의 소가주 검모(劍謀) 사마형을 제외하고는 천품에 이름을 얹지 못했다.

무림의 주인으로 어깨를 나란히 하던 십대문파와 오대세가 사이에 우열이 드러나면서 거대문파 사이에 미묘한 분위기가 형성되고 있었다.

그로 인해 새로운 분란이 발생할 가능성이 또 하나의 복병으로 무림맹 내부에 자리를 잡게 된 것이다.

대외적으로는 녹림맹의 간헐적인 도발이 끊이지 않았다.

우무중의 지시에 따라 녹림맹의 도적들은 십대문파와 오대세가의 보호를 받고 있는 상단과 표국을 집요하게 괴롭혔다.

십대문파와 오대세가로서는 여간 성가신 일이 아니었다. 제한된 숫자의 자파 제자만으로 모든 상단과 표국을 보호할 수는 없으니, 약탈을 당한 다음에 뒤쫓아 가서 보복을 하는 게 고작이었다. 그러나 깊은 산에 흩어져 살면서 쫓아가면 숨고, 돌아서면 다시 나타나 산적들은 모기떼처럼 쉽게 퇴치되지 않았다.

과거 녹림 18채가 뿔뿔이 흩어져 따로 놀 때는 문제를 일으킨 곳만 집중적으로 손을 보면 잠잠해졌다. 여유도가 단신으로 강호를 누빌 때만 해도 각 산채의 채주와 일 대 일로 비무를 벌여 항복을 받아내는 식이었다.

그러나 유감스럽게도 녹림맹을 결성한 뒤 산적들의 도발은 조직적이고, 끈질겼다.

그럼에도 무림맹과 녹림맹의 정면충돌은 좀처럼 벌어지지 않았다.

떠나는 사람들

녹림맹의 입장에서는 산적들이 한꺼번에 산을 내려와 황도에서 멀지 않은 무림맹을 치자니 관부의 심기를 거스를 게 분명했고, 소수정예로 싸우자니 고수의 숫자가 부족했다.

무림맹 또한 각지에서 산발적으로 소란을 일으키는 소의련을 배후에 둔 채로 대규모 토벌대를 조직할 여력이 없었다.

소의련에 소속된 중소문파들이 십대문파와 오대세가의 보호를 받고 있는 사업장을 수시로 찾아와 빼앗긴 이권을 돌려 달라고 수선을 피워댔기 때문이다.

그 같은 교착상태를 깨뜨릴 사건은 해가 바뀐 다음에야 벌어졌다. 무림맹도, 녹림맹도 아닌 저 멀리 동북지방에서 불어온 바람이었다.

춘삼월을 달포가량 남겨두고 기습적으로 들이닥친 강추위가 며칠째 계속되고 있다.

방구석에 틀어박혀 화롯불이나 쬐고 싶은 추운 날씨임에도 불구하고 무림맹 본전인 청공전 앞은 사람들로 붐볐다. 십대문파와 오세대가의 비상회의가 끝난 뒤 무림맹주의 긴급 방문(榜文)이 나붙었다는 소식이 빠르게 퍼져나갔기 때문이다.

"허, 도적떼도 모자라 이번에는 오랑캐가 말썽이군."

"하이고, 이 추위에 요녕까지 가려면 죽을 맛이겠어."

"추위는 둘째 치고 국경을 넘는 것도 간단치는 않을걸."

"거기까지 가서 목을 내놓고 오라고?"

언제나 그렇듯이 실력은 없고 말만 많은 하급무사 몇 명이 방문을 보고는 먼저 호들갑을 떨어댔다.

무림맹주의 포고령은 며칠 전부터 소문이 자자하던 모용세가의 위기에 관한 것이었다.

요나라 오경(五京; 황도를 포함한 다섯 개의 주요 도시) 가운데 하나인 동경요양부(東京遼陽府)에 위치한 모용세가는 최근 동쪽 변방의 맹주를 자처하는 진천보(眞天堡)에게 시달림을 당하고 있었다.

무림맹을 탈퇴해 자신들에게 가담하든지, 아니면 영구 봉문에 들어가라는 것이 진천보의 요구였다.

모용세가로서는 그 어느 쪽도 받아들일 수가 없었다.

요나라에 반기를 든 여진족의 일파로 의심을 받고 있는 진천보에 가담할 경우, 요나라 황군의 토벌 대상이 될 터였다.

그렇다고 영구 봉문은 더더구나 말이 안 되는 이야기였다. 영원히 강호에 나서지 못하고 제자도 받아들이지 못한다는 것은 결국 멸문과 다를 게 없었다.

이러지도 저러지도 못하고 있던 모용세가에게 마침내 진천보의 최후통첩이 떨어졌다. '새해의 첫 만월이 뜨면 너무 늦으리라'는 협박과 함께였다.

진천보의 터무니없는 자신감에 위기를 직감한 모용세가는 무림맹에 지원을 요청했다.

무림맹주 여운도는 논란을 무릅쓰고 100여 명 규모의 별전대(別戰隊)를 조직해 요양에 급파하기로 결론을 내렸다. 서쪽의 천산파가 떨어져나간 상태에서 동쪽의 모용세가까지 포기할 수는 없다는 판단이었다.

지금 청공전 앞에 내걸린 방문은 별전대의 지원자를 모으기 위한 것이었다.

"사형, 차라리 잘 된 거 아닐까요? 모처럼 공을 세울 기회인 것 같은데."

종남파의 제자 빈봉재가 추헌의 눈치를 살피며 슬그머니 운을 뗐다.

십대창룡으로 불리며 한동안 잘 나가다가 서품전 마지막 심사에서 미끄러지는 바람에 체면을 구긴 사형이다. 장문인과 장로들에게 잇달아 꾸지람을 듣고는 어깨를 펴지 못하는 처지이기도 했다.

무림맹에 틀어박혀 신세 한탄만 하느니, 이런 기회를 잘 활용해 명예를 회복하는 게 나을 것 같았다.

"흥, 멍청한 놈 같으니라고. 그렇게 기회가 좋아 보이면 너나 한 번 가봐라."

추헌이 코웃음을 쳤다.

자고로 빛이 나고 득이 되는 자리는 사람이 너무 꼬여서 빌붙기 어려운 법이다. 이렇게 공공연히 지원자를 받는다는 건 이번 임무가 그만큼 어렵다는 증거일 것이다.

그런 곳에 가봐야 공을 세우기는커녕 목숨을 부지하기도 어려울 것이 뻔했다.

 게다가 그 잘난 오대세가가 사대세가로 줄어들지 모르는 좋은 기회인데 종남파에서 뭐 하러 힘을 보탠단 말인가?

 추헌이 특별히 머리가 좋아서 그런 계산을 한 건 아니었다. 실제로 많은 사람들이 비슷한 생각을 하고 있었다.

 방문이 나붙은 지 반 시진(1시간)이 훌쩍 지났는데도 그 밑에 자기 이름을 쓰는 사람은 하나도 없었다.

 그런데도 청공전 앞마당을 가득 메운 구경꾼은 좀처럼 줄지 않았다. 어떤 바보가 제일 먼저 나설까 하는 궁금증에 시간이 갈수록 사람은 불어났다.

 그렇게 또 얼마간의 시간이 지난 다음이다. 수군거리며 서 있던 수백 명의 인파가 갑자기 뒤편에서부터 양편으로 갈라졌다.

 그 사이로 누군가가 걸어 나와 방문 앞에 섰다. 그리고는 일말의 망설임도 없이 방문 밑에 미리 준비돼 있던 붓을 들어 단숨에 자신의 이름을 써내려갔다.

 "헉! 저게 뭐야?"

 "설마?"

 "내가 잘못 본 거 아니지?"

 사람들 사이에서 비명에 가까운 탄성이 쏟아졌다. 전혀 예상치 못한 인물이 등장해 첫 지원자로 나섰기 때문이다.

 "사, 사형! 거 봐요. 좋은 기회가 틀림없다니까요."

빈봉재가 흥분을 감추지 못하고 더듬거렸다.

"진정해라. 네놈 일도 아닌데 흥분하기는."

추헌이 빈봉재에게 핀잔을 주고는 사람을 헤치며 앞으로 걸어 나갔다.

추헌은 머릿속이 복잡했다. 이번 일에 자신이 알지 못하는 흑막이 깔려 있는 건 아닐까 하는 의혹이 자꾸 떠올랐지만 답은 좀처럼 구해지지 않았다.

문제의 인물에게 다가선 추헌이 웃는 표정으로 입을 열었다.

"하하, 천하의 한 소저께서 어찌 이런 결정을 하셨소?"

"무림맹에 취미로 들어온 게 아니니까요."

별전대 최초의 지원자인 한운영이 웃지 않는 낯으로 대답했다.

"왜 고생을 자초합니까? 이런 험한 일은 남자들에게 맡기고 한 소저는 그 뛰어난 지략으로 천하를 구하는 게 옳지 않겠소?"

입으로는 한껏 치켜세웠지만, 추헌은 내심 한운영이 철없는 행동을 한다고 혀를 차고 있었다.

'쯧, 얼굴이나 뜯어 먹으면서 살면 될 것을.'

세상 물정 모르는 재상가의 소녀가 오랫동안 강호를 동경하다가 지나친 환상을 키운 게 아닐까 싶었다.

그렇지 않고서야 총명함이 지나쳐서 오히려 문제라는 천하의 우문 낭자가 이런 황당한 결정을 했겠는가?

한운영의 표정이 싸늘해졌다. 추헌의 입에 발린 소리를 고스란히 꿰뚫어 봤기 때문이다.

"글쎄요. 이런 험한 일을 맡길 남자가 하나도 없는 것 같은데요."

한운영이 눈앞에 붙어 있는 방문과 추헌을 번갈아 바라봤다.

추헌의 얼굴이 붉게 달아올랐다.

방문 밑에 적힌 것은 오직 한운영의 이름뿐이다. 남자들에게 맡기라고 큰소리를 쳤지만 여기 모인 수백 명의 사내 가운데 그 누구도 나서지 않았다. 그리고 자신 또한 그런 남자들 가운데 하나였다.

한운영의 말에 여기저기서 헛기침이 터져 나왔다. '위험한 게 싫어서', 혹은 '맹주의 명에 부화뇌동(附和雷同; 남의 말을 쉽게 따름)했다가 사문의 꾸짖음을 들을 게 걱정돼서' 등의 이유로 눈치만 보고 있는 자신들의 처지가 부끄러운 탓이다.

무안한 나머지 말을 잃은 추헌을 남겨 둔 채 한운영은 사람들 사이를 조용히 빠져 나갔다.

한운영이 사라진 뒤에야 몇몇 사내들이 머뭇거리며 나오더니 한운영의 이름 밑에 자기 이름을 적기 시작했다.

잠시 뒤 청공전 앞마당을 벗어나는 추헌의 손끝에도 먹물 자국이 묻어 있었다.

　　　　　　＊　　　＊　　　＊

　모용세가를 구원하기 위한 별전대는 하루 만에 구성이 끝났다. 절반은 지원자 가운데 고수를 가려서 뽑았고, 나머지 절반은 각 문파에 의무적으로 할당된 인원으로 채워졌다.
　별전대를 지휘할 별전대주는 무당파의 수석장로인 무량진인(茂亮眞人)이 맡았고, 부지휘관격인 도감(導監)으로는 화산파의 천원검(天圓劍) 소인종(蘇麟宗)이 천거됐다. 모용세가의 장로 모용달(貌容達), 종남파의 장로 왕지량 등 장로급 고수들도 대거 포함됐다.
　별전대의 면면은 예상 외로 화려했다.
　무량진인은 그의 사형이자 무당파 장문인인 장량진인과 견주어 무공이 떨어지지 않는다는 절정고수다. 화산파의 소인종 또한 십대문파 장문인과 쉽게 우열을 가리지 못한다고 했다.
　그리고 별전대원도 서품전에서 세 번째 품계인 인품 이상을 받은 무사들만 선발했다.
　숫자는 100여 명에 지나지 않지만 조금만 과장을 보태면 두세 개 문파를 합해 놓은 전력이라고 할만 했다. 별전대의 전력이 이렇게 높아진 것은 진천부의 실력이 안개에 가려져 있을뿐더러, 그 배후에 혹시 천마협의 손길이 닿아 있을 가능성이 있었기 때문이다.
　가뜩이나 시국이 어수선한 틈에 천마협의 후예들마저 준동을 한다면 최악의 상황이 될 테니 처음부터 철저한 준비가 필요하다는 게 군사 사마중의 주장이자, 무림맹주 여운도의 결단이었다.

급하게 편성을 끝낸 별전대의 출발은 이틀 뒤로 잡혔다. 한시가 급하기는 했지만, 엄동설한에 먼 길을 가기 위해서는 준비가 필요했다.

게다가 장거리 이동이라는 점을 감안해 말을 이용하기로 한 탓에 채비가 조금 더 복잡해졌다.

백린전(白麟殿)은 무림맹에 마련된 소림사의 처소다.

백린전 가장 깊숙한 방에 두 사람이 마주 앉아 있다.

새해와 함께 칩거에 들어간 정각선사의 뒤를 이어 새로 소림사 방장의 중책을 떠맡은 성백(省百)과 얼마 전까지 팔대호원으로 있던 성목이다.

"사제……."

방장이 되면서 법호 뒤에 지연스레 선사(禪師)라는 두 글자가 따라 붙은 성백선사가 안타까운 얼굴로 성목을 불렀다.

"대사형…… 죄송합니다."

"기어이 이렇게 떠날 텐가? 사제들의 도움 없이 내가 어떻게 소림사를 지키겠는가?"

"저보다 더 훌륭한 사형들이 모두 남아계시는데 뭘 그리 걱정하십니까? 게다가 어차피 누군가는 무림맹에 파견돼야 하지 않습니까? 그 역할을 제가 맡겠다는 것입니다."

성백선사는 마음이 어두웠다.

정각선사가 은퇴하면서 장경각주와 계율원주 등 요직을 맡고 있던 정(正)자배의 사숙들이 일제히 물러났다. 요직을 그만둔다고 소림사를 떠나는 것은 아니지만, 갑자기 그 뒤를 이어받게 된 성(省)자배의 책임은 막중했다.

한 명의 손길이 아쉬운 판에 자신이 가장 아끼는 재주 많은 사제가 소림사를 떠나겠다고 고집을 피우니 성백선사는 선뜻 보내줄 마음이 생기지 않았다.

더구나 성목에게는 사대금강의 직책과 함께 제자들의 무공 지도를 맡기려고 작정을 해둔 터였다.

무인으로서는 어딘가 모르게 무른 감이 있는 소림사 승려들 가운데 성목만큼 투지에 불타고, 무공 욕심이 많은 사람은 드물었다.

그를 통해 소림사 제자들의 기풍을 좀 더 강하게 바꿔보려고 했는데 정작 성목이 엉뚱하게도 무림맹 파견을 고집하고 나선 것이다.

자신의 결심을 확고히 할 생각이었는지, 모용세가로 떠날 별전대에도 지원을 해버린 뒤였다.

성목이 고개를 숙인 채로 요지부동(搖之不動; 꼼짝도 안 함)이자 성백선사가 다시 물었다.

"대체 자네가 왜 이러는지…… 정말로 서품전 때문인가?"

성목이 소림사를 떠나겠다고 한 것은 서품전을 마친 직후였다.

그리고 팔대호원의 첫 자리를 맡고 있던 성결이 그 이유에 대해 귀띔을 해준 게 있었다. 서품전에서 천리산이라는 하급 무사와 무공을 겨룬 뒤 성목이 큰 충격을 받은 것 같다고 했다.

"성결 사형께 들으셨군요. 맞습니다. 천리산이라는 사내가 보여준 제마환검 때문입니다."

"허어, 제마환검 때문이라……."

"대사형께서도 알고 계시듯이 무림맹을 처음 결성했을 때 몇 개 문파의 고수들이 모여서 제마환검이라는 평범한 검법을 만들었습니다. 당시 소림사에서는 달마육검의 초식 하나를 망설이지 않고 내줬다고 들었습니다. 아마도 소림사에 달마육검이 있지만, 그걸 대성한 사람이 오랫동안 나오지 않은 탓이겠지요."

"그래, 그런 이유가 없었다고 하기는 어려울 게야."

"제마환검의 첫 초식인 제산정협은 달마육검 가운데 여래강림에 뿌리를 두고 있습니다. 그런데 제가 알고 있던 제산정협은 달마육검에서 왔다고 말하기에는 너무나 조잡하고 부끄러운 것이었습니다."

"그건 당연한 일이 아닌가? 달마육검의 요체를 전해준 것이 아니라 품세와 검로 정도를 빌려준 거니까 말이야. 아무리 자네라고 해도 제산정협에서 달마육검을 찾아내는 건 불가능한 일일 걸세."

성목이 씁쓸하게 고개를 저었다.

"물론 저는 찾아내지 못했습니다."

"설마……."

성백선사가 알 수 없는 불안감에 사로잡혔다. 성목의 말에는 자신은 못했지만, 다른 누군가가 그 일을 해냈다는 뜻이 담겨 있었다.

"예, 그가 보여줬습니다. 그날 그의 검에서 펼쳐진 것은 분명 여래강림이었습니다. 아니, 어쩌면 여래강림이 아니었는지도 모릅니다. 하지만 여래강림이 절대 아니라고는 부인할 수 없는 뭔가가 그의 검에 담겨 있었습니다."

"허어……."

성백선사가 긴 탄식을 내뱉었다.

원류(原流)에서 지류(支流)를 찾아내는 것은 쉬운 일이다.

하지만 모조품이나 다름없는 제마환검을 수련해 그 원류인 달마육검의 오의를 구현하기는 불가능에 가까웠다.

아니, 조금 전만 해도 불가능한 일이라고 철석같이 믿고 있었다.

성백선사의 놀람을 뒤로 하고 성목의 말이 이어졌다.

"대사형, 저는 달마육검에 제 남은 인생을 걸어볼 생각입니다. 누구는 복제품을 익혀서 그 원류에 다가서고 있는데, 명색이 소림의 제자가 달마육검을 미완의 검법으로 남겨둘 수는 없지 않습니까? 소림사 천년 역사에 저 같은 제자가 하나쯤은 있어도 괜찮지 않을까요?"

"어허, 사제에게 정말로 여래가 강림을 하시려는 모양일세. 아미타불…… 아미타불……."

성백선사가 불호를 몇 차례 되뇐 것을 끝으로 두 사람 사이에 깊은 침묵이 찾아들었다.

성목은 그 침묵의 의미를 알았다. 대사형은 결국 자신을 놓아주기로 한 것이다.

성목은 굳게, 굳게 다짐했다. 소림사에 다시 돌아가지 못한다고 해도 끝내 후회하지 않을 길을 가고야 말리라고.

한 사내가 그렇게 먼 길을 떠나고 있었다.

*   *   *

성목이 사문에 작별을 고하고 있던 그 시간에 석도명은 염씨 노인의 집으로 부도문을 찾아갔다.

짧게 잡아도 한 달은 걸리게 될 먼 길을 가기 전에 작별인사를 해두기 위해서다.

"봄이 오려면 좀 기다려야 할 텐데…… 추위를 이기려면 술값이 많이 들겠어."

석도명이 모용세가에 간다고 하자 부도문은 대뜸 술값 타령부터 했다. 석도명을 따라가겠다는 이야기였다.

그러나 석도명은 그 뜻을 받아들일 수 없었다.

"그건 좀 곤란하지 않겠습니까? 저 혼자 가는 것도 아니고 무림맹의 일인데……."

과거에는 부도문이 혈제의 전인이라는 이야기를 듣고도 그게 무슨 뜻인지도 몰랐지만 이제는 알았다. 무림맹 군사부에 배치되자마자 사마중이 강호의 역사와 정세에 대한 서책을 한 보따리나 안겨준 덕분이다.

극마이신으로 불리던 혈제의 전인이 무림맹 코앞에서 지내고 있다는 사실만 해도 조마조마한 일인데 별전대를 따라가는 것은 무리였다.

이제 와서 생각하면 남궁세가에서 큰 사고를 치지 않은 것만 해도 천만다행이었다.

사실 석도명은 부도문의 신변에 대해서는 알 수 없는 불안감을 지울 수가 없었다.

천목산에서도, 장강에서도 그렇게 엄청난 사건을 벌이고도 부도문의 이름은 흘러나오지 않았다. 누군가가 은밀히 덮어주지 않고서는 불가능한 일이었지만 석도명은 그 까닭을 조금도 짐작할 수 없었다.

다른 건 몰라도 무림맹에 끌어들이기엔 위험 부담이 너무 컸다.

"아주 가는 것도 아니고 봄이 되기 전에는 돌아올 텐데……

여기서 좀 기다리면 안 되겠습니까?"

"끄끄, 살아서 후회를 끝내라……. 네놈이 그랬잖아."

"아니……."

석도명은 말문이 막혔다.

장룡구방에 쫓기던 부도문이 동굴 안에서 진원지기를 쏟아내며 죽어가는 모습을 보고 자신이 해준 말이다.

부도문이 새삼스레 그 이야기를 꺼낸 데는 심상치 않은 이유가 있을 것 같아서 갑자기 마음이 무거워졌다.

"그때 일이 무슨 상관입니까?"

"모처럼 죽을 자리였단 말이지."

"그랬던가요……."

석도명의 머릿속에서 의문 한 가지가 풀렸다.

싸우지 않고 달아날 것 같았던, 그리고 마음만 먹었다면 그러고도 남았을 부도문이 그날 왜 장룡구방과 혈전을 벌였는지 늘 궁금했었다. 알고 보니 부도문은 그날 죽고자 했던 것이다.

석도명은 자세한 내막을 알지 못했지만 부도문은 그날 자신의 절학이라고 할 수 있는 흡혈마공을 전혀 발휘하지 않았다.

대신 진원지기를 끌어다 쓰면서 싸움을 벌였다. 과거의 은원을 생각하면 저승길의 친구로 삼기에 장룡구방의 수적 떼만한 상대가 없었기 때문이다.

부도문의 음성이 이어졌다. 특유의 쇳소리가 사라진, 낮게 가라앉은 목소리였다.

"어려서는 사는 게 뭔지를 모르고 살았다. 나중에는 죽지 못해 살았지. 그러다 보니 사는 것도 아니고, 죽는 것도 아니었지. 천목산을 떠나면서 결심했다. 살든, 죽든 이제는 끝을 봐야겠다고."

애초에 석도명을 따라 천목산에서 내려올 때 무슨 희망을 갖고 떠나온 게 아니었다. 스스로를 가두고 사는 것에도 진력이 나던 차에 석도명에게 묘한 흥미를 갖게 됐다.

이 재미있는 녀석과 함께 마지막으로 세상 구경이나 하다가 적당히 죽을 자리를 찾자는 게 그때의 마음이었다.

"이번에도 같은 이유인가요? 저와 함께 끝을 보려구요?"

"끄끄, 이제 그런 건 중요하지 않아."

부도문의 목소리가 다시 바뀌었다. 알아듣기 힘든 특유의 토막 어법도 되돌아왔다.

부도문이 웃음을 보였음에도 석도명의 가슴에선 그림자가 지워지지 않았다.

제멋대로 자유분방하게 살아가는 것 같지만, 부도문을 지켜보고 있노라면 늘 아슬아슬한 기분이 들었다. 갑자기 절망의 벼랑 바깥으로 발을 내디딜 것만 같은 위태로움과 고독이 느껴진 탓이다.

이제 와서 끝을 보는 게 중요하지 않다는 말은 대체 무슨 뜻일까? 최소한 그것이 삶을 향한 희망이 아니라는 것쯤은 짐작할 수 있었다.

"해야 할 일이 하나 생겼거든."

부도문이 그 한 마디를 던져 놓고는 몸을 돌려 밖으로 걸어 나갔다.

석도명이 묻지도 않고 부도문을 쫓아갔다. 말 대신 행동으로 설명하려는 부도문의 뜻을 읽은 것이다.

부도문은 한참을 걸어서 인적 없는 너른 벌판으로 나갔다.

석도명과 마주 선 채로 부도문이 뜬금없이 물었다.

"경공술은?"

"어지간히 합니다."

"끄끄, 어지간한 놈 같으니라고. 그거 하나만 건져도 땡잡은 건 줄 알아야지."

장강에서 물에 빠졌다가 살아나온 뒤 석도명은 한동안 경공술에 매달려 있었다.

부도문의 발걸음을 흉내낸 보법으로 엉겁결에 물과 허공을 걸어 다니기는 했지만 완전치 않음을 안 탓이다.

부도문은 석도명에게 삼척보(三尺步)라는 신법을 가르쳤다.

석도명에게는 무공 사부와 같은 존재였지만, 따지고 보면 부도문이 이름을 밝히고 체계적으로 가르쳐 준 무공은 삼척보가 유일했다.

부도문이 알고 있는 것 가운데 혈제라는 이름과 무관한 단 하나의 무공이었기 때문이다.

"끄끄, 멧돼지랑 싸웠으니 이제 내 차례인가?"

부도문이 이내 얼굴에 웃음을 지우고 검을 뽑아들었다.

석도명 또한 잔뜩 긴장한 얼굴로 검을 세웠다.

부도문이 이렇게 진지하게 검을 잡은 모습을 보기는 처음이었다. 몇 차례 목격한 귀신같은 손놀림을 감안하면 그의 검술 또한 절정의 수준일 게 분명했다.

그리고 아마도 부도문은 검을 통해 자신에게 뭔가를 전하려는 뜻일 것이다.

석도명은 긴장과 함께 묘한 흥분을 느끼고 있었다.

부도문 같은 고수를 상대로 자신의 검이 어느 정도 수준인지를 시험해 볼 수 있다는 설렘이 부풀어 올랐다. 악기를 잡을 때와는 또 다른 느낌이었다.

석도명이 먼저 일적십거를 펼쳐 자신의 몸을 물 샐 틈 없이 가렸다.

부도문은 꼼짝도 하지 않았다. 먼저 공격을 해보라는 자신감이리라.

석도명이 망설이지 않고 공격에 나섰다. 허공을 가르던 검영이 한데 모이더니 화살처럼 줄줄이 쏘아졌다. 중천지일의 수법이다.

번쩍.

웬만한 사람들의 눈에는 그렇게밖에는 보이지 않았을 것이다.

부도문의 검은 번개 같은 속도로 석도명의 검을 밀어내고, 잘라내고, 부숴냈다.

그 속도가 얼마나 빠른지 석도명의 공격을 분쇄하기가 무섭게 부도문은 어느새 공격으로 전환하고 있었다.

석도명이 서두르지 않고 검에 내공을 밀어 넣었다.

부도문의 검은 빨랐지만 석도명의 눈을 벗어나지는 못했다. 형태를 지운다고 해도, 소리를 지우고 기운마저 감추지 못하는 한에는 관음의 경지를 피할 수 없었다.

열기를 가득 머금은 석도명의 붉은 검이 부도문의 검을 정면으로 맞받아쳤다. 쾌검을 자랑하는 부도문의 공격을 일일이 따라잡기 어려우니 검을 잘라 버릴 요량이었다.

채채채챙.

가벼운 쇳소리가 연달아 울렸다.

부도문이 기이하게 검을 틀어 검면을 비껴 치는 바람에 검과 검이 제대로 부딪치지 않은 탓이다. 당연히 붉게 달아오른 석도명의 검으로도 부도문의 검을 잘라내지는 못했다.

"헙!"

석도명이 탄식인지, 비명인지 알 수 없는 소리를 내뱉었다.

부도문의 검이 뱀처럼 자신의 검을 좌우로 휘감고 떨어져 나간 순간, 양쪽 허리에 날카로운 통증이 느껴졌기 때문이다.

다행히도 상처는 깊지 않았다.

석도명은 자신이 그나마 방어에 성공을 한 것인지, 아니면 부도문이 필요한 만큼만 공격을 하고 물러선 것인지 판단이 서지 않았다.

분명한 것은 부도문을 상대로 시간을 끌수록 자신만 손해를 본다는 사실이었다.

석도명이 망설이지 않고 구화진천무 2초식의 전후반부를 잇달아 펼쳤다.

"본양무운! 화천대유!"

화르르.

불덩어리가 세차게 타오른 것과 동시에 부도문을 향해 쏘아졌다.

부도문의 신형이 흔들리면서 셋으로 나뉘더니 불덩어리를 가볍게 피해냈다. 부도문으로서도 구화진천무의 불덩어리를 맞받아칠 엄두는 나지 않는 모양이었다.

그러나 석도명의 공격은 이제 겨우 시작이었다. 두 번째, 세 번째 불덩어리가 꼬리를 물고 날아갔다.

차르륵.

부도문이 검을 앞으로 뻗어 손을 털어내듯 검 끝을 빠르게 흔들었다.

지난 날 장강에서 막간대채의 채주 고삼이 불덩어리를 정면으로 받아쳤다가 낭패를 봤을 때와는 전혀 다른 상황이 벌어졌다.

부도문의 검이 춤을 추듯 변화를 보이며 불덩어리를 난도질

한 것이다. 잘게 부서진 불꽃은 바람을 맞은 촛불처럼 꺼져 버렸다. 고삼과는 내공은 물론, 초식의 정묘함에서도 격이 다른 탓이리라.

석도명이 다시 검을 앞으로 찔렀다. 이번에는 세 개의 불덩어리가 동시에 쏟아졌다. 부도문이 의외로 간단하게 불덩어리를 막아내자 자신이 한 번에 쏠 수 있는 최대치를 퍼부은 것이다.

땅 위를 떠다니는 것처럼 가볍고 빠르기만 하던 부도문의 신형이 두 발을 땅에 버틴 채 우뚝 멈춰 섰다.

이어 부도문이 허공에 점을 하나 찍을 것처럼 검을 일직선으로 밀어냈다. 조금 전까지와는 달리 느리고 느린 움직임이었다.

그 순간 석도명은 보았다. 부도문의 검 끝에서 투명한 기운이 쏟아지더니 부챗살처럼 활짝 펴지는 것을.

퍼퍼펑!

불덩어리 세 개가 검 끝에 펼쳐진 기의 방어막에 부딪쳐 터져 버렸다. 뒤이어 날아간 세 개의 불덩어리 역시 같은 꼴을 당했다.

석도명에게는 다시 불을 뿜을 기회가 주어지지 않았다. 부도문이 검을 뻗은 상태에서 한 걸음을 내딛자 몸이 얼음 위를 미끄러지듯 앞으로 쏘아진 탓이다. 불덩어리를 깨부순 기의 장막이 그대로 석도명을 덮쳐오고 있었다.

떠나는 사람들

'기(氣)와 기의 싸움이다.'

석도명은 부도문이 원하는 바를 깨달았다. 검법에서는 자기가 분명한 우위에 있음을 확인한 부도문이 이제는 내공을 시험하려는 것이다.

석도명이 부도문과 같은 자세를 취했다. 무슨 검법 따위가 아니었다. 그저 칼을 정면으로 곧게 뻗은 채 앞으로 나가기만 할 따름이었다.

붉게 달아올랐던 석도명의 검이 제 색깔을 찾았다. 공기를 연소시키던 뜨거운 열기도 사라졌다.

대신 석도명의 검에서는 실타래 같은 기운이 줄기줄기 흘러나왔다. 내공으로 다듬어진 소리의 기운이다.

일직선으로 다가서던 두 사람의 검이 두 자 정도의 거리로 바싹 다가선 순간이었다.

콰광!

격렬한 충돌음이 터져 나오면서 석도명과 부도문의 신형이 벽에 막힌 듯이 멈춰 섰다.

두 사람의 검은 거리를 두고 떨어져 있지만, 기와 기가 부딪쳐 서로를 가로막았기 때문이다.

두 사람이 전력을 다한 내공 싸움이 서로의 몸을 밀어내는 형태로 계속됐다.

스스스슥.

두 사람은 석상처럼 꼼짝도 하지 않는데 땅바닥이 끌리는 소리가 들렸다. 그리고 석도명이 조금씩, 조금씩 뒤로 밀려났다.

한 치, 두 치…… 한 자, 두 자…….

시간이 지나면서 석도명이 밀려난 거리 또한 점점 늘어났다. 뜨거운 차 몇 잔을 마시고도 남을 정도의 시간이 흘렀을 때 석도명의 몸은 처음 부도문과 맞부딪친 자리에서 일 장이 넘는 거리를 밀려나 있었다.

부도문 앞에 부채꼴로 펼쳐진 기의 장막은 더욱 크고 두터워진 반면, 석도명의 검에서 뿜어진 실타래 같은 기운이 뻗어 나가는 속도는 너무 느렸다.

내공 싸움에서도 석도명의 완패라고 할만 했다.

그럼에도 석도명의 얼굴은 놀라울 정도로 평온했다. 부도문 또한 표정 변화가 없지만, 석도명의 얼굴에서 느껴지는 평화로움은 보이지 않았다.

그리고 무슨 까닭인지 석도명도, 부도문도 싸움을 끝낼 기미를 보이지 않았다.

반전의 조짐은 아주 느리게 나타났다.

이 각(二刻; 30분) 넘게 밀려나기만 하던 석도명의 몸이 어느 순간부턴가 더는 뒤로 밀리지 않았다.

거기에서 다시 일 각가량의 시간이 지난 뒤, 석도명의 몸이 움찔하는 것 같은 모습을 보였다. 그와 동시에 부도문의 몸이 아주 미세하게 뒤로 흔들렸다.

한 치, 두 치…… 한 자, 두 자…….

이번에는 정반대의 방향으로 두 사람이 움직였다. 앞을 향해 나가는 석도명의 몸이 점점 더 빨라지면서 부도문이 펼친 기의 장막이 서서히 무너져 내렸다.

"우욱!"

마침내 부도문의 입에서 선혈이 뿜어졌다.

석도명이 서둘러 내공을 거둬들이고는 허물어지는 부도문의 몸을 받아들었다.

"괜찮으세요?"

"크큭, 괴물 같은 놈. 단전에…… 샘이라도 팠더냐?"

부도문은 징그럽다는 듯이 고개를 흔들었다.

초반의 우위를 잡은 것은 분명 자신이었다. 단전의 크기를 따졌을 때 석도명은 아직 자신의 적수가 될 수 없었다.

헌데 내공의 열세에도 불구하고 석도명은 쉽게 무너지지 않았다. 아니, 시간이 경과하면서 자신의 단전이 점차 바닥을 드러낸 반면, 석도명의 내공은 솟아나는 샘물처럼 줄지 않았다.

처음에는 바가지와 찻잔의 싸움이라고 생각했는데 나중에는 바가지와 샘물의 싸움 같았다. 바가지가 아무리 크다고 한들 어찌 마르지 않는 샘을 이기겠는가?

"덕분에 배운 걸요. 천하에 가득한 소리의 기운을 단전에 끌어다 쓰는 방법을."

"끄끄끄……."

부도문이 지친 음성으로 낮게 웃었다. 그리고 말을 이어갔다.

"네놈한테 줄 게 없구나. 이거라도 어떻게 정리를 해보려고 했는데."

"정리는 되겠습니까?"

"끄끄, 한 번 됐으면, 두 번이라고 못하겠냐?"

석도명은 부도문의 마음을 알 수 있었다.

지금의 부도문은 과거와는 전혀 다른 사람이었다. 온몸을 감싸고 있던 음습한 마기는 사라진 지 오래였고, 어지간한 일에는 미쳐 날뛰는 법도 없었다.

조금 전 부도문이 펼친 기의 장막이 한없이 투명했던 까닭은 석도명이 불어넣어준 화기가 음한지기를 상쇄한 덕분이다.

여가허에 도착해 염씨 노인의 집에 머물면서 부도문은 뭔가에 골몰해 있었다. 근원적으로 바뀌어 버린 자신의 내공을 하나의 심법으로 새로 정리하려고 노력 중이었던 것이다.

결코 쉬운 일이 아니다. 기연을 통해 얻은 것을 체계적인 무공으로 정리한다는 것은 기연이 없어도 상승의 경지에 오를 수 있는 길을 찾아내는 일이기 때문이다.

아마도 부도문은 그 새로운 내공심법의 완성을 삶의 이유로 남겨둔 모양이었다. 그리고 그 심법이 완성되면 석도명에게 주고 싶었던 것이다.

석도명을 따라 나서겠다고 한 것도 필경 그 때문인 듯했다.

부도문의 내공에 관해 곁에서 어떤 실마리라도 던져 줄 수 있는 사람은 천하에 석도명이 유일했으니 말이다.

문제는 석도명에게는 새로운 심법이 필요 없다는 사실을 부도문이 방금 깨달았다는 점이었다.

석도명은 그로 인해 부도문이 희망을 꺾게 될까봐 걱정스러웠다.

"누군가에게는 필요하지 않겠습니까? 할 수 있는 일이라면 해내고 봐야죠."

"끄끄, 꿩 대신 닭이라 이거냐?"

"닭도 닭 나름이겠지요."

"한 가지만 알려주마. 검이든 불이든 숫자로 말하는 게 아니다. 끄끄끄, 끄끄끄……."

지칠 대로 지친 부도문의 웃음소리가 서서히 잦아들었다. 그리고 석도명의 팔 안에서 부도문의 고개가 천천히 꺾였다.

석도명이 부도문을 안아 들고 벌판을 가로질러 염씨 노인의 집으로 향했다.

석도명 또한 무수한 인연을 가슴에 담은 채 먼 길을 떠나야 했다.

정연과 약속했던 3년의 시한을 불과 몇 달 남겨둔 채였다.

*　　　*　　　*

무림맹주의 처소 도고전.

사람의 왕래가 많지 않은 이곳의 분위기는 오늘도 적막강산이다. 그 안쪽에서 두 사람이 나직한 음성으로 대화를 나누고 있다.

도고전의 주인 여운도와 질녀인 한운영이다.

"그 위험한 길을 기어이 가려고 하느냐?"

"마음을 정했고, 그 마음을 세상에 알렸으니 이제는 따르는 일만 남았지요."

말을 마친 한운영이 입을 굳게 다물었다. 그 얼굴에는 고집스러움이 가득했다.

"하아, 어이하여 네 부친의 가슴에까지 못을 박으려는 것이냐?"

"그 말씀은 숙부께서 하실 게 아니라고 생각합니다. 숙부께서는 무림의 평화를 위해 자신의 일생을 바치지 않으셨습니까? 조카가 그 길을 가겠다는데 장하다고 어깨를 두드려 주시는 게 옳지 않을까요?"

한운영의 반문에 여운도는 쉽게 말을 잇지 못했다.

자신은 명색이 무림맹주다. 한운영을 더 뜯어말렸다가는 자신의 인생을 통째로 부인하는 결과가 될 터였다. 어디 그뿐인가? 모용세가에 별전대를 보내기로 한 것도, 방문을 붙여 지원자를 모집한 것도 모두 자신이 한 일이다.

다른 사람들에게는 무림의 평화를 위해 꽃다운 청춘을 바치라고 해놓고 자신의 조카딸을 예외로 둘 수는 없질 않은가!

"숙부께서 뭐라고 하셔도 저는 제 길을 갈 겁니다. 그 길의 끝에서 후회를 하게 될지 어떨지 또한 제 몫이고요. 이제부터는 저를 숙부가 아니라, 무림맹주로서 대해주시길 바랄뿐입니다."

우문 낭자라는 명성에 걸맞게 딱 부러지는 이야기였다.

여운도가 체념 어린 표정으로 지그시 눈을 감았다.

처음부터 말려서 될 일이 아님을 알았다. 꺾을 수 없는 고집임도 알았다. 천하에 부러울 게 없는 재상가를 박차고 나온 아이를 무슨 수로 막겠는가?

"부디 보중(保重)하거라. 살아 있어야 후회든, 증오든 할 수 있는 거란다."

"명심하겠습니다."

한운영이 자리에서 일어나 방을 나갔다.

여운도는 좀처럼 움직이지 않았다.

그저 긴긴 한숨을 내쉬고 또 내쉴 따름이었다.

여운도가 소매 끝에서 서찰 한 통을 꺼내 펼쳐 읽다가 접어두고, 또다시 펼쳐 읽기를 반복했다.

"아아, 형님. 이제 와서 제가 어떻게 그 아이를 막겠습니까?"

서찰을 내려놓으며 여운도가 장탄식을 했다.

접히다 만 서찰 아래 부분이 삐죽이 고개를 내밀었다. 그것은 개봉에 있는 여운도의 의형이자, 한운영의 부친인 한지신의 서찰이었다.

> 못난 형을 용서하게. 나 자신은 과거의 회한을 잊은 지 오래이네만, 불쌍한 운영이의 어미를 지울 수는 없었다네. 부디 성심을 다해서 그 아이의 아픈 마음을 돌봐주기를 부탁하네.
> 자네와 나, 우리 모두가 아팠던 과거의 실수를 되풀이 할 수는 없지 않겠나.

서찰은 그렇게 끝을 맺고 있었다.

한참을 말없이 앉아 있던 여운도가 서찰을 갈무리해 놓고는 방을 나섰다. 무림맹주이기 전에 한 인간으로서 이대로 앉아 있을 수만은 없었다.

잠시 뒤 여운도는 무림맹 군사 사마중의 집무실로 들어서고 있었다.

별전대가 모용세가를 향해 떠나기 하루 전의 일이었다.

*　　*　　*

무림맹은 별전대의 출발을 최대한 비밀에 붙였다. 애초에 완벽한 비밀을 기대한 것은 아니었다. 설령 소문이 난다고 해도 별전대가 소문보다 먼저 모용세가에 도착하기만 하면 성공이었다.

그러나 소문보다 먼저 그 소식을 접한 곳이 있었다.

녹림맹의 맹주 우무중은 때마침 산서성 오태산(五台山)에서 주요 산채의 채주들을 불러 모아 회의를 열고 있다가 그 소식을 받아들었다. 무림맹에 심어둔 간자(間者; 간첩)의 활약이었다.

"흐음, 늙은 호랑이가 집을 나섰군. 드디어 기회가 온 건가?"

우무중이 좌중을 둘러보며 말했다.

무림맹에 정면으로 쳐들어가기는 여의치 않았지만, 무림맹을 멀리 벗어나 따로 고립된 100여 명 정도의 병력이라면 충분히 상대를 할 수 있었다. 그리고 그것은 고스란히 무림맹의 전력 누수로 이어질 터였다.

"놓쳐서는 안 될 기회이긴 합니다만."

"합니다만?"

군사 허이량이 자신의 말을 묘하게 받자 우무중이 되물었다. 당장이라도 달려 나가 무림맹에 본때를 보여줄 생각이건만, 허이량에게는 뭔가 다른 뜻이 있는 듯해서다.

"늙은 호랑이가 사냥을 끝낼 때까지 기다려도 된다는 말씀입니다."

무림맹의 지원대를 서둘러 공격할 것이 아니라 모용세가를 구원하고 귀환하는 길에 치는 게 낫다는 이야기다.

"늙은 호랑이라도 발톱이 다 빠진 건 아니다, 그건가?"

"죽 쒀서 개 준다는 표현도 있습니다. 저희가 호랑이 발톱에 먼저 피를 볼 이유는 없지요."

"하하, 자네에게는 어울리지 않는 고상한 표현이군."

"그러면 어부지리(漁父之利)를 취하자고 말씀드리겠습니다. 호랑이가 개를 잡고 난 뒤에 호랑이를 잡으면 되는 겁니다."

허이량의 말은 무림맹 별전대를 먼저 칠 것이 아니라, 요녕에서 싸움을 마치고 돌아오는 길에 공격하자는 것이었다.

우무중이 고개를 끄덕였다.

확실히 합당한 의견이었다. 무림맹의 전력이 아무리 알차다고 해도 이 추위를 뚫고 요녕까지 달려가서 싸움을 하는 건 제법 버거운 일이다.

무림맹이 진천보와의 싸움을 마치고 지쳐서 돌아올 무렵, 녹림맹은 충분한 준비를 갖추고 움직이면 되는 것이다.

하지만 모든 사람들이 같은 생각을 갖고 있는 건 아니었다.

"난 반대요!"

대오산채(大五山寨)의 채주 왕정(王丁)이 버럭 소리를 질렀다.

좌중의 시선이 왕정에게 쏠렸다. 왕정이 그 시선을 고스란히 받으며 말을 이어갔다.

"무림맹의 떨거지들이 대륙을 가로지르도록 팔짱만 끼고 있자는 거 아니오. 더구나 그놈들을 그냥 보내주면 모용세가만 도와주는 꼴이 되질 않소이까. 무림맹 별동대와 모용세가를 동시에 정리할 수 있는데 왜 한쪽은 살려두려는 게요?"

왕정이 대놓고 윽박지르는데도 허이량은 의외로 침착했다.

"왕 채주의 고민을 모르는 바 아니올시다. 어찌 모용세가가 대오산채의 숙적이기만 하겠소이까? 다만 대세를 판단해서 더 나은 전략을 내놓는 것이 저의 소임이외다."

그 말에 여러 사람의 고개가 동시에 끄덕여졌다.

과거 녹림 18채 가운데서도 다섯 손가락 안에 든다고 했던 대오산채는 하북성 소오태산(小五台山)에 자리를 잡고 있다. 요녕에서 발호해 발해만(渤海灣)까지 치고 내려온 요나라의 국경선이 소오태산 남쪽으로 그어진 것도 벌써 오래전의 일이었다.

그전까지만 해도 지리적으로 멀리 떨어져 있는 대오산채와 모용세가가 접촉할 일이 별로 없었다. 그런데 소오태산이 요나라 땅에 편입되면서 상황이 달라졌다.

모용세가가 새롭게 들어선 요나라 조정의 청을 이기지 못하고 산적 토벌에 여러 차례 손을 거들게 된 탓이다.

그로 인해 대오산채는 모용세가라면 이를 갈았다. 그런 와중에 모용세가를 도우러 가는 무림맹의 지원군을 고스란히 통과시키자는 발상은 받아들일 수 없었다.

어디 그뿐인가? 무림맹 별동대가 육로를 택해 요양으로 갈 경우 여가허에서 곧장 북쪽으로 올라온 뒤, 발해만을 끼고 계속 움직여야 했다.

공교롭게도 무림맹 별전대는 바로 그 길로 이동할 가능성이 높았다.

내해(內海)와 다름없는 발해는 겨울이면 북쪽 해안이 얼음으로 뒤덮여 배가 다니기 쉽지 않았기 때문이다. 더욱이 뱃길에 서툰 무림인의 속성상 엄동설한(嚴冬雪寒)이라도 산길을 가리지는 않을 터였다.

그 경우 별전대의 이동 경로가 대오산채의 행동반경에 들어오게 되어 있었다. 별전대를 공격하지 않는다면 훗날 대오산채가 겁을 먹고 꼬리를 내렸다는 오명을 뒤집어쓸 수도 있다는 이야기다.

왕정이 열을 낸 까닭, 그리고 허이량이 그의 고민을 잘 안다고 한 이유가 바로 여기에 있었다.

"대세라니? 모용세가를 돕는 게 대세요?"

"그게 아닙니다. 무림맹 별전대를 가로막으면 모용세가가 사라집니까? 무림맹에서 진천보로 말을 갈아탈 뿐이올시다. 모용세가가 탈퇴한다고 해도 무림맹의 전력 손실은 아주 제한적일 것이외다. 모용세가가 무림맹에 크게 기여한 것도 없으니 말이오. 차라리 무림맹과 진천보가 싸우는 게 녹림맹에는 더욱 좋은 일일 겝니다. 게다가 모용세가가 칼자루를 바꿔 쥐고 진천보와 연합해 세력을 더욱 불리는 일이 생기면 어쩌시겠소? 지금까지 행태를 보면 진천보 또한 정파를 자처하는 무리들로 보이는데 말이오."

"끄응……."

왕정이 대꾸를 하지 못했다.

그것으로 성에 차지 않았는지 허이량이 좌중을 둘러보며 쐐기를 박았다.

"그리고…… 무림맹 별전대를 따라잡기는 이미 늦었습니다."

"늦을 건 또 뭐요? 다 불러들일 필요도 없이 당장 여기 있는 전력만으로도 이기고 남겠는데……. 쩝."

아쉬움을 다 떨어내지 못한 왕정이 끝내 입맛을 다셨다.

"무림맹 별전대는 이미 이틀 전에 요양을 향해 출발했습니다. 그것도 이목을 속이기 위해서 10명 단위로 쪼개서 뿔뿔이 흩어졌다고 하오이다. 그렇게 흩어진 자들을 언제 찾아내고 또 따라잡겠소이까? 다시 한 번 강조하지만 돌아올 때 잡는 게 유리한 선택이외다."

"크크크, 허 군사 말이 백번 옳소. 소오태산 아우들의 근심은 나중에 덜어줄 테니 걱정은 붙들어 매시게나."

오태산채(五台山寨)의 채주 장무곤(張戊坤)이 냉큼 허이량을 거들었다.

"뭐? 아우 소리 집어치우라고 경고했을 텐데!"

억하심정을 참아 누르고 있던 왕정이 장무곤의 말에 발끈하고 나섰다. 장무곤이 유독 아우라는 단어에 힘을 실은 탓이다.

오태산채는 자신들이 오태산에 자리를 잡고 있다는 이유로, 소오태산에 근거를 둔 대오산채를 동생 취급하며 거들먹거렸다. 대오산채가 이름에 굳이 대(大)자를 우겨넣은 것도 오태산채 탓이다.

무공실력이나 산채의 규모 면에서 꿀릴 게 없다고 생각하면서도 소오태산에서 소(小)자를 떼지 못하는 게 왕정의 깊은 한이었다.

모용세가니, 무림맹 별전대니 하는 것들보다는 지금 당장 장무곤의 넙적한 면상에 주먹을 날리고만 싶었다.

"그만!"

우무중의 묵직한 한 마디에 왕정도, 장무곤도 더는 입을 열지 못했다.

침묵에 빠진 좌중을 향해 우무중이 최종 결론을 내렸다.

"허 군사의 계책을 따른다. 환송식은 못해준다만, 환영식은 화끈하게 열어주자꾸나!"

"복종!"

채주들이 우렁찬 구호와 함께 일제히 고개를 숙였다.

강호를 뜨겁게 달굴 무림맹과 녹림맹의 혈전은 그렇게 첫 단추를 꿰고 있었다.

제5장
변방(邊方)의 노장(老將)

 석진(析津; 오늘날의 북경)에서 동쪽으로 가다 보면 발해만에 조금 못 미친 곳에 갈석산(碣石山)이 자리하고 있다.
 갈석산 북쪽으로 곧게 뻗은 길을 따라 계속 동쪽으로 가면 요나라 오경(五京; 다섯 개의 중심 도시) 가운데 동경인 요양에 접어들게 된다.
 요나라는 북방에 황도인 상경임황부(上京臨潢府) 외에 4개의 수도를 더 지어 나라를 다스렸는데 과거 송나라 영토였던 석진에도 남경(南京)이 들어서 있었다.
 남경에서 동경으로 가는 중간쯤에 진시황이 만리장성 축조에 들어간 돌로 지었다는 진황도(秦黃島)가 자리를 잡고 있는

데, 바로 그 인근에 계촌(桂村)이라는 작은 마을이 있다.

황혼 무렵, 계촌 유일의 객잔인 서천각(西遷閣)에 십여 명의 남녀가 모습을 드러냈다. 일행은 방을 잡고 짐을 풀자마자 바로 식당에 자리를 잡았다.

계촌이 워낙 한적한 마을인지라 이들의 등장은 사람들의 이목을 집중시켰다.

검소한 옷차림에도 불구하고 표정과 눈빛에서 자연스레 흘러나오는 총기와 예기는 감춰지지 않았다. 더구나 그 가운데 두 명의 여인은 보기 드문 미녀였으니 누구라도 그들에게서 눈을 뗄 수가 없었다.

일행은 모두 열두 명. 닷새 전 10개 조로 나뉘어 출발한 무림맹 별전대의 마지막 조였다.

"모두들 많이 지쳤으니 오늘은 여기서 쉬고 내일 아침 일찍 출발합니다. 내일이면 요녕성에 접어드니 목적지가 멀지 않았습니다."

조장 역할을 맡은 사마형이 일행들에게 간단하게 한 마디를 했다. 요녕성이 멀지 않았다는 것을 강조함으로써 긴장의 끈을 늦추지 말라는 당부였다.

'후, 작정을 해도 이렇게 모으기는 힘들 텐데.'

사마형은 일행들이 묵묵히 고개를 끄덕이는 것을 보면서 자신도 모르게 긴 숨을 내쉬었다. 10조의 면면을 확인할 때마다 두통이 밀려들었기 때문이다.

우문 낭자 한운영, 남궁세가의 장녀 남궁설리.

이 두 사람만 해도 눈에 띄지 않을 수가 없는 조합이다. 밤낮을 가리지 않고 움직인 덕분에 소문보다 앞서 가고 있을 뿐이지, 아마 지금까지 지나온 마을마다 두 여인에 대한 이야기로 들썩일 게 분명했다.

반면 저 끝자락에 눈을 부라리며 앉아 있는 단호경의 우락부락한 외모는 정반대의 의미로 사람들의 눈길을 잡아끌기에 부족하지 않았다.

그래도 거기까지는 괜찮았다. 자그마한 상단의 두 딸-한운영과 남궁설리-이 친척 오라버니-사마형과 남궁호천-와 함께 호위무사들-단호경과 그 수하들-의 호위를 받으며 어딘가로 가는 중이라고 둘러댈 정도는 됐다.

문제는 그들 한가운데 중년의 승려가 자리를 잡고 앉아 염주를 굴리고 있는 모습이다. 승려의 허리에는 누가 봐도 어울리지 않는 검이 한 자루 매달려 있다. 정말로 부조화의 극치였다.

사마형이 속으로 혀를 차며 이번에는 맞은편에 앉아 있는 석도명을 바라봤다. 따지고 보면 이 기막힌 조합을 만들어낸 장본인이다.

무림맹에서 별전대를 조직할 때 각 대원들 간의 유기적인 협력을 고려해 원하는 사람들끼리 조를 짤 수 있게 해준 게 발단이었다.

맨 처음 석도명이 사마형과 같이 가겠다고 나섰다. 사마형과 함께 움직이라는 군사 사마중의 지시가 있었기 때문이다.

그러자 남궁설리와 남궁호천이 두말없이 석도명 옆에 섰다. 그에 뒤질세라 단호경과 그 수하들이 따라붙었다.

거기까지는 그러려니 했다. 사마형이 충격을 가누지 못한 것은 소림사 팔대호원으로 이름이 높은 성목이 천리산에게 다가가 조용히 합장을 하는 순간이었다.

결과적으로 별전대 10조는 조장인 사마형이 아니라, 석도명을 중심으로 꾸려진 거나 다름없었다.

사마형을 따라온 사람은 그나마 한운영 정도였다. 같은 군사부 소속이라는 이유도 있었지만, 사마중이 안전을 이유로 사마형과 함께 움직이라고 지시를 한 탓이다.

물론 사마중의 그 같은 조치를 취한 데는 여운도의 의중이 반영돼 있었다.

일행을 찬찬히 둘러보던 사마형의 입가에 흐릿하게나마 미소가 떠올랐다.

'그래도 전력은 뒤지지 않는다.'

외관상의 부조화를 제외한다면 꽤나 괜찮은 구성이기는 했다.

서품전에서 15명밖에 나오지 않은 천품이 두 명이나 된다. 지품과 인품의 품계를 받은 단호경과 그 수하들은 외찰대 생활을 오래한 덕에 실전 경험이 풍부하고 호흡이 잘 맞았다.

성목의 실력은 두말할 필요가 없었다. 그가 소림사에 남아 있었다면 사대금강이 되고도 남았으리라는 게 중론이었다.

어디 그뿐인가? 칠현검마라는 별호를 얻은 석도명이 비밀 병기로 남아 있다.

게다가 10조는 다른 조가 갖지 못한 것을 갖고 있었다. 바로 다음 세대 무림맹 군사로 여겨지고 있는 자신의 지략과 박식하기로 유명한 한운영의 지혜다.

사마형이 이런저런 생각에 잠겨 있는 동안 한운영과 남궁설리의 주도로 식사 주문이 이뤄졌다. 그리고 곧 여러 가지 음식들이 탁자 위에 가득 차려졌다.

"자, 일단 배 터지게 먹고 봅시다."

한운영과 남궁설리 앞에서 왠지 모르게 소심해져 있던 단호경이 음식을 보더니 기운을 차렸다. 평소의 호탕한 목소리를 되찾는 것과 동시에 팔을 뻗어 열심히 음식을 먹어 치우기 시작한 것이다. 다른 이들도 주섬주섬 젓가락을 집어 들고 식사에 나섰다.

그러나 오늘은 조용하게 저녁을 먹을 운명이 아니었던 모양이다.

덜커덕.

객잔 문이 활짝 열리며 군장을 갖춘 요나라 병사 10여 명이 들이닥쳤다.

"아무도 움직이지 마라!"

군관 급으로 보이는 사내가 검집을 움켜쥔 한 손을 위협적으로 치켜들면서 객잔 안의 사람들에게 호통을 쳤다.

석도명 일행을 포함해 스무 명 남짓한 손님들이 식사를 하고 있던 객잔이 순식간에 조용해졌다.

단호경이 성미 급하게 검에 손을 가져갔지만 사마형이 조용히 고개를 저었다.

'성가시게 됐군.'

사마형이 빠르게 머리를 굴리기 시작했다.

요나라 군사들이 들이닥친 이유를 헤아릴 수 없었다. 물론 문제가 생겼을 경우 저 정도를 해치우는 것은 손쉬운 일이다.

다만 요나라 군대의 추격을 받으며 요나라 깊숙이 들어가는 건 좋은 생각이 아니었다.

다행히 객잔 입구와 중앙 통로를 장악한 병사들은 좌우로 늘어선 채 움직이지 않았다. 그리고 뒤이어 다섯 사람이 안으로 들어섰다.

그들 뒤로는 열린 문을 통해 수십 명의 병사들이 객잔 앞을 지키고 선 모습이 보였다.

다섯 사람 가운데 우두머리로 보이는 백발의 사내가 얼어붙은 손님들을 보고는 마뜩치 않은 표정을 지었다.

"잠깐 요기만 하고 갈 건데 너무 소란을 떨지 말게."

"장군, 날이 늦었으니 오늘밤은 이곳에서 묵으시는 게 낫지 않겠습니까?"

"객잔이 작아 병사들은 오늘도 야영을 해야 할 텐데 어찌나 혼자 편히 잠을 청하겠나?"

장군이라 불린 사내는 수하의 권유를 가볍게 물리치고는 구석으로 걸어가 비어 있는 탁자에 자리를 잡고 앉았다.

조금 전 그에게 말을 걸었던 중년의 사내와 젊은 청년이 그 앞에 나란히 앉았다. 나머지 두 사내는 장군 뒤에 버티고 섰다. 호위무사인 모양이다.

"소달 부장(副將), 병졸들은 밖으로 내보내게."

"아버님, 한 치라도 빈틈을 보여서는 안 됩니다. 더구나 정체가 의심스러운 자들이 깔려 있는데……"

청년은 말꼬리를 흐리며 석도명 일행을 바라봤다.

객잔에 들어서는 순간부터 그의 눈에는 석도명 일행이 확 들어왔다. 모두들 병장기를 갖추고 있으니 경계심이 생기는 건 당연했다.

"제가 다시 확인하겠습니다."

소달 부장이라는 사내가 벌떡 일어나 석도명 일행에게 다가섰다.

"나는 남경성에서 온 부장 소달호야(蕭撻好野)라고 하오. 보아하니 거란인은 아닌 듯한데 어디로 가시오?"

소달호야는 유창한 한어(漢語)로 물었다. 석도명 일행이 한족임을 한눈에 알아본 것이다.

사마형이 일어나 정중하게 포권을 취했다. 요나라 병사들이 객잔에 들이닥친 게 자신들 때문이 아니라, 식사를 위해 잠시 들렀을 뿐임을 들은 터라 침착함을 되찾은 뒤였다.

"저희들은 개인적인 사정이 있어서 요녕으로 가는 길입니다. 이동 중 안전을 위해 최소한의 무장을 했을 뿐이니 걱정하지 않으셔도 됩니다."

사마형이 품안에서 작은 동패를 꺼내 소달호야에게 보였다. 요나라 국경 안에서 자유로운 통행을 보장하는 증표다. 요나라 조정이 교역상의 필요에 의해 한족들에게 선별적으로 발행한 것이었다.

"흐음, 구체적으로 요녕 어디에, 무슨 까닭으로 가는 길이오? 이 추위를 무릅쓰고."

소달호야는 의심의 눈초리를 쉽게 거두지 않았다.

요나라는 송나라 사람들 가운데 주로 상인들에게만 통행패를 발행해 주었다.

헌데 상인들은 이런 엄동설한에는 좀처럼 북방을 돌아다니는 일이 거의 없다. 게다가 행색을 봐도 상인으로 봐주기는 어려웠다.

그 순간 사마형은 빠르게 생각을 정리하고 있었다. 이런 경우에 대비해서 몇 가지 각본을 준비해 두기는 했다. 그중 무엇을 써먹을지를 신중하게 골라야 했다.

하지만 사마형이 생각을 끝내기도 전에 다른 사람이 먼저 입을 열었다.

"송구하지만, 저희의 행선지를 물으시는 연유를 먼저 여쭤도 되겠습니까?"

나선 사람은 한운영이었다.

"호오, 당돌한 아가씨로군. 조정의 녹을 먹는 장수로서 나라 안을 떠도는 자들을 감시하고 그 신분을 확인하는 게 뭐가 문제인가?"

소달호야의 표정이 딱딱하게 굳었다.

묻는 말에 순순히 대답을 하지 않고 말꼬리를 돌리는 자들 치고 뒤가 구리지 않은 자들이 드문 법이다.

"그런 뜻으로 드린 말씀이 아닙니다. 저희에게는 이 추위를 뚫고 북쪽으로 가야 할 피치 못할 사정이 있습니다. 저희가 믿고 의지할 수 있는 분인지를 먼저 알고 싶었습니다."

"흐음……."

소달호야의 머릿속이 복잡해졌다.

어조는 공손했지만 한운영의 말은 일종의 도발이었다. '우리에게는 중요한 일이 있는데 그걸 털어 놓으려면 너희들 신분부터 확인해야 하겠다'는 의미가 아닌가?

"허허허! 어린 아가씨가 꽤나 당찬 성격이로군. 내가 누군지를 먼저 밝혀라 그건가?"

두 사람의 대화를 지켜보고 있던 소달호야의 상관이 너털웃음을 터뜨렸다.

"장군!"

"아버님!"

소달호야와 청년이 다급하게 외쳤다. 그가 자신의 신분을 밝히려고 함을 알아챘기 때문이다.

그러나 사내는 손을 들어 두 사람을 제지했다.

"됐다. 혹여 저들이 나를 노리고 왔다면 내가 누군지를 벌써 알고 있을 터. 어쨌거나 나 야율부리(耶律不里)는 내 나라 안에서 신분을 감추고 다닐 만큼 비겁하지 않다."

한운영이 사내 앞으로 다가가 정중하게 허리를 굽혔다.

"천하의 야율 장군을 몰라 뵈었습니다."

"호오, 나를 아는가?"

"서부통군절도사(西部通軍節度使)이신 장군의 무명(武名)은 하남(河南; 황하 남쪽지방, 여기서는 송나라를 일컬음)에서도 모르는 이들이 없사옵니다."

야율부리는 요나라 서쪽과 남쪽 국경의 수비를 총괄하는 군부의 실력자다.

서쪽으로는 서하(西夏), 남쪽으로는 송나라와 대치하고 있는 요나라의 입장에서 가장 중요한 군대가 바로 서부통군이다. 그곳의 총사령관이 바로 야율부리인 것이다. 개인적으로는 황실의 일원이기도 했다.

"나에 대한 과장된 소문은 딱히 알고 싶지 않다네. 이제 자네들 사정을 이야기해 보게."

"저희는 개봉 양두상회에서 요양으로 가는 중입니다."

"양두상회라……, 그대들은 무림인인가?"

"그렇습니다."

야율부리가 고개를 끄덕였다.

양두상회는 송나라에서 손에 꼽히는 거대 상단 가운데 하나다. 요나라 중심지인 요양에서 개봉의 양두상회가 특히 유명한 데는 이유가 있었다.

양두상회의 주인인 진가복의 누이동생이 모용세가의 안주인인 진주련(眞周蓮)이기 때문이다.

야율부리는 양두상회의 이름을 듣고서 한운영이 요양의 모용세가로 가고 있음을 알았다.

아마도 누이동생의 가문이 곤경에 처한 것을 알고 진가복이 가만히 있을 리가 없다. 필시 거금을 들여 무림 고수들을 고용해 모용세가로 보냈을 것이다.

야율부리는 자신이 바로 그들과 마주친 것이라고 판단했다.

한운영이 양두상회의 이름을 사칭한 이유는 야율부리가 바로 그렇게 생각할 것이라고 예측했기 때문이다.

"무림의 일이라면 나는 관여할 생각이 없네. 요나라 백성들에게 민폐를 끼치지만 말게나."

야율부리가 한운영에게 자리로 돌아가라는 손짓을 보냈다. 조정의 일로도 머리가 아픈데 무림인과 얽힐 이유는 조금도 없다고 생각했기 때문이다.

한운영이 조용히 고개를 숙이고 돌아서려는 순간이었다. 야율부리의 아들이 불쑥 일어났다.

"내 부친께서 함자를 밝히셨으니 그대도 최소한 이름을 밝히는 게 도리가 아니겠소?"

"저는 한씨 성을 씁니다. 신분을 밝히지 말라는 명을 받은 상황이라 더는 말씀드릴 수가 없습니다."

"하하, 한 소저셨구려. 나는 야율구기(耶律九基)라 하오. 행선지가 다르지 않으니 조만간 또 볼 수도 있겠구려."

눈치를 보아하니 야율구기는 한운영의 미모에 크게 끌린 모양이었다.

야율구기의 말을 듣고 무슨 생각을 했는지 한운영이 입가에 미소를 머금고 야율부리를 바라봤다.

"송구하오나, 장군께서도 요양으로 가시는 길이시라면 저희가 뒤를 따라도 되겠습니까? 낯선 땅에서 저희에게 큰 의지가 될 것 같습니다만."

"글쎄, 지금 내가 누구와 동행을 하고 말고 할 처지가 아니지만, 따라올 수도 없을 걸세. 우리가 잠시라도 쉬는 건 오직 말이 지쳤을 때뿐이니 말이야."

야율부리가 턱도 없다는 듯 고개를 저었다.

"반대하지는 않으신다는 말씀으로 듣겠습니다."

"허허, 송나라 여인들은 몸치장밖에 모른다고 들었거늘 무림의 여인은 과연 과감하구먼."

야율부리가 호탕하게 웃었다. 그것으로 사실상 승낙이 떨어진 셈이었다.

야율부리는 생각했다. 꽃다운 젊은 여인에게 한없이 관대해지는 것을 보니 나이를 먹기는 먹은 모양이라고.

잠시 뒤 식사를 마친 석도명 일행은 짐을 챙긴다는 구실로 객잔 2층으로 올라가 한 방에 모였다. 갑자기 상황이 바뀌는 바람에 사마형이 잠시 틈을 내어 회의를 소집한 것이다.

"대체 무슨 생각으로 그리 한 것이냐? 우리가 모용세가로 향하는 건 비밀에 붙여야 하는 일인데."

사마형이 한운영에게 물었다.

자신과 상의도 없이 한운영이 멋대로 일을 벌인 게 마음에 들지 않았지만, 크게 화를 내지도 못했다. 한운영을 향한 마음이 각별한 탓이다.

"죄송해요. 하지만 상황이 너무 갑작스러웠어요."

"크흠, 문제는 우리가 좀 곤란해졌다는 것 아니겠소?"

남궁호천이 헛기침을 하며 끼어들었다.

"꼭 그렇지만은 않지요. 모용세가가 사방에서 고수들을 끌어 모으고 있다는 건 이미 세상이 다 아는 일이에요. 양두상회가 모용세가를 돕기 위해 발 벗고 나섰다는 사실 또한 마찬가지고요. 그들 가운데 10여 명이 눈에 뜨였다고 신경을 쓸 사람은 없을 거예요. 어쨌거나 야율 장군이라는 최고의 통행증을 손에 쥐었잖아요."

"험험, 나는 찬성이요."

찬반(贊反)을 물은 게 아닌데도 단호경이 번쩍 손을 들고 나섰다.

'자고로 미녀는 괴로우면 안 되는 거거든.'

사실 단호경은 한운영의 미모에 빠져 무조건 편을 들어주고 싶었다. 가녀린 미녀를 알뜰하게 보호하고 보살피는 것이야말로 장부의 사명이라는 게 그의 신념이었다.

아마도 남궁설리가 한운영과 정반대의 의견을 낸다면 다른 한 손은 그녀를 위해 들어줄 것이 분명했다.

"헤헤, 안전하고 빠르게 갈 수 있으면 되는 거 아닙니까?"

단호경에 이어 이광발까지 나서서 한운영을 거들었다. 대충 단호경과 비슷한 이유였다.

남궁설리를 비롯한 나머지 사람들이 고개를 끄덕였다. 한운영의 말이 틀리지 않았기 때문이다.

그때 한운영의 붉은 입술이 다시 열렸다.

"그것만이 아니에요. 야율 장군 같은 거물이, 그것도 국경 수비를 책임진 총사령관이 이렇게 황급히 요양으로 달려가는 건 심상치 않은 일이에요. 요나라 조정에 변고가 생겼거나, 반대편 국경에 문제가 생겼을 가능성이 높아요. 야율 장군 일행을 따라가다 보면 작은 정보라도 얻게 될지 모르죠."

사마형은 더 이상 한운영을 질책할 수가 없었다.

"거기까지 생각했다니 놀랍구나. 하지만 다음에는 미리 전음이라도 주고받았으면 좋겠어."

"예, 명심하지요."

"자, 시간이 없으니 짐을 챙겨 어서 나갑시다."

사마형이 서둘러 사람들을 흩어냈다. 출발이 급하기는 했지만, 한운영 때문에 자꾸 미소가 번지는 것을 참기 어려운 탓이었다.

'이 사마형의 짝으로 이만한 여자가 또 있을까?'

오래전부터 마음에 두고 있었지만, 재상가의 여식이기에 감히 인연을 꿈꾸지 못했던 한운영이다.

하지만 한운영이 스스로 강호에 투신한 이상, 그녀에게 가장 가까이 다가갈 수 있는 사람은 바로 자신일 것이다.

"후우……."

사마형이 낮은 한숨을 내쉬었다. 한운영을 가까이 해야 하되, 가까워져서는 안 된다는 사마중의 당부가 떠오른 탓이다.

사마형은 그것을 납득할 수 없었다.

그 이유를 물을 때마다 부친에게 들은 것이라곤 '사마세가와 여씨세가는 언제나 어깨를 나란히 할 뿐이다'라는 모호한 대답이었다.

"내가 네 또래였을 때 맹주와 의형제를 맺으려고 했었다. 당시 네 조부께서도 내게 똑같은 말씀을 하셨지. 사마세가의 가주가 되면 너도 이해할 수 있을 게다."

짐을 챙겨 밖으로 나가면서 사마형은 골똘히 생각에 빠져 있었다.

과연 동지는 될 수 있지만, 가족은 될 수 없는 사이란 무엇일까?

한편, 그 순간 단호경은 수하들 앞에서 어깨를 으쓱거리며 방문을 나서고 있었다.

"음하하, 보라고 다 잘 된 거야. 암, 결국은 내 의견대로 됐잖아."

단호경은 우쭐한 마음을 감추지 못했다.

게다가 과거 먼발치에서 구경만 하던 후기지수들과 머리를 맞댄 자리에서 자신의 뜻이 통했다는 사실이 감격스러웠다.

더구나 이번 일로 한운영이 자신에게 조금은 고마운 마음을 갖게 되지 않았을까 생각하니 자꾸 웃음이 터졌다.

"개뿔, 잘 되기는……."

천리산이 단호경의 들뜬 가슴에 찬물을 끼얹었다.

"개뿔이라니? 안 된 건 또 뭐가 있냐!"

단호경이 버럭 소리를 질렀다.

그때 석도명이 천리산의 어깨를 다독이며 딱 한 마디를 했다.

"뭐, 설마 얼어 죽기야 하겠습니까?"

이광발이 그제야 펄쩍 펄쩍 뛰기 시작했다.

"으악! 그러고 보니 이제부턴 매일 야영이잖아."

야율부리의 말대로라면 당장 오늘밤은 물론, 앞으로 계속 이불을 덮고 잘 일이 없었다.

"잊지 마쇼. 이 선배도 한몫했다는 거."

"하여간 머리 나쁜 사람들은 입을 열면 안 된다니까."

곽석과 구엽이 때 맞춰 구시렁거리기를 잊지 않았다.

단호경의 어깨가 축 처졌다. 그가 얼굴 다음으로 자신 없는 부분이 바로 머리였다.

*　　　*　　　*

겨울이 막바지로 치닫고 있는 계절인데도 북방의 날씨는 거칠었다. 석도명 일행이 야율부리의 행렬을 따르기 시작한 지 사흘이 지났을 때 갑작스런 폭설이 쏟아지기 시작했다.

정말로 말이 지쳤을 때를 빼고는 잠도 자지 않고 달리기만 하던 야율부리와 병사들은 폭설 속에 밤이 다가오자 어쩔 수 없이 행군을 멈춰야 했다.

병사들이 나뭇가지를 잘라 뼈대를 세우고 그 위에 모포를 씌워 간이 군막을 세우는 동안 석도명 일행은 커다란 나무 밑에 모닥불 하나를 피우는 것으로 야영준비를 마쳤다. 모포를 몸에 감고 불가에 둘러 누워 자는 게 무림인의 야영방식이었다.

불에 쬔 건포를 뜯어 먹고 있는 석도명 일행에게 병사 하나가 다가왔다. 야율부리의 초대였다.

야율부리의 잠자리는 간소했지만 그나마 제대로 구색을 갖춘 군막이었다.

군장을 최소화하라는 야율부리의 명령에도 불구하고, 통군절도사를 바깥에서 자게 할 수 없다며 수하들이 사병용 군막 하나를 챙겨온 덕이었다.

야율부리의 군막 앞에 화톳불이 밝혀지고 그 위에 꿩과 토끼 몇 마리가 구워지고 있었다. 병사들이 군막을 치는 동안 야율부리의 호위무사 두 명이 숲에 들어가 잡아온 것이었다.

이처럼 폭설이 퍼붓는 밤에 손쉽게 사냥을 해온 것을 보니 두 사람의 실력도 범상치는 않았다. 풍부한 야영경험과 무공 실력이 동시에 뒷받침되지 않고는 힘든 일이었다.

"허허, 벌써 내일이면 작별이군. 이 폭설은 아무래도 자네들하고 이별주를 한 잔 하라는 뜻인가 보이."

야율부리가 굵은 눈발이 흩날리는 밤하늘을 올려다보며 나지막이 말했다. 술잔을 들었지만 눈 때문에 발이 묶인 게 편치 않은 기색이었다.

이윽고 술잔이 오가면서 석도명 일행과 야율부리 일행 사이에 이런저런 이야기가 오갔다.

불가에 둘러앉은 사람은 여럿이었지만 주로 입을 여는 사람은 야율부리와 야율구기, 그리고 한운영과 사마형뿐이었다.

그리고 가끔 남궁설리가 대화를 거들었다.

다른 이들이 끼어들지 못한 까닭은 야율부리의 관심사가 주로 송나라 정국에 관한 것인 탓이다. 무림인들에게는 관심도, 지식도 부족한 주제였다.

야율부리는 한어가 유창한 것은 물론, 송나라 문물에도 꽤 밝았다. 젊을 때는 개봉에서 몇 년 동안 유학을 한 적도 있다고 했다.

사실 요나라 황실과 집권층은 두 개의 파벌로 나뉘어 100년 가까이 권력투쟁을 벌이고 있었다.

그 발단은 송나라에게 '단연의 맹'이라는 굴욕을 안긴 성종 효선제였다. 성종은 국력 신장을 위해 송나라의 앞선 문물을 적극적으로 받아들이는 정책을 택했는데 그 뒤로 요나라 조정이 이에 찬성하는 혁신파와 반대하는 보수파로 갈린 것이다.

야율부리가 송나라 문물에 밝고, 개봉 유학까지 한 것은 집안이 대대로 혁신파였기 때문이다.

석도명 일행을 불러 술자리를 갖게 된 것 또한 송나라 문물과 내부 정세에 대한 야율부리의 깊은 관심 탓이었다.

밤이 깊어지면서 이야깃거리가 점차 바닥을 드러내기 시작했다. 얼마 되지 않던 술은 동난 지 오래였고, 사람들은 말을 잃고 불빛을 바라보며 사념에 빠져들었다.

강행군에 지친 단호경과 수하들은 팔 사이에 고개를 묻은 채로 꾸벅꾸벅 졸고 있었다.

간만의 취중정담에 시간 가는 줄을 모르고 있던 야율부리의 눈에도 그 광경이 들어왔다. 이제 자리를 파해야겠다는 생각을 하며 찬찬히 주변을 둘러보던 야율부리가 누군가와 시선이 딱 마주쳤다.

한 번도 입을 열지 않으면서도 자신과 한운영의 대화에 진지하게 귀를 기울이고 있는 젊은 청년이었다.

무림인치고는 너무 순해 보이는 얼굴이지만, 집중력이 흐트러지지 않은 것을 보면 고도의 정신수련을 쌓은 게 분명했다.

야율부리가 호기심을 이기지 못하고 먼저 말을 걸었다.

"허허, 그러고 보니 지난 며칠 동안 자네가 입을 여는 모습을 도통 본 기억이 없구먼. 자네처럼 남의 이야기를 공들여 듣기도 어려울 텐데 말이야."

"아닙니다. 내용이 너무 새롭고 흥미로워서 저도 모르게 빠져들었을 뿐입니다. 장군 덕분에 식견을 많이 넓힌 것 같습니다."

석도명은 야율부리가 갑자기 말을 걸어오자 약간 당황스러웠다.

사실 음악 말고는 세상에 대해서 제대로 아는 게 없었다. 군사부에 배속돼 지난 몇 달 동안 천하의 정세라는 것에 대해 공부를 하기는 했지만 자신이 살고 있는 송나라의 사정도 모르는 게 많았다.

야율부리와 한운영, 사마형의 대화에 두 귀를 쫑긋 세운 까닭은 세상에 대한 관심이 깊어진 탓이리라.

아마도 혼자의 힘으로 식음가의 비극에 감춰진 비밀을 파헤치고, 필경에는 끝마무리까지 해야 한다는 절박함이 작용한 모양이다.

야율부리는 석도명의 말을 겸양으로 받아들였다.

어쨌거나 나이답지 않게 진지한 석도명의 모습이 점점 더 마음에 들었다. 관심을 갖고 보니 그동안 신경을 쓰지 않던 것까지도 눈에 들어왔다.

"헌데 자네 허리에 그 물건은 뭔가? 꽤나 소중한 것인 듯한데……."

석도명의 허리춤에는 정체를 알 수 없는 길쭉한 물건이 헝겊에 싸인 채 매달려 있었다.

병장기가 아닐까 싶기도 했지만, 등 뒤에 검을 매고 있으니 전혀 다른 물건인지도 몰랐다.

"적(笛; 옆으로 부는 피리)입니다."

야율부리의 눈에 이채가 돌았다. 무림인이 아기를 갖고 다닐 것이라고는 상상도 하지 못했기 때문이다.

이렇게 멀고 험한 길을 가면서 악기를 챙겨 갖고 다니는 것을 보면 음악에 상당한 조예가 있을 터였다.

"오호, 송나라에서 예악이 성행하더니 무림인 중에도 악률에 밝은 사람이 있는 줄은 몰랐구먼. 내 잠시 구경을 해도 되겠는가?"

석도명이 허리춤의 물건을 꺼내 펼치자 그 안에서는 정말로 피리가 나왔다.

그것을 받아든 야율부리의 눈이 더욱 커졌다.

대나무로 만든 보통 피리를 예상하고 있었는데 석도명이 건네준 것은 죽적이 아니었다.

거무튀튀하면서도 불빛을 받아 반짝이는 피리의 재질은 뜻밖에도 쇠였다.

"음, 대단한 물건이로구먼. 철적(鐵笛; 쇠 피리)이 있다는 이야기는 들었지만 이건 보통 철로 만든 게 아니로군. 철적이 아니라 강적(剛笛; 강철 피리)이라고 하는 게 옳겠어. 허허, 어지간한 검보다 낫겠는걸."

병장기에 밝은 무장답게 야율부리는 재질에 탄성을 감추지 못했다.

사실 그럴 만한 이유가 있기는 했다. 여가허 제일의 대장장이로 손꼽히는 왕문이 석도명을 위해 온갖 귀한 재료를 구해다가 정성을 기울여 만들었기 때문이다.

'확실히 어지간한 검보다 낫지요.'

석도명이 자신에게 쇠 피리를 건네주던 왕문의 얼굴을 떠올리며 빙긋이 웃었다.

"이것도 남한테 줄 테냐?"
"아니, 뭐 이런 걸 만드셨어요?"
"저번에 검을 만들어 줬더니 냉큼 다른 사람한테 줘 버렸잖아. 내가 만들 줄 아는 게 낫 아니면 검뿐이라서 검을 만들어 준 건데, 생각해 보니 너는 악사가 아니야. 처음부터 쓸모없는 물건을 만든 내가 잘못이지. 그래서 이번에는 피리를 만들어 봤다. 흐흐, 다음번에는 칠현금을 만들어 주마. 이 세상에 단 하나밖에 없는 철현금(鐵弦琴)이 될 게야. 푸흐흐."

"어이쿠, 보기보다 무겁네요."

"히히, 처음 만들어 보는 거라서 돈을 좀 들였지. 재료비만 따지면 지난번 그 검보다 두 배는 족히 들었다고."

일생 최대의 역작을 한운영에게 줬다고 한동안 삐쳐 있던 왕문이 몇 달간 공을 들여 만든 작품이다.

몸에 지니기에는 좀 무거웠지만 왕문의 정성 때문에 놔두고 올 수가 없었다.

야율부리가 피리를 이리저리 살펴보더니 두 손을 들어 연주 자세를 취했다. 젊은 시절 죽적깨나 불어본 경험이 있는지라 자신 있게 취구(吹口; 입으로 부는 부위)에 입을 대고 바람을 불어넣었다.

피익.

피리에서는 쇳소리가 섞인 된바람이 새어나왔다.

야율부리가 입을 오므리고, 손가락으로 지공(指空)을 단단히 막자 바람 소리가 사라지면서 그나마 피리 소리다운 둥근 공명음이 울렸다.

하지만 거기까지였다. 야율부리가 손가락을 움직여 곡조를 연주하려 했지만 제대로 된 가락은 울리지 않았다. 음이 맞지 않는 기묘한 소리가 이어졌을 뿐이다.

"크흠, 음계가 엉망이로군."

야율부리가 실망스런 표정을 지으며 석도명에게 피리를 돌려줬다.

그럴 만도 했다. 악기를 모르는 왕문이 저자에서 죽적을 구해다가 단순히 치수만 재서 만든 탓이다.

재질이 전혀 다른데 구멍만 같은 위치에 뚫는다고 제대로 된 음이 나올 리가 없질 않은가.

석도명은 처음부터 그 사실을 알았지만 차마 왕문에게 진실을 밝힐 수는 없었다. 왕문을 두 번이나 실망시키고 싶지 않아서다.

게다가 사실 석도명에게는 그 정도야 별 문제도 아니었다. 무쇠 솥에다 구멍을 뚫어 준다 한들 대수겠는가?

"하하, 제가 아는 분이 정표로 만들어 준 물건입니다만 죽적하고는 음계가 미묘하게 달라서 연주가 쉽지 않지요."

"허허, 연주가 쉽지 않다……. 내가 보기엔 악기 구실을 못할 것 같은데 자네는 연주가 되는 모양이지?"

"……."

석도명이 대답을 하지 못했다.

'할 수 있다'고 말 하려니 잘난 척을 하는 꼴이었다.

그 대답은 다른 곳에서 나왔다.

"그의 솜씨라면 연주를 하고도 남지요."

한운영의 음성이었다.

짝짝짝.

곧이어 연주를 재촉하는 듯한 박수 소리가 들렸다. 그 주인공은 남궁설리였다.

야율부리는 물론 그의 수하들이 흥미로운 표정으로 석도명을 바라봤다.

대체 어느 정도의 실력을 가졌기에 저렇게 엉망인 악기로 연주를 할 수 있단 말인가? 어쨌거나 보기 드문 두 미녀가 저렇게 성원을 보내는 것을 보면 영 빈말은 아닌 모양이다.

"아자! 가자고!"

졸다가 박수 소리에 번쩍 고개를 쳐든 단호경이 뜬금없이 소리를 질렀다. 엉거주춤 피리를 들고 있는 석도명의 모습을 보고는 자신도 모르게 기합이 들어간 것이다. 남궁호천과 천리산, 이광발 등이 거기에 호응하면서 박수 소리가 점점 커졌다.

곧이어 박수 소리가 일시에 멈췄다. 석도명이 피리를 입으로 가져가는 것을 보면서 모두들 숨을 죽인 것이다.

휘이리리, 휘리리—

조금 전과는 전혀 다른 맑은 소리가 밤하늘을 향해 울려 퍼졌다. 투명하면서도 듣는 이의 간장을 끊는 애절한 음색이었다.

야율부리의 군막을 가운데 두고 사방에 흩어져 모닥불을 쬐고 있던 50여 명의 병사들 사이에서도 이야기 소리가 끊겼다.

그리 크지도 않은 석도명의 피리 소리가 모두의 귓가를 선명하게 파고 든 탓이다.

그리고 그들 중 몇 사람이 피리 소리에 맞춰 노래를 부르기 시작했다. 어눌한 발음이었지만 뜻밖에도 한어였다.

**황하는 저 멀리 흰 구름 사이로 흘러가고
높은 산 위엔 성 하나 외로이 섰네.
강족(羌族)의 피리는 어찌하여 원양류(怨楊柳)만 불어대나
봄바람은 옥문관을 넘지 못하거늘.**

黃河遠上白雲間 一片孤城萬仞山
羌笛何須怨楊柳 春風不渡玉門關

고향을 떠나 전선에 나가 있는 병사들의 외로움을 노래한 '양주사(凉州詞)'였다. 오랑캐에 맞서 서쪽 변방을 지키던 당나라 군사들이 원양류라는 북조(北朝)시대의 이별곡을 들으면서 향수에 젖는 광경을 노래한 곡이다.

사마형을 비롯한 몇 사람이 양주사를 알아듣고 입을 다물지 못했다. 송나라에서 오랑캐로 취급받는 거란족 병사들이 송나라 병사들의 애창곡을 부를 줄이야!

요나라가 그동안 송나라 문물을 그만큼 많이 받아들였다는 의미일 터였다. 더구나 이들의 지휘관인 야율부리가 개방에

적극적인 혁신파임을 감안하면 어느 정도 수긍이 가는 일이기도 했다.

야율부리가 경탄 어린 눈길로 석도명을 바라봤다.

'허어, 가만히 있을 때는 보이지도 않더니 어찌 이런 연주를 해낸단 말인가?'

단순히 손가락 놀림이나, 호흡을 가다듬는 것만으로 가능한 연주가 아니었다. 잘못 만들어진 악기를 천하의 명기로 둔갑시키는 저런 재주는 그 누구도 흉내를 낼 수 있을 것 같지가 않았다.

사람들의 시선이 자신에게 쏟아지고 있건만 정작 석도명은 이를 의식하지 못했다. 밤하늘에 펼쳐지는 소리의 향연에 스스로 취한 탓이었다.

다른 사람들의 눈에는 검은 하늘 아래로 눈발이 희끄무레하게 떨어지는 광경이 보였을 뿐이지만, 석도명은 하늘을 가르는 바람과 아지랑이처럼 피어오르는 자신의 피리 소리가 뒤엉키는 모습이 보였다.

그 부드러운 바람과 소리의 결을 헤치며 아련하게 흩날리는 눈의 춤사위는 황홀했다. 그것은 오직 석도명만이 볼 수 있는 아름다움이었다.

석도명이 온몸에 충만한 소리의 기운을 더욱 끌어올렸다. 떨어지는 눈발을 거스르며 하늘로 올라가는 자신의 피리 소리가 어디까지 올라가고, 또 퍼져나갈지를 보고 싶었기 때문이다.

 거대한 기의 소용돌이가 손끝을 타고 피리로 흘러들어갔다. 그리고 천하를 공명판으로 삼기라도 할 것처럼 피리 소리가 계속 부풀어 올랐다.

 석도명의 몸에서 시작된 소리의 기운이 거센 소용돌이를 일으키더니 폭포수가 거꾸로 치솟듯이 하늘을 향해 거대한 장막이 펼쳐졌다. 물론 그 웅장한 광경을 볼 수 있는 것은 석도명뿐이었다.

 그 순간 사람들의 표정이 일제히 변했다.

 석도명의 기도와 피리 소리가 달라졌음을 느낀 탓이다.

 음량이 커진 것은 아니었다. 그런데도 처음에는 흐느끼듯 부드럽기만 하던 피리 소리가 이제는 사방을 빈틈없이 꽉 채운 느낌이었다.

 소리가 석도명의 피리 끝에서 나와 귓가에 전해지는 것이 아니라, 자신의 몸이 마치 피리 소리에 풍덩 빠진 것만 같았다.

 환상이었을까? 땅을 향해 쉬지 않고 떨어지던 하얀 눈발이 하늘을 향해 거꾸로 날아올랐다. 피리 소리에 취한 모두의 몸이 둥실 떠올라 하늘로 날아가는 기분이었다.

 휘잉.

 문득 한 줄기 바람이 불어왔다. 사람들이 일시에 소리에서 깨어났다. 아쉽게도 석도명이 연주를 멈춘 탓이다.

왜?

모두들 같은 의문을 담아 석도명을 바라봤다.

모든 이들이 묻고 있었다. 그 황홀한 순간이 진짜였냐고. 왜 갑자기 연주를 중단했냐고.

"저쪽에서 살기가 느껴집니다."

하지만 그때 석도명의 입에서 흘러나온 것은 전혀 엉뚱한 대답이었다.

"살기라고?"

"뭐?"

"쉿!"

뜻밖의 이야기에 잠시 놀라기는 했지만 사람들의 반응은 기민했다. 한쪽은 야전에서 잔뼈가 굵은 군인이고, 다른 쪽은 무림인들이니 당연한 일이었다.

야율부리의 뒤편을 지키고 있던 호위무사 두 명 가운데 한 명이 얼른 엎드려 땅바닥에 귀를 댔다. 지청술(地聽術)을 펼친 것이리라.

"은밀히 움직이고 있습니다. 숫자는 우리보다 훨씬 많고, 거리는 200장(600미터) 바깥입니다."

야율부리와 소달호야의 얼굴에서 취기가 싹 가셨다.

몸을 움직이기도 힘든 이 폭설을 무릅쓰고 다가오는 자들이라면 좋은 뜻을 품고 있을 리가 없다. 동부통군(東部通軍)의 사령부가 위치한 요양성을 지척에 두고 감히 자신들을 노린다는 것은 더더구나 심상치 않았다.

"고맙네."

야율부리가 석도명에게 짤막하게 감사의 인사를 하며 일어섰다.

그새 소율호야의 눈짓을 받은 군관들이 서둘러 병사들을 불러 모으기 시작했고 야율부리는 군막 안으로 사라졌다. 잠자리에 들기 위해 풀어놓은 무장을 다시 갖추기 위함이다.

석도명 일행이 대책을 숙의하기 위해 사마형을 중심으로 한자리에 모였다.

"어떻게 알았나?"

사마형이 먼저 석도명에게 물었다.

아무리 긴장의 끈을 놓고 있었다고 하지만 석도명이 알아챈 것을 자신이 놓쳤다는 사실이 난감했다.

"연주를 하는 동안에는 유독 소리에 예민해집니다."

"소리를 들었다고? 200장 바깥에서?"

사마형이 되물었다.

신경을 곤두세우고 있는데도 자신의 귀에는 여전히 거친 바람 소리밖에는 들리지 않았다. 그만큼 상대의 움직임이 은밀하다는 뜻이다.

헌데 석도명은 전력을 다해 피리를 연주하면서도 뭔가를 들은 것이다. 아무리 소리의 달인이고, 칠현검마라 해도 놀라운 일이었다.

부친의 생각대로 석도명에게는 자신이 이해하지 못하는 남다른 구석이 있는 게 틀림없었다.

'들은 게 아니라, 본 겁니다.'

석도명은 마음속으로 그렇게 말하고 있었다.

사방으로 펼쳐낸 소리의 장막에 이질적인 기운이 잡히는 것을 보고 누군가가 은밀히 접근하고 있음을 알았다. 아무리 어둠이 짙고, 주변의 소음이 심하다고 해도 눈으로 보이는 소리는 감출 수가 없는 법이었다.

하지만 그 말을 입 밖으로 꺼내지는 못했다. 어찌 관음의 경지에 대해서 떠들고 다닐 수 있겠는가?

다행히 한운영이 사마형에게 상황이 긴박함을 일깨워줬다.

"지금은 그런 걸 따질 때가 아니에요. 우리 입장부터 정해야죠."

"그래, 알았다."

석도명에게서 눈을 돌린 사마형이 일행을 천천히 둘러보면서 입을 열었다. 상황이 급박하니 생각을 정리하면서 동시에 이야기를 끌어가야 했다.

"목적지를 얼마 남겨두지 않고 장애물을 만났으니 일차적으로 택할 수 있는 전략은 적진을 정면 돌파해 최대한 빠르게 요양으로 들어가는 겁니다."

모두들 고개를 끄덕였다. 워낙 강행군에 지쳐 있는 상황이라 적을 피해 멀리 돌아가는 방법은 떠올리고 싶지도 않았다.

그때 한운영이 끼어들었다.

"야율 장군과 같이 움직이는 건가요? 아니면 우리끼리 가는 건가요?"

애초에 정보 수집을 목적으로 동행을 주장했던 탓인지 한운영은 야율부리 일행에게 미련이 남는 모양이었다.

"글쎄…… 상대의 정체도, 전력도 알지 못하니 우선은 적당히 거리를 두고 뒤따르는 게 좋겠지만…… 우리에게는 주어진 임무가 있다는 걸 잊어서는 안 되겠지."

야율부리의 일행이 가까이 있는 탓에 에둘러 말하기는 했지만 사마형의 뜻은 분명했다.

요나라 병사들을 앞세우고 가다가 기회를 봐서 자신들만 안전하게 몸을 빼자는 이야기였다.

야율부리 일행이 신속하게 대처하는 것을 보면 앞에 나타난 자들은 별전대가 아니라 야율부리를 노린 것일 가능성이 높았다. 그럴 경우 남의 일에 굳이 휘말려들 필요가 없다고 사마형은 생각했다.

"처음부터 병사들과 같이 움직이는 게 낫지 않을까요?"

"그러다가 골치 아픈 일에 휘말리는 거 아닐까?"

한운영의 의견에 남궁설리가 조심스레 반론을 폈다.

한운영이 지체 없이 자기 생각을 털어놓았다.

"제 생각은 이래요. 결국 상대가 누구일지는 아직 몰라요. 다만 두 가지 가능성이 있는데, 만일 무림인이라면 요나라 병사들과 함께 있는 우리를 쉽게 건드리지는 못하겠죠. 그게 아니라면 야율 장군을 노린 반대파의 소행일 텐데, 그때는 야율 장군만이라도 구하는 게 좋을 거예요."

"그러다가 반대파의 원한을 사게 되면 어쩌려고?"

사마형이 납득할 수 없다는 어조로 되물었다.

"물론 그럴 수도 있어요. 하지만 생각해 보세요, 정면으로 싸워서 이길 수 있는 상대를 무리하게 암습할 필요가 있을까요? 제가 보기에는 야율 장군이 요양성 안으로만 들어가면 끝나는 상황이에요. 한 가지 덧붙이자면, 야율 장군이 혁신파의 핵심인물이라는 점을 잊지 않았으면 좋겠어요."

"흠, 야율 장군이 건재한 편이 확실히 모용세가에도 유리하겠구나."

사마형은 한운영이 뜻하는 바를 정확하게 알아들었다.

본시 송나라와의 교류에 우호적인 혁신파는 모용세가가 무림맹의 일원으로 행동하는 데도 별로 부정적이지 않았다.

반면 보수파에서는 아무리 부림인이라고 해도 적국을 드나들며 활동하는 것은 이적행위가 아니냐는 불만을 종종 터뜨리곤 했다. 야율부리가 죽을 경우 모용세가에는 득보다 실이 많을 터였다.

사마형이 동의를 구하는 눈길로 사람들을 빠르게 훑어봤다. 모두들 고개를 끄덕였다. 사마형만큼 말귀를 알아들은 것은 아니지만, 한운영이 대국적인 견지에서 의견을 내고 있다는 것을 납득했기 때문이다.

"좋소이다. 서둘러 출발합시다. 그런데……."
사마형이 말꼬리를 흐리며 석도명과 한운영을 번갈아 바라봤다. 그리고는 뭐가 어색한지 헛기침을 하며 말을 이어갔다.
"험, 자칫 혼전이 될 수도 있는 어려운 상황이니 누군가는 뒤에 남는 게 좋을 것 같은데……. 혹시 모르니 배후도 좀 살펴야 할 것 같고…… 만에 하나 비상사태가 생길 경우 소식을 전해야 할 필요도 있고…… 그게 군사부의 임무니까."
석도명과 한운영을 두고 가겠다는 뜻이었다.
사마형의 설명이 좀 궁색하게 들리기는 했지만, 다른 사람들이 이번에도 고개를 끄덕여 동의를 표시했다.
이제 막 무림맹에 입맹해 전투와는 무관한 군사부에 배치된 두 사람이 싸움에서 빠지는 게 논리적으로 크게 잘못된 것 같지는 않았다.
사실 사마형이 무리를 감수하고 석도명과 한운영을 뒤로 뺀 데는 이유가 있었다. 부친의 지시에 따라 석도명은 비밀병기로 끝까지 숨겨 둬야 했고, 한운영은 안전하게 지켜줘야 했다.
결과적으로 무공이 뛰어난 석도명에게 한운영의 안전을 부탁한 셈이었지만 말이다.
사마형이 자신을 일부러 싸움에서 빼려 한다는 것을 한운영이 모를 리 없다.

"남고 싶지 않아요. 저도 싸우겠어요."

"이건 지휘자로서의 명령이다. 너는 실전경험이 부족하니 뒤로 빠지는 게 우릴 돕는 게야!"

사마형이 다분히 의도적으로 매몰차게 쏘아붙였다.

"……."

명령이라는 말에 한운영이 더는 대꾸를 하지 못했다. 소헌부에서 공사(公私)의 구별이나, 위계질서에 대해서는 철저하게 교육을 받으며 자란 탓이다.

"잘 부탁하네."

사마형이 석도명의 어깨를 가볍게 두드리고는 몸을 돌렸다. 나머지 사람들이 일제히 그 뒤를 따랐다.

그들 중에 오직 남궁설리가 아쉬움이 가득한 눈길로 잠깐 뒤돌아본 것이 전부였다.

'운영아, 나는 네가 부러운걸.'

남궁설리가 세차게 고개를 저었다. 석도명과 남는 게 자신이었으면 좋겠다는 부질없는 생각을 떨쳐내기 위해서였다.

"석 악사는 제가 싫으신가요?"
"아닙니다. 소저는 좋은 분입니다."
"저를 좋아한다는 말은 아니군요. 제게는 기회가 없는 건가요?"
"처음에 창룡각에서 뵈었을 때 제가 한 말을 기억하시는지요? 음악이란 결국 마음 가는 대로 할 뿐이라고 했었지요. 사람의 인연 또한 결국에는 마음을 따라가지 않겠습니까?"

"글쎄요, 저는 제 마음이 어디로 가려는 것인지를 전혀 모르겠는걸요."

"저 역시 아직은 그렇습니다."

석도명이 찾아와 남궁세가를 떠나겠다고 했을 때 남궁설리는 부질없는 줄 알면서도 그 마음을 물어봤었다. 대답은 모호했으나, 뜻은 분명했다. 석도명의 마음은 자신을 향하고 있지 않았다.

그날 이후 자신의 마음이 더 멀리 가기 전에 다져잡겠다고 다짐했다. 석도명이 무림맹에 입맹한 까닭을 짐작하기 때문이다.

석도명은 장차 어느 거대문파를 상대로 힘든 싸움을 벌이게 될 가능성이 높았다. 설령 자신이 진심으로 석도명을 좋아한다고 해도 남궁세가를 그 싸움에 휘말리게 할 수는 없었다.

그런데도 오늘 같은 날은 마음의 끝자락을 추스르기가 너무 힘들기만 했다.

그렇게 허전한 가슴을 안은 채 남궁설리는 말을 달려 석도명으로부터 점점 멀어져갔다.

뒤에 남겨진 석도명과 한운영은 머지않아 불청객들의 방문을 받았다.

사마형 일행이 야율부리의 병사들과 함께 달려간 앞쪽에서 불화살이 치솟는 순간, 뒤편에서 누군가가 빠르게 다가왔다.

아마도 미리 배후를 막고 있다가 불화살을 신호 삼아 본격적으로 움직이기 시작한 모양이었다.

곧이어 50여 명의 기마대가 모습을 드러냈지만 한운영도 단호경도 놀라는 기색은 아니었다. 한참 전부터 석도명이 어둠속을 응시하고 있는 것을 보고 사정을 미리 짐작한 까닭이다.

기마대는 하얀 눈 속에 희미하게 드러난 두 사람의 모습을 보고는 4장(12미터) 정도의 거리를 두고 멈춰 섰다. 그들 중 한 사람이 목청을 높여 뭐라고 말을 했다.

한어가 아닌 탓에 석도명은 단 한 마디도 알아들을 수 없었지만 놀랍게도 한운영이 같은 언어로 사내의 말에 대꾸를 했다. 그리고 잠시 대화가 오가는가 싶더니 기마대가 창을 앞으로 치켜들었다.

"야율 장군을 잡으러 온 자들이에요. 우리가 보내주지 않을 거라고 했어요."

한운영의 설명에 석도명이 말없이 검을 뽑아 들었다.

『운영이를 잘 보호해 주게. 내게는 소중한 사람이야.』

사마형은 전음으로 그 같은 당부를 남기고 갔다. 그게 어떤 의미인지는 충분히 알 수 있었다. 한 남자가 한 여자를 가슴에 담은 것이리라.

설령 사마형의 부탁이 없었다고 해도 석도명은 기꺼이 검을 뽑았을 것이다. 한운영이 아무리 똑똑하고, 대단하다고 한들 석도명의 눈에는 지켜줘야 할 작은 새 한 마리로만 보인 탓이다.

"새는 바람을 만나면 날아야 하는 법이에요. 그 바람에 날개가 꺾이는 한이 있더라도 말이죠."

한운영에게서 그 말을 듣던 순간 석도명은 시퍼런 칼날이 심장을 뚫고 들어오는 것 같았다. 가슴 깊이 응어리가 지지 않은 사람이라면 그런 말을 할 수도, 또 알아들을 수도 없을 것이다.

석도명이 한 걸음 앞으로 나서서 한운영의 몸을 가리고 섰다.

최후의 순간까지 정체를 숨기라는 지시와 한운영을 보호하라는 부탁이 충돌하고 있었지만 주저할 이유는 없었다.

솔직히 10조원들 가운데 자신이 무공을 한다는 것을 모르는 사람은 한운영과 성목 정도였다. 다들 모른 척해주고 있는 것인데, 거기에 한 명이 추가되지 말라는 법이 없질 않은가.

석도명이 앞으로 나서자 기마대가 괴성을 지르며 돌진했다.

지형은 들판이지만 길 양옆으로 덤불과 키 작은 관목이 우거진 탓에 기마대는 세 줄로 종대를 이룬 상태였다. 적과 싸우면서 동시에 한운영을 지켜야 하는 석도명의 입장에서는 그나마 다행스러웠다.

헌데 뜻밖의 상황이 벌어졌다.

"당신이 나설 자리가 아니에요!"

석도명의 뒤에 서 있던 한운영이 날카롭게 소리를 치며 높이 뛰어올라 앞으로 날아갔다.

채채챙.

석도명이 미처 손을 쓸 겨를도 없이 한운영과 기마대가 맞부딪쳤다.

제일 앞에 섰던 기마대원 셋이 말과 함께 고꾸라졌다. 한운영은 상대를 가격한 탄력을 이용해 허공으로 뛰어오르면 다시 검을 엇갈려 그었다. 두 번째 줄도 가슴에서 피를 뿜으며 말에서 떨어졌다.

그것으로 기마대는 특유의 돌진력을 잃고 말았다. 그렇지 않아도 눈이 쌓여 제대로 달릴 수가 없는 상황에서 말과 사람 시체가 좁은 길을 가로 막은 탓이다.

돌파력을 잃고 나니 기마대의 자랑인 무거운 장창 또한 무용지물이나 다름없었다.

누군가가 크게 외쳤고, 그에 맞춰 병사들이 일제히 한운영에게 창을 던졌다. 40여 자루의 창이 밤하늘을 가르며 쏟아졌다.

하지만 한운영은 침착하게 검을 저어 창을 비껴내고 또 피해냈다. 투창이 아니라 돌격용으로 만들어진 장창인 탓에 생각처럼 위력을 발휘하지는 못했다.

한운영이 창을 비껴내는 사이에 거란군 기마대가 검을 뽑아 들고 말에서 뛰어내렸다. 기마전술을 포기하고 검으로 맞서기로 한 것이다. 말을 버린 거란군은 관목 숲을 헤치며 좌우로 벌려 섰다.

한운영이 망설이지 않고 거란군 사이로 뛰어들었다. 이내 40여 명의 거란군이 한운영을 에워쌌다. 마음만 먹으면 그중 절반가량은 석도명을 공격할 수도 있었자만, 한운영이 워낙 강한 탓이다.

'허, 혼자 보기 아깝군.'

석도명은 뒤통수를 세게 얻어맞은 기분이었다. 한운영은 생각 이상의 고수였다.

가녀린 한운영의 신형은 마치 바람에 휩쓸린 나뭇잎처럼 연약하고 위태로워 보였다.

그러나 그녀의 검은 전혀 가녀리지 않았다. 석도명의 눈에는 한운영의 검에서 일어난 굳고 날카로운 기운이 빈틈없이 허공을 점해 나가는 모습이 또렷하게 잡혔다. 근자에 눈부신 발전을 보인 남궁호천의 검도 저 정도의 위력은 보이지 못했다.

믿기지 않는 일이었다. 대체 곱게 자란 줄만 알았던 재상가의 여식이 언제 저렇게 가공스런 무공을 익혔을까? 한운영과 가깝다는 사마형조차 전혀 모르고 있었을 정도로 비밀리에 칼을 갈아야 했던 사연은 또 뭐란 말인가?

하지만 더더욱 놀라운 것은 한운영의 검술을 뒷받침하고 있는 내공이 특이하다는 점이었다.

지금 거란군의 눈에는 흰 옷을 입은 한운영이 모습이 하얀 나비 같기만 할 테지만, 석도명에게는 그렇게 보이지 않았다. 마치 서기(瑞氣)가 어린 것처럼 한운영의 전신에서는 옥빛을 연상케 하는 푸른빛이 은은하게 배어나왔다.

처음 보는 장면이면서, 정작 낯설지는 않았다. 과거 부도문이 마성을 다스리지 못할 때 검은 기운을 발출하는 현상과 어딘지 모르게 비슷했기 때문이다.

'기운의 근원이 남다른 것이겠지?'

석도명은 한운영이 특별한 방법으로 내공을 연마한 모양이라고 생각했다. 자신처럼 소리의 기운을 단전에 쌓은 사람이 있으니, 다른 기운을 모으지 말란 법은 없었다.

세상에 가득한 자연의 기운을 받아들이는 방법이 어니 한두 가지겠는가?

한운영의 무공에 홀려 잠시 넋을 놓고 있던 석도명이 눈살을 찌푸렸다. 거란군을 베어가는 한운영의 손속이 지나치다는 생각이 들었기 때문이다.

두 사람과 맞닥뜨린 거란군은 단순히 배후를 차단하기 위한 병력이었는지 전부 기마병일 뿐, 검의 고수는 보이지 않았다.

순식간에 10여 명이 또 쓰러지자 기마병들은 오히려 겁을 먹고 우왕좌왕하기에 바빴다.

그럼에도 한운영은 가차 없이 적을 베어나갔다.

한운영을 말려야겠다는 생각이 들었지만 석도명은 움직이지 않았다. 거란군 배후에서 누군가가 모습을 드러냈기 때문이다. 상대가 지척에 이르도록 석도명이 전혀 눈치채지 못한 것을 보면 이번에야말로 엄청난 고수였다.

"그만하면 됐다!"

나지막하면서도 묵직한 음성이 울렸다.

한운영이 그 말에 손을 멈췄고 거란군은 살길을 찾아 사방으로 흩어졌다.

한운영은 피가 뚝뚝 떨어지는 검을 비스듬히 늘어뜨린 자세로 소리가 들려온 방향을 매섭게 노려봤다.

사박, 사박.

눈을 밟는 소리를 내면서 건장한 체구의 사내가 나타났다. 석도명의 이목을 속일 정도의 고수가 저렇게 발소리를 내는 까닭은 오직 하나였다.

사내는 온몸에서 기운을 풀어내고 그저 자연스러운 기세로 움직이고 있었다.

"네가 가선공(嘉琁功)을 그 정도로 대성한 줄은 몰랐구나. 허나 검을 거두는 법은 배우지 못한 모양이야."

사내는 한운영의 무자비한 살생을 나무라며 낮게 혀를 찼다.

"등 뒤에 지켜야 할 사람이 있을 때는 자비를 생각하지 않아요. 지켜야 할 사람을 잃은 뒤에 백날 후회를 해야 무슨 소용이 있겠습니까?"

"……."

사내가 물끄러미 한운영을 바라봤다. 안타까움이 가득한 눈길이었다.

석도명이 그제야 앞으로 걸어 나와 사내에게 고개를 숙였다.

"맹주님께 인사 올립니다. 저는 군사부의 석도명이라고 합니다."

뜻밖에도 사내의 정체는 무림맹주 여운도였다.

'한 소저의 무공을 맹주가 가르친 건가?'

석도명은 한운영이 생각 이상의 고수인 것이 무림맹주인 여운도와 무관치 않으리라는 생각이 들었다.

여운도가 한운영의 무공을 한눈에 꿰뚫어 본 것을 보면 그럴 가능성이 높았다.

"석도명이라……. 허허, 자네였군. 그래, 상황은 어떤가?"

여운도의 질문에 석도명이 간략하게 상황을 설명하고 나섰다. 굳게 닫힌 한운영의 입은 좀처럼 열릴 것 같지가 않았다.

"요나라의 야율부리 장군이 반대파의 습격을 받은 모양입니다. 다른 일행들은 야율 장군과 함께 떠났고 저희는……."

"우리가 가봐야 할까?"

"그럴 필요는 없을 것 같습니다."

"호오, 왜 그런가?"

사마형 일행을 도우러 갈 필요가 없다는 석도명의 말에 여운도가 호기심을 드러냈다.

"전방에서 잠시 격돌이 있었습니다만, 그 소리가 빠르게 멀어졌습니다. 적을 완전히 물리쳤거나, 돌파했다는 의미일 겁니다."

"흠, 사마 군사가 따로 믿을 만한 인재가 있다고 하더니만, 과연 군사부에 사람을 잘 들였군."

"……."

여운도의 칭찬에 석도명이 조용히 고개를 숙였다. 여운도가 사마중에게 무슨 말을 들었는지 궁금했다.

'맹주는 내가 칠현검마라는 것을 알고 있을까?'

그때 여운도가 석도명의 어깨를 가볍게 두드리며 말했다.

"날이 밝으려면 아직 멀었지?"

"예?"

"밤길을 갈 필요가 없어졌으니 쉬어가잔 말일세."

잠시 뒤 야율부리의 군막 앞에 다시 모닥불이 피워졌.

석도명과 여운도, 한운영이 불가에 둘러앉았다.

아까와 달리 술도 고기도 없는 메마른 자리였다. 무엇보다 세 사람 사이에 좀처럼 대화가 오가지 않았다.

여운도는 침묵의 귀재로 이름이 높았고, 석도명 또한 대화를 이끌어가는 기술을 갖고 있지 못했다. 한운영은 여운도가 나타난 이후로 꽁꽁 얼어붙은 상태였다.

타닥, 타닥.

불꽃이 땔감으로 바쳐진 나무를 사르며 소리를 냈다.

지루한 침묵이 어색했던 것일까? 여운도가 나뭇가지로 불을 뒤척이다가 불쑥 물었다.

"무림맹에는 왜 들어왔나?"

"해야 할 일이 있습니다."

"악사가 무림맹에 할 일이 있다……. 원한인가?"

"예, 그런 셈이겠지요."

여운도가 한동안 불꽃만 바라보다가 다시 침묵을 깼다.

"원한은 마치 칼과 같아서…… 그걸 품는 사람이 먼저 가슴을 다치는 법이라네."

"원한을 갚아야 한다는 생각까지는 해보지도 못했습니다. 다만, 거짓으로 가려진 불의를 밝히지 않고는 세 가슴이 너무 무거워서 견딜 수가 없을 것 같습니다."

"그런가……."

석도명은 왠지 여운도에게서 말할 수 없는 쓸쓸함을 느꼈다.

생각해 보니 여운도의 일생이 결국 지금 자신이 가고자 하는 길과 크게 다르지 않았다.

여운도가 천마협에게 가족과 가문을 빼앗긴 사실은 천하가

다 알고 있는 일이다.

여운도는 그 원한을 갚기 위해 천마협을 막는 데 평생을 바쳤다. 무림맹주가 되어 강호의 영웅으로 떠받들어지고 있지만, 그의 삶이야말로 원한이라는 칼날에 난자당한 것인지도 몰랐다.

정체 모를 홍수에 의해 몰살된 식음가의 최후를 파헤치려는 자신의 삶 또한 그렇게 되지 말라는 법은 없으리라.

여운도가 자리를 털고 일어났다.

"부디 원한에 빠져 소중한 것을 잃는 우를 범하지 말게나."

여운도가 마지막으로 남긴 말은 그 한 마디였다.

"명심하겠습니다."

석도명이 마주 일어나 고개를 숙였다.

세월이 가면 누구에게나 소중한 것을 지키지 못했다는 후회가 생기는 모양이다.

여운도의 당부는 '후회를 남기지 않으려면 가슴 속의 사람을 죽어도 놓치지 말라'던 부도문의 말과 궤를 같이 하는 것이었다.

'어쩌면 먼 훗날 나도 누군가에게 같은 이야기를 하게 될지도 모르지.'

그런 생각으로 여운도를 바라보던 석도명의 입가에 작은 미소가 걸렸다.

여운도가 유일하게 구색을 갖춘 야율부리의 군막을 지나쳐서 나뭇가지를 얽어놓은 엉성한 천막 안에 몸을 뉘였기 때문이다. 한운영을 위한 배려일 것이다.

"강철같이 단단한 분인 줄만 알았는데, 의외로 여리고 따뜻한 분인 것 같습니다."

"글쎄요. 천하가 알아주는 희대의 협객이시기는 하지요. 악당을 때려잡느라 모든 것을 잃으신."

석도명이 의아한 얼굴로 한운영을 바라봤다. 그녀의 말에 묘한 빈정거림이 섞여 있었기 때문이다.

기묘한 일이었다. 강호를 동경해 무림맹에 투신한 한운영이 정작 무림맹의 정점이라 할 수 있는 자신의 숙부에게는 왜 이리 냉담한 것일까?

한운영이 석도명의 눈빛을 놓치지 않았다.

"저와 숙부 사이를 그런 눈으로 볼 것 없어요. 제가 무림맹에 들어오는 걸 가장 심하게 반대하신 분이 바로 저분이니까요. 가문을 박차고 나온 불효녀가 숙부에게는 착한 조카 노릇을 하겠어요?"

한운영이 획 돌아서서 잠자리를 찾아 들어갔다. 여운도가 한운영을 위해 남겨둔 야율부리의 군막이 아니라, 폭설을 이기지 못하고 반쯤 허물어진 간이 군막이었다.

석도명이 그 모습에 혀를 찼다. 여운도의 배려를 냉정하게 물리친 한운영의 고집이 왠지 투정을 부리는 것만 같아서다.

제6장
혈랑애(血狼崖)에 이르다

　석도명과 여운도, 한운영은 다음날 밤늦게 모용세가에 닿았다. 새해의 첫 만월이 뜨기 이틀 전이었다.

　먼저 떠난 사마형 일행은 큰 사고 없이 모용세가에 도착해 있었다. 200여 명의 기미대를 만나 격전을 벌였지만 눈속에서 적들을 따돌리고 야율부리 부자를 구해내는 데는 큰 어려움이 없었다고 했다. 다만 야율부리를 따르던 50여 명의 병사들은 거의 몰살을 당했다.

　야율부리는 요양에 도착해 동부통군의 지휘권을 인수하기가 무섭게 3만에 이르는 대군을 이끌고 동쪽으로 떠난 다음이었다.

무림맹주가 예고 없이 나타났다는 사실에 모용세가는 물론 별전대원들도 놀라움을 감추지 못했다.

맹주가 직접 앞장선다는 상징성이 작지 않지만, 여운도의 가세로 별전대의 전력이 크게 높아졌기 때문이다.

그러나 불행히도 모용세가는 이미 공격을 받은 뒤였다.

사흘 전 진천보 보주 다루한(達爾漢)이 무사들을 이끌고 나타나 치열한 접전 끝에 가주인 모용맹(貌容孟)에게 중상을 입혔다.

뒤이어 모용맹의 장남인 모용걸(貌容傑)을 비롯한 삼형제가 뛰쳐나갔다가 오호장(五虎將)이라는 자들에게 패배를 당하고 말았다.

수뇌부가 먼저 꺾이는 바람에 모용세가가 자랑하는 연운검대(連雲劍隊)는 나설 기회조차 없었다.

모용세가의 치욕은 거기서 끝나지 않았다. 모용맹의 세 아들이 모두 인질로 끌려간 것이다.

보름 전에만 도착하면 될 줄 알았던 무림맹으로서는 뒤통수를 맞은 격이었다. '만월이 뜨면 늦으리라'는 말을 보름까지 기다려 주겠다는 뜻으로 받아들인 게 실수라면 실수였던 셈이다.

아무래도 진천보가 무림맹이 지원대를 파견한 사실을 알고 미리 선수를 친 듯한 낌새가 있었다. '인질을 되찾으려면 요원(遼原)으로 오라'는 말을 남기고 갔기 때문이다.

그것은 모용걸 형제를 미끼삼아 깊이 끌어들이고 싶은 상대가 있다는 의미였다.

10개 조로 나뉘어 떠난 별전대가 모두 도착하자마자 여운도는 출발을 명령했다. 상대가 함정을 파놓고 기다릴 가능성이 높았지만, 무림맹주까지 나선 마당에 빈손으로 돌아갈 수는 없는 법이었다.

그리고 스스로를 결사대로 바꿔 부르기로 한 모용세가의 연운검대 50명이 별전대의 뒤를 따랐다.

여진족의 땅으로 들어가는 입구로 불리는 요원은 크고 작은 구릉이 이어져 굴곡이 심한 지형을 이루고 있었다. 제법 너른 평원이 펼쳐지는 구릉지대 끄트머리에 100여 기의 인마가 나타났다.

엿새 전에 모용세가를 떠나온 별전대와 연운검대였다. 당초 100여 명이었던 별전대 가운데 50여 명은 어디로 갔는지 보이지 않았다.

"저 들판 끝에 볼록하게 튀어나온 둥근 모양의 구릉이 보이시지요? 저기가 바로 지주구(地蛛丘)입니다."

일행의 선두에 서 있는 중년의 사내가 말에 앉은 채 손을 들어 앞을 가리켰다. 털모자와 털가죽 옷차림을 한 거구의 사내는 모용세가에서 안내인으로 특별 고용한 유가람(劉加覽)이라는 사냥꾼이었다.

별전대와 연운검대의 무사들이 일제히 유가람의 손끝에 시선을 모았다. 흰 눈이 덮인 황량한 벌판 저 멀리로 드문드문 떨어져 있는 산 몇 개가 보였다.

그중 정 중앙에 산이라고 하기에는 확실히 작고, 봉우리라고 하기에도 뾰족한 구석이 전혀 없는 탓에 도드라져 보이는 구릉 하나가 눈에 띄었다. 생김새가 거미 몸통을 닮았다고 해서 '흙거미 언덕'으로 불리는 지주구였다.

"흠, 저 정도 거리면 얼추 반나절이 걸리겠구먼. 무 대협, 왕 장로, 여기서 대기하도록 합시다."

별전대주 무량진인이 자신과 어깨를 나란히 한 두 사람에게 동의를 구하듯 말을 건넸다.

한 사람은 종남파 장로 왕지량이고, 다른 한 사람은 철응(鐵鷹) 무소진(戊昭進)이다.

무소진은 소속 문파 없이 홀로 강호를 떠돌다가 10여 년 전 여운도에게 이끌려 무림맹에 들어온 뒤 금강대를 이끌어온 이름난 협사였다.

스스로 나서는 법이 별로 없지만 무공이 고강한 탓에 십대 문파의 장문인조차 그를 함부로 하지 못했다.

장로급이 다수 포진돼 있는 10명의 별전대 조장 가운데 첫 번째 자리를 맡았다는 사실만 놓고 봐도 그의 위치를 가늠할 수 있었다.

왕지량이 바로 무소진 뒷서열이었다.

여운도가 화산파 장로 소인종, 모용세가의 장로 모용달과 함께 50명의 선발대를 이끌고 간 터라 모용세가의 연운검대를 포함한 후발대 100여 명의 지휘는 사실상 무량진인과 이 두 사람에게 맡겨져 있었다.

후발대는 선발대와 반나절 거리를 두고 이동하기로 약속이 된 상황이었다.

목적지인 지주구가 반나절 거리로 다가왔다는 것은 후발대로서는 더 이상 움직일 필요가 없다는 의미였다.

"앞이 탁 트인 벌판이니 능선 아래로 약간 물러나 자리를 잡는 게 좋겠소이다."

왕지량의 말에 무량진인과 무소진이 고개를 끄덕였다. 선발대의 신호를 포착하기 위해서는 높은 곳이 좋겠지만 그렇다고 적의 눈에 훤히 뜨이도록 능선 위에 진을 치고 있을 필요는 없었다.

"모두들 능선 아래로 내려가 위치를 취해라! 별도 명령이 있을 때까지 여기서 내기한다."

왕지량의 명령이 떨어지자 별전대와 연운검대가 일제히 말에서 내려 능선 뒤편으로 내려갔다.

몸을 숨기기에 적당한 곳에 자리를 잡는 것이 급선무였다. 선발대에서 언제 출동 신호를 보내올지 모르니, 오랜 시간을 이곳에 머물러야 할 가능성이 적지 않았다.

별전대와 연운검대가 명령에 따라 신속하게 움직이는 모습을 흡족하게 바라보던 왕지량의 눈이 가늘어졌다. 낯익은 얼굴 하나가 능선 위에 버티고 서서 움직일 기미를 보이지 않는 게 눈에 들어왔기 때문이다.

"은신처부터 확보하라고 했거늘! 악사 놈이 귀가 막힌 게냐?"

왕지량의 음성은 거의 으르렁거리고 있었다. 상대가 바로 오래전부터 미운 털이 박힌 석도명이었기 때문이다.

그러나 석도명은 북쪽에 시선을 고정시킨 채 꿈쩍도 하지 않았다.

"너 이놈!"

왕지량이 분을 참지 못하고 끝내 호통을 터뜨렸다.

모든 시선이 일제히 두 사람에게 몰렸다.

석도명이 왕지량의 반응에 개의치 않고 침착하게 말했다.

"저쪽에서 뭔가가 다가오고 있습니다. 아주 거대한 기운…… 아니, 소리가 들립니다."

"뭐라고?"

왕지량이 고개를 홱 돌려 석도명이 가리키는 곳을 바라봤다. 동북쪽에 있는 주구진으로부터는 왼쪽에 해당하는 정북 방향이었다.

왕지량이 신경을 곤두세우고 벌판이 하늘과 만나는 곳까지 면밀하게 살폈지만 움직임을 보이는 존재는 전혀 포착되지 않았다. 더더구나 바람 소리 말고는 딱히 들리는 소리도 없었다.

"무슨 해괴한 장난이냐? 네놈 귀는 땅속에 잠들어 있는 벌레들 숨소리라도 들었단 말이냐?"

석도명이 물끄러미 왕지량을 바라봤다. 애초에 들어줄 생각이 없는 상대에게 보이지 않는 것을 보여줄 방법이 없었기 때문이다.

"흠, 소리를 들었다고 했나? 허긴 소리는 자네의 영역이겠지."

철응 무소진이 뜻밖의 관심을 보이며 석도명에게 다가섰다.

"그가 들었다면 들은 겁니다. 대비를 해야 합니다."

"석 시주의 말이라면 믿어도 좋을 겝니다. 아미타불⋯⋯."

한운영과 성목이 석도명보다 먼저 무소진의 말에 대답을 했다.

무소진의 눈이 휘둥그레졌다. 석도명이 소리를 마음먹은 대로 주무르던 반백제 때의 모습이 떠올라 그저 반신반의(半信半疑; 반은 믿고 반은 의심)하는 기분으로 물어봤을 뿐이다. 헌데 한운영과 성목의 대답은 확신에 차 있으니 놀라지 않을 수가 없었다.

"험, 재미있군. 탁 트인 벌판으로 정찰대를 내보내는 것도 무의미 할 테고 뭐가 나타나는지 한 번 지켜봅시다. 거리가 충분하니 그때 가서 대비를 해도 늦지 않을 것이오."

무소진이 무량진인과 왕지량을 향해 자기 의견을 밝혔고 두 사람이 가볍게 고개를 숙여 동의를 나타냈다. 어차피 이 자리에서 대기를 해야 하는 처지니 상황이 크게 달라질 것도 없었다.

후발대가 아래편에 자리를 잡고 난 뒤, 무량진인을 비롯한 지휘부는 능선 위에서 자세를 낮추고 북쪽 벌판과 동북쪽 벌판을 번갈아 가며 주시했다.

그리고 석도명이 그들 가운데 섞여 있었다. 자신이 먼저 말을 꺼냈으니 같이 확인하고 책임을 질 필요가 있었다.

이각 정도가 지난 뒤 과연 북쪽 지평선 너머에서 뭔가가 희끄무레하게 모습을 드러냈다. 안력을 돋우고 있던 무량진인이 잠시 뒤 입을 열었다.

"말을 탄 사람들인 것 같소이다. 숫자는 50명 정도……."

"끙."

왕지량이 낮게 신음을 뱉었다. 석도명이 먼저 소리를 들은 건 그렇다 쳐도, 자신의 안력이 무량진인을 따라가지 못한다는 사실에 속이 쓰린 탓이다. 곧이어 왕지량의 폄하(貶下; 깎아내리기)가 시작됐다.

"크흠, 고작 말 50마리에 호들갑을 떨었구먼. 허긴, 악사에겐 그것도 엄청나겠지."

이번에는 석도명이 뭔가 대꾸를 해야 할 차례였다.

"글쎄요. 그 정도로 작은 움직임이었으면 저도 몰랐을 겁니다."

"허!"

사람들이 탄성을 질렀다. 석도명의 말은 더 큰 것이 아직 나타나지 않았다는 이야기였다.

"더 지켜봅시다."

무량진인의 말에 따라 모두들 고개를 북쪽 벌판으로 돌렸다.

그리고 다시 얼마간의 시간이 지났을 때, 벌판 끝이 점점이 시커멓게 물들기 시작했다. 조금 전과는 비교할 수 없을 정도로 많은 숫자의 기마였다.

"여진족 기마대 같군요. 저렇게 많은 숫자가 몰려다니는 건 드문 일인데."

안내자인 유가람이 고개를 흔들며 말했다. 상황이 심상치 않다는 뜻이리라.

"허어, 설마 저들이 우리를 노리고 나타났단 말인가?"

왕지량은 얼굴에 근심을 감추지 못했다. 50여 기의 기마는 '고작'이라고 할 수 있겠지만 얼추 3천을 헤아리는 저 정도의 기마대는 무림 고수에게도 '엄청난' 상대였다.

"우리가 아니라, 요나라 군대와 싸우러 가는 길일 겁니다."

왕지량의 말에 대답을 한 사람은 한운영이었다. 그녀의 음성이 계속됐다.

"요나라가 동부통군 10만을 급히 이동시킨 것과 무관하지 않겠지요. 일전에 말씀 드렸듯이 지금 이곳은 거대한 전쟁터로 변하고 있습니다."

일순 정적이 흘렀다.

한운영으로부터 들은 이야기가 있기는 했다.

동부통군절도사 야율부리는 자신을 구해준 데 대한 고마움의 표시로 한운영에게 서찰을 남기고 떠났다.

한운영이 알고 싶어 했던 동북지방의 정세를 간략하게 정리한 것이었다.

그에 따르면 요나라에 계속 항거를 해오던 생여진(生女眞; 귀화되지 않은 여진족) 가운데 완안부족(完顏部族)이 인근 부족을 복속해 대대적으로 반기를 들었는데, 그 세력이 불길처럼 번져가는 중이라고 했다.

야율부리가 서쪽 변경에서 황급히 동쪽으로 불려 들어온 까닭은 5만 명의 요나라 토벌군이 참패를 당하는 바람에 요나라 황도인 상경임황부의 방어에 구멍이 났기 때문이다.

야율부리가 전해준 정보 덕분에 어느 정도 위험을 예견하고 있었지만 막상 엄청난 규모의 기마대를 접하고 보니 모두에게 생각 이상의 공포와 충격이 몰려왔다.

"허어, 전쟁을 하려면 지들끼리 할 일이지 왜 곧장 우리를 향해 온단 말인가?"

다른 사람이 입을 열 틈도 없이 왕지량이 한운영에게 물었다. 사마형이 여운도와 함께 선발대로 떠난 상황이라 한운영 말고는 달리 물어볼 사람이 없기는 했다. 물론 믿음은 충분치 않았지만.

"글쎄요…… 이 길을 따라가면 요양인가요?"

한운영이 구릉지대 왼편을 크게 휘감아 도는 평원 끝자락을 가리키며 유가람에게 물었다.

 "맞습니다. 많이 돌아가기는 하지만……."

 "야율 장군이 방향을 잘못 잡은 모양이군요."

 한운영이 서서히 커져가는 여진족 기마대의 위용을 바라보며 머리를 가로저었다. 요양에서 여기까지 오는 동안 요나라 군대는 그림자도 보지 못했다.

 아마도 상경을 지키기 위해 곧장 북으로 올라가기에 바빴지, 여진족이 서남쪽으로 우회해 동경(요양)을 치리라고는 계산하지 못했으리라.

 한운영이 여진군의 요양 진격에 따른 파장을 따지느라 침묵에 빠진 사이 무량진인과 무소진, 왕지량은 당장 눈앞의 상황에 어떻게 대처해야 할지를 고민해야 했다.

 "일단 기마대가 구릉지대로 올라올 가능성은 별로 없어 보이는군요. 어떻게 할지 무 대협과 왕 장로의 의견을 듣고 싶소이다."

 "뭐, 저들이 요나라를 치러 가는 거라면 조용히 지나가기를 기다리면 되지 않겠습니까? 고작 3,000여 기의 기마대가 지나가는 걸 보고 달아날 궁리부터 하는 건 채신머리없는 짓일 테니 말이오."

 기마대가 평원지대를 따라 우회할 것이라는 판단이 서자 왕지량은 금세 자신감을 회복한 모습이었다.

무소진은 다른 사람을 향해 입을 뗐다.

"자네는 여전히 뭔가를 보고…… 아니, 듣고 있는 모양이로군."

석도명은 그 순간에도 무거운 얼굴로 북쪽 벌판에서 눈을 떼지 못하고 있었다.

"끝이 아닙니다. 저 벌판에 과연 안전한 곳이 있을지 모르겠습니다."

"끝이 아니라고? 대체 얼마나 되는 대군이 오고 있다는 건가?"

"모르겠습니다. 저 너머, 또 그 너머에 뭐가 있는 것 같은데 제 능력으로는 더 이상 알 수가 없습니다."

"알지도 못하면서 입은 왜 자꾸 여는 게냐? 공포분위기를 조성하는 게 너의 특기더냐?"

왕지량이 다시 석도명을 향해 짜증을 부렸다.

"제 능력을 다해 알아낸 것을 말씀 드렸을 뿐입니다만, 그게 방해가 된다면 더 이상 나서지 않겠습니다. 어차피 소풍을 나온 게 아니니, 위험이 닥쳐도 감수해야겠지요."

석도명이 그 말을 끝으로 입을 다물었다. 반백제 때 수신고 연주를 강요했던 악연으로 왕지량이 자신을 미워하고 있음을 잘 알기 때문이다.

게다가 스스로 본 것이 확실치 않으니 더 이상 말을 하기도 어려웠다.

'사방에 알 수 없는 위험이 가득한데 어디로 가자고 하겠는가?'

남들이 보지 못한 것을 보기는 했지만 석도명이라고 모든 것을 알 수는 없었다.

석도명이 관음의 경지를 펼쳐 먼 곳의 소리를 듣는 데도 분명 한계는 있었다.

그리고 그것이 석도명에게는 깊은 고민이었다.

사실 관음의 경지를 연 뒤로 석도명은 자신이 드디어 소리를 통해 세상의 일부가 된 느낌이었다.

눈을 뜨면 천하 만물을 감싸 안은 소리의 기운이 보였고, 손을 뻗으면 그 어떤 것에 감춰진 은밀한 소리도 불러낼 수 있었다. 소리와 함께 자신의 존재가 천하를 가득 메워나가는 것 같았다.

하지만 그게 착각임을 아는 데는 오래 걸리지 않았다. 석도명이 펼치는 관음의 경지는 거리와 공간의 한계를 안고 있었다.

과거 눈을 감고 하늘에 귀를 기울이면 하늘 위에 두터운 장벽이 가로막혀 있는 느낌을 받곤 했다. 그런데 관음의 경지에 들어선 뒤에도 그 장벽은 걷혀지지 않았다.

석도명은 자신이 볼 수 있고 지배할 수 있는 소리의 기운이 어느 정도 거리를 지나면 점점 약해지다가 사라진다는 것을 알았다.

자신이 세상의 일부가 된 것이 아니라, 세상의 극히 일부를 자신 안에 겨우 담았다고 하는 편이 옳았다.

석도명은 주악천인경의 깨달음이 한계에 도달했음을 알았다. 하늘의 장벽을 뚫고, 공간의 제약을 넘어가는 것은 아무리 파고들어도 인간의 경지가 아니었다.

그것은 정말로 천인의 세계이자, 신선들의 영역이라고밖에는 생각할 수 없었다.

지금 석도명이 바라보고 있는 북쪽 벌판의 정황도 그런 한계에 걸쳐 있는 것이었다. 관음의 경지를 펼칠 수 있는 최대한의 거리 밖에서 아지랑이가 희미하게 꿈틀거리는 것 같았지만, 그게 뭔지는 설명할 수 없었다.

아니, 북쪽 벌판뿐이 아니었다. 지주구가 있는 동북쪽 벌판까지 같은 현상을 보여주고 있었다.

그 불확실한 현상을 두고 호들갑을 떨기는 싫었다. 어차피 그 정도 위험은 감수하고 뛰어든 길이니 직접 부딪쳐 볼 수밖에 없는 것이다.

"허어, 왕 장로. 남들이 미처 알지 못한 것을 조금이라도 감지한 게 어찌 잘못이오? 나는 석 악사를 오히려 칭찬해줘야 할 것 같소이다만."

무소진의 한 마디에 왕지량의 눈이 다시 가늘어졌다. 석도명이 과거와 달리 꼿꼿하게 할 말을 다하는 모습이 거슬려 죽겠는데 무소진이 편을 들고 나서니 가슴속에서 불덩어리가 치

밀어 오르는 기분이다.

그러나 내놓고 화를 내지는 못했다. 무소진의 말에 논리적으로 하자가 없었을 뿐 아니라, 그의 무공실력에는 더더구나 하자가 없기 때문이다.

"자자, 두 분 말씀이 모두 옳소이다. 지나갈 군대라면 지나가게 하면 되는 것이지 굳이 소란을 떨 필요는 없을 것이오. 선발대와 반나절 거리를 유지해야 하는 책무가 있으니 여기서 조용히 상황을 관망합시다."

왕지량의 표정 변화를 감지한 무량진인이 서둘러 결론을 내렸다. 자칫 의논이 길어졌다가는 내부분열이 벌어질 판이었다.

무소진과 왕지량이 고개를 끄덕이는 것으로 동의를 표했지만 무량진인의 얼굴은 밝아지지 않았다. 석도명이 저편에서 혼자 고개를 가로젓고 있는 모습이 눈에 띈 탓이다.

'허, 소리를 듣고 다루는 재주는 대단하다만 보통 고집이 아니구나.'

무량진인은 자신도 모르게 석도명에게 은근히 역정을 내고 있었다. 사마중의 후광으로 무림맹에 들어와 군사부에 겨우 한자리를 걸친 주제에 무림의 대선배 앞에서 자기주장이 너무 강하다는 생각이 들었기 때문이다.

무당파에서는 저 또래의 제자들이 자신과는 눈도 맞추지 못하는데 말이다.

'흠, 젊은 녀석이 뻣뻣하기는 젊은 날의 맹주 못지않구나.'

무량진인이 흠칫 놀랐다.

무의식중에 너무나 터무니없는 생각을 하고 만 것이다. 저 곱상한 녀석이 대체 뭐라고 청공무제 여운도의 젊은 시절을 떠올렸다는 말인가?

어쨌거나 무량진인의 판단에 따라 후발대는 자리를 지키는 것으로 결론이 내려졌다.

말 떼를 좀 더 뒤로 물린 뒤 100여 명의 고수들이 기척을 죽인 채 기다리고 또 기다렸다.

문제가 생긴 것은 두 시진가량을 느릿느릿 행군하던 3,000여 기의 기마대가 구릉지대 가까이에 이르렀을 때였다. 시간으로는 미시(未時; 오후 1시~3시)를 막 벗어날 무렵이었다.

가장 먼저 모습을 보였다가 요양 방향으로 사라졌던 50여 기의 정찰대가 되돌아와 본대의 행군을 세워 버렸다.

그리고는 기마대가 구릉 바로 아래쪽으로 몰려들어와 부산하게 자리를 잡기 시작했다. 한눈에 보기에도 야영을 준비하는 모습이었다.

"헉! 여기서 야영을 하려나 봅니다."

유가람이 부산을 떨어댔다. 아무리 노련하다고 해도 결국에는 일개 사냥꾼에 지나지 않았다.

"아니, 아직도 해가 중천에 떴는데. 오랑캐들은 대낮부터 잠을 잔단 말인가?"

왕지량의 푸념에 답한 것은 한운영의 음성이었다.

"정찰대가 되돌아온 것을 보면 전방에 변화가 생긴 것이겠지요. 아무래도 요나라 군대가 다가오는 게 아닐까 싶은데요."

"그런가? 허어, 정말로 전쟁터 한가운데로 들어왔단 말이지."

무량진인이 침중하게 탄식을 내뱉었다.

일이 이렇게 되고 보니 처음부터 석도명의 경고를 받아들여 자리를 옮겼어야 했다는 후회가 밀려들었다. 하지만 그런 내색을 할 수는 없었다.

"이제라도 이동을 하는 게 어떻겠소이까?"

무소진이 단도직입으로 자신의 의견을 밝혔다. 머뭇거릴 시간이 없다고 느낀 탓이다.

"글쎄올시다. 타초경사(打草驚蛇; 풀을 건드려 뱀을 놀라게 함)의 우를 범할 수도 있소이다. 저 많은 기마대를 지척에 두고 섣불리 움직였다가 오히려 발각되지 않겠소?"

무량진인이 내키지 않는 표정으로 대답했다. 이제 와서 허둥지둥 몸을 피하게 되면 석도명 앞에서 자기 꼴만 우스워질 것이라는 생각에 자존심이 꿈틀거렸다.

그러나 무량진인의 자존심은 무참하게 무너져 내릴 수밖에 없었다. 그 순간 석도명이 손을 들어 먼 곳을 가리켰기 때문이다.

"저기를 보십시오."

"헛!"

"허어, 이거야 정말……."

사람들의 입에서 탄식이 쏟아졌다.

벌판 끝이 다시 점점이 시커멓게 물들고 있었다. 이번에는 훨씬 더 많은 숫자였다.

"저들이 진짜 본대일 겁니다."

한운영의 설명이 곁들여지자 모두의 얼굴에 당혹감이 스쳐 갔다.

상황은 그것이 끝이 아니었다.

"정찰대가 움직입니다!"

유가람이 파랗게 질린 얼굴로 구릉 아래편을 가리켰다. 조금 전 돌아와 기마대를 세운 50여 기의 정찰대가 정확하게 별전대가 은신해 있는 구릉을 향해 말머리를 돌리고 있었다.

"숙영지 주변의 안전을 확인하려는 것이에요. 어서 피해야 해요!"

한운영이 다급하게 외치는 것과 동시에 사람들이 능선 아래쪽으로 미끄러지듯 달려 내려갔다.

아직은 눈치를 채지 못한 모양이지만, 능선 위로 올라온다면 눈 위에 가득한 말 발자국과 사람들의 흔적을 바로 발견할 것이 불을 보듯 뻔했다.

무량진인이 채 명령을 내리기 전에 무소진의 낮지만 묵직한 음성이 능선을 따라 아래쪽으로 울려 퍼졌다.

"장거리 이동을 해야 할지 모른다. 모두들 말부터 챙겨라!"

풍부한 실전경험과 과감한 결단력이 빚어낸 신속한 결정이었다.

별전대와 연운검대가 신속하게 몸을 움직여 언덕 하나를 급히 넘어갔다. 그곳에 말이 매여져 있기 때문이다.

100여 명이 언덕 하나를 넘어 말을 타고 다시 언덕 하나를 넘을 때까지는 채 일다경(一茶頃; 약 15분)도 걸리지 않았다. 기본적인 경공이 뒷받침이 된 탓이었다.

다행히도 마른 풀밭 위에 눈이 손가락 세 마디 이상 쌓여 있어 말발굽 소리도 크게 퍼져 나가지 않았다.

천천히 주변을 탐색하며 구릉에 오른 여진족 정찰대가 능선 위에 모습을 드러낸 것은 별전대와 연운검대가 이미 언덕 몇 개를 넘어 300장(900미터) 밖으로 달아난 다음이었다.

"이야르호호!"

마침내 석도명 일행을 발견한 정찰대의 입에서 괴성이 터져 나왔다. 적을 발견했다는 신호였다.

정찰대는 주저하지 않고 추격을 시작했다. 숙영지를 적에게 발각당한 채로 밤을 맞을 수는 없을 터였다.

"어떻게 합니까? 이대로 가다가는 따라잡힐 텐데."

무량진인이 제일 앞에서 달리고 있는 무소진에게 말을 붙이며 물었다. 무공이 높다고는 해도 이런 혼란스런 상황에서 신속한 판단을 내리기에는 자신의 경험이 너무 부족했다.

"일단 동쪽으로 가다가 북쪽으로 돌아갈 생각입니다. 지주구 동남쪽에 높은 바위산이 하나 있는 걸 봤습니다. 기마대를 피하려면 산으로 갈 수밖에 없습니다."

무소진의 판단은 명료했다.

선발대를 위험에 빠뜨릴 수 있으니 지주구 쪽으로 달아날 수는 없지만, 반대로 지주구에서 너무 멀어져서도 안 되는 일이었다.

결국 동쪽으로 구릉지대를 달려가다가 원을 그리며 방향을 틀면 지주구로부터는 계속 반나절 거리를 유지할 수 있을 것이다.

"으악, 안 됩니다!"

갑작스런 도주로 딱히 안내할 일이 없어지는 바람에 무소진을 바싹 뒤따르고 있던 유가람의 입에서 비명이 터져 나왔다. 무소진이 이유를 되묻기도 전에 유가람이 황급하게 설명을 늘어놓았다.

"거기는 혈랑애(血狼崖)라고, 귀신 붙은 산입니다! 그 근처에서는 여진족들도 말을 먹이거나 사냥을 하지 않습니다. 어떻게 그 끔찍한 곳엘 가자고 하십니까?"

"허, 혈랑애라는 이름이 붙은 것을 보니 무슨 마물(魔物)이 사는 곳인 모양이군. 무림인들에게는 기마대보다야 마물이 차라리 손쉬운 상대라네."

무량진인이 별로 놀라는 기색도 없이 덤덤하게 대꾸를 했다. 자고로 귀신이 나온다는 장소 치고 대단한 곳을 보지 못했다.

기껏해야 산적들이 깃들어 살거나, 은거한 마인들의 소굴에 지나지 않았다. 그것도 공포심을 이용해 스스로를 지켜야 할 정도의 실력밖에 갖추지 못한 자들이 대부분이다.

"여진족들이 두려워한다니 차라리 잘 됐소이다."

명문 정파의 장로답지 않게 은근히 호들갑을 떠는 기질을 보여줬던 왕지량까지 대범하게 나오자 유가람의 얼굴은 정반대로 시퍼렇게 굳어갔다.

"아이고, 저는 못 갑니다!"

유가람이 그 한 마디를 외치고는 갑자기 고삐를 돌려 행렬에서 이탈해 버렸다. 초원의 사냥꾼으로 잔뼈가 굵은 유가람은 여진족 뺨치는 날랜 기마 솜씨로 유유히 남쪽 방향으로 사라져 버렸다.

석도명 일행은 어둠이 내려앉을 때까지 달리고 또 달려야 했다.

여진족 정찰대는 자신들의 두 배나 되는 별전대와 연운검대를 직접 공격하기보다는 서서히 거리를 좁히며 따라왔다. 숙영지를 마련하고 있다가 정찰대의 신호를 받고 서둘러 출동한 기마대 본대와 합류하기 위해서였다.

뒤편에서 어둠을 뚫고 들려오는 추격대의 소리가 점점 커지자 무소진이 석도명에게 물었다.

"여진족이 얼마나 되는지 짐작이 되는가?"

"1,000여 명 정돕니다."

"이런, 쉬지도 못하겠군. 이제부터 발로 뛰어간다!"

무소진이 새로운 명령을 내렸다. 말이 너무 지쳐서 쉬어야 할 때였지만 기마대의 숫자가 너무 많으니 말고삐를 잡고 달리면서 말을 조금이나마 쉬게 해주자는 의도였다.

얼마간의 시간이 지나자 무소진의 선택이 옳았음이 입증됐다. 잠시 가까워지는 듯했던 여진족 기마대의 기척이 점점 멀어졌다.

여진족의 말 또한 지칠 대로 지쳐 있었지만, 여진족은 무림인들처럼 말고삐를 쥐고 달릴 수는 없기 때문이다.

하지만 날이 밝아오자 상황이 다시 바뀌었다. 주변 지형이 이미 평원으로 바뀐 탓에 멀리서도 별전대의 행렬이 확연히 눈에 뜨일 수밖에 없었다.

과연 날이 새기가 무섭게 저 멀리서 여진족 기마대가 별전대를 발견하고는 함성을 질러댔다.

지난 밤 1,000여 명 정도였던 기마대의 숫자는 어느새 3,000여 명으로 불어 있었다. 구릉지대를 벗어난 여진족 기마대는 벌판에 들어서자 가공스러운 속도를 발휘했다.

무소진의 손짓에 따라 별전대가 다시 말에 올라 북쪽을 향해 내달렸다. 별전대주는 무당파 장로 무량진인의 몫이었지만, 어느 순간부터 100여 명의 무사들은 한마음으로 무소진의 지휘를 따르고 있었다.

뿌연 새벽안개가 서서히 걷히면서 그 사이로 시커먼 바위산이 흐릿하게 모습을 드러냈다. 초원의 사냥꾼마저 공포에 떨게 했던 혈랑애다.

두두두두.

밤새 추위로 얼어붙은 설원 위에 말발굽 소리가 요란하게 울려 퍼졌다.

쫓는 자도, 쫓기는 자도 알고 있었다. 누가 먼저 혈랑애에 도착하느냐에 따라 결과가 달라진다는 것을.

별전대 선두에서 혈랑애까지의 거리가 묘하게도 연운검대 후미와 기마대 사이의 간격과 비슷하게 유지됐다. 즉, 혈랑애가 가까워질수록 기마대 역시 점점 거리를 좁혀들어 왔다.

마침내 혈랑애가 30장(90미터) 이내로 가까워지자, 여진족 기마대가 안장에 걸린 활을 집어 들었다.

슈육, 슈슈슉.

바람을 가르며 화살이 빗발치기 시작했다. 터무니없는 거리라고 생각했지만 여진족의 활은 생각보다 강했다. 처음에는 맨땅에 떨어지던 화살이 점점 앞으로 떨어지더니 결국 제일 뒤편에서 달리고 있던 모용세가의 무사 대여섯 명이 말에서 굴러 떨어졌다.

선두에서 달리고 있던 무소진이 비명소리에 고개를 돌리더니 말을 박차고 그대로 허공으로 뛰어올랐다. 잠시 허공에 머물다가 다시 떨어져 내리는 무소진의 발 아래로 별전대와 연운검대가 차례로 지나갔다.

어느새 검을 뽑아든 무소진이 화살을 걷어내면서 연운검대 뒤편에 착지했다. 그리고 무서운 속도로 내달렸다.

무소진의 신형이 갈지(之)자를 그리며 연운검대 후미를 좌우로 오갔다. 손에 들린 검은 연신 허공을 가르며 여진족 기마대의 화살을 착실히 걷어내고 있었다.

뒤이어 무량진인이 똑같은 수법으로 무소진 옆으로 떨어져 내렸다. 명색이 별전대주로서 후미의 안전을 무소진에게만 맡길 수가 없었다. 게다가 무공에서는 자신도 뒤지지 않는다는 자신감이 있었다.

그 무렵 왕지량을 비롯한 고수들도 말에서 뛰어내려 달리고 있었다. 거리가 짧아진 탓에 말에 의지하기보다는 경공술을 발휘하는 게 낫다는 생각 때문이었다.

반면 아직도 말을 타고 달리는 사람들은 경공술에 자신이 없는 이들이다. 유감스럽게도 단호경 일행은 모두 그쪽에 속했다.

연운검대 앞쪽에서 말을 달리고 있던 단호경과 수하들이 점점 후미로 처지고 있었다. 석도명의 도움으로 검술이 일취월장하기는 했지만 경공이나 기마술은 전혀 다른 분야였다.

그에 비해 석도명은 훨씬 수월한 처지였다. 경공술이라면 부도문에게 전수 받아 자신의 방식으로 완성한 삼척보가 있다. 처음 해보는 말 타기도 힘들지 않았다.

따지고 보면 말을 타는 것도 그저 결을 따라 움직이는 것에 지나지 않을 뿐이다. 말의 흔들림에 적응하는 게 바람결이나 물결을 타는 것보다는 훨씬 쉬웠다.

단호경 등이 계속 처지는 모습을 보면서 석도명의 얼굴이 크게 어두워졌다.

'지금 무공을 쓰면 안 되는 거겠지?'

자신에게 내려진 지시는 딱 두 가지였다. 하나는 한운영을 보호하는 것이고, 다른 하나는 결정적인 순간이 아니면 무공을 감춰야 하는 것이다.

사마중의 기대에 부응해 식음가의 최후에 관한 단서를 얻으려면 그 두 가지 사항에 각별히 신경을 써야 할 터였다.

다행히도 저 앞에서 남궁설리와 나란히 달리고 있는 한운영은 굳이 보호가 필요 없는 고수다. 지금도 눈치를 보아하니 남궁설리를 보호하기 위해 일부러 보조를 맞춰 뛰고 있는 것 같았다.

문제는 무공을 감추고서는 단호경 일행을 돕기가 쉽지 않다는 점이었다.

석도명이 잠시 고민을 하다 말의 속도를 서서히 늦췄다. 어찌됐든 단호경 일행을 보호하지 않고는 마음이 편치 않을 것 같았다.

헌데 운이 좋지 않았던 것일까?

무소진과 무량진인의 방어막을 뚫고 날아온 화살 하나가 제일 뒤에 있던 서량의 어깨에 꽂히고 말았다. 석도명이 꽁무니로 들어가기 위해 서량이 자신을 앞질러 가도록 보조를 맞추고 있는 순간이었다.

"크흑!"

서량이 고통을 이기지 못하고 말고삐를 놓쳐 버렸다. 가뜩이나 신통치 않은 기마실력에 고삐까지 놓치자 서량이 속절없이 말 아래로 굴러 떨어졌다.

석도명이 다급하게 손을 뻗었지만 하필이면 서량이 말 잔등에서 떨어진 방향은 그 반대쪽이었다. 내동댕이쳐진 서량의 몸은 잠시 땅바닥을 구르다 멈춰 섰다.

석도명이 허공을 움켜쥔 손을 거둬들이고 뒤를 돌아봤을 때는 서량과 벌써 1장가량 거리가 벌어진 상태였다.

석도명이 지체하지 않고 고삐를 잡아당겨 말을 세웠다. 머릿속에는 오직 서량을 구해야 한다는 일념뿐이었다. 황급히 말머리를 돌려 세우던 석도명의 눈에 무소진의 모습이 들어왔다.

후미를 지키고 있던 무소진이 바람같이 달려가 서량의 허리춤을 낚아챘다. 그리고는 달리던 속도를 이용해 서량을 앞으로 힘껏 던졌다.

"받게나!"

전력으로 경공을 펼치면서 쏟아지는 화살을 막아내기에 버거운 나머지 무소진은 앞에 있는 사람이 누군지도 확인하지 못한 채, 임기응변에 의지해야 했다.

그 바람에 던지는 사람과 받아야 할 사람 사이에 미묘한 차이가 벌어졌다. 무소진은 바로 앞에 있던 말이 달려 나가는 방향에 맞춰 서량을 던지기에 급급해서 석도명이 말을 돌리고 있음을 몰랐다.

휘익.

서량의 몸이 바람 소리를 내며 정면으로 날아오자 석도명은 본능적으로 고삐를 반대 방향으로 잡아당겼다. 한 팔로 서량을 받아드는 동시에 말 머리를 다시 정면으로 돌려 세우기 위해서였다.

휘청.

그렇지 않아도 눈이 쌓여 바닥이 미끄러운 상황에서 갑작스럽게 이뤄진 두 번의 방향 전환으로 인해 석도명의 말은 중심을 잃고 말았다. 거기에 서량의 몸에 실린 체중과 속도가 더해진 것이 결정타였다.

석도명의 말이 다리를 꺾으면서 앞으로 고꾸라졌다.

"아뿔사!"

무소진의 입에서 신음에 가까운 소리가 새어나왔다. 사람 하나를 구하기 위해서 무리를 했던 것이 그만 두 사람을 위기에 빠뜨리는 결과를 낳고 만 것이다.

말이 나동그라져 두 사람을 깔아뭉개는 참혹한 모습이 머릿속에 먼저 떠올랐다.

그리고 실제로 무소진의 눈앞에서 무릎을 꺾은 말이 앞으로 나동그라지더니 험하게 바닥을 구르고 있었다.

"헛!"

무소진이 경악에 찬 탄성을 내질렀다. 방금 벌어진 일이 끔찍해서가 아니라, 도무지 믿을 수가 없어서였다.

한바탕 앞으로 구른 말이 벌떡 일어나 다시 달리기 시작한 것이다. 넘어진 게 아니라, 달리는 힘을 이용해 구르기를 한 듯한 모습이었다. 무공으로 치자면 완벽한 뇌려타곤이었다.

하지만 말이 되지 않는 소리였다. 네 발 달린 짐승이 뇌려타곤이라니! 게다가 달리다가 쓰러진 말은 불구가 돼서 다시는 제구실을 할 수 없는 게 정상이었다.

대체 무슨 수로 사람을 둘이나 태우고 완벽한 회전술을 발휘한단 말인가?

무소진은 너무 놀란 나머지 바로 뒤에 3,000여 기의 기마대가 자신을 쫓고 있다는 사실조차 잠시 망각을 할 정도였다.

'놀라운 기마술이다. 아니, 저걸 사람이 했다고 믿어야 하나?'

무소진이 순간 옆을 살폈다. 무량진인은 뒤에서 쏟아지는 화살 비를 막아내는데 전력을 다하느라 석도명의 신기를 보지 못한 모양이었다. 앞에서도 뒤를 돌아본 사람이 없으니 자신이 유일한 목격자인 셈이었다.

'허, 따로 지켜봐야겠구나.'

무소진은 당분간 아는 척을 하지 않고 석도명을 조용히 관찰해 보기로 마음을 먹었다. 신진 고수의 출현을 혼자 음미(吟味)하는 것은 언제나 신선하고 즐거운 일이었다.

무소진이 경이로운 눈길로 자신의 등을 바라보고 있는 것도 모른 채 석도명은 가슴을 쓸어내리고 있었다.

'운이 좋았다.'

생각을 할 겨를도 없이 찰나에 벌어진 일이었다. 말이 앞으로 고꾸라지는 순간 석도명은 눈앞이 캄캄했다. 그나마 말이 왼쪽 어깨 쪽으로 비스듬히 넘어지는 바람에 석도명의 왼발이 땅에 먼저 닿은 게 천운이었다.

석도명은 발에 내공을 실어 있는 힘껏 땅을 박차는 것으로 최소한의 도약력을 얻을 수 있었다. 그리고 말이 미끄러지는 힘을 이용해 순간적으로 공중돌기를 해냈다.

말 잔등 위에서 부딪친 세 가지 방향의 힘을 기가 마히게 조화시킨 결과였다. 이번에도 바람을 타듯이 힘의 결을 탔다고 밖에는 설명할 수 없는 일이었다.

두 사람이 실린데다, 조금 전의 충격까지 입은 탓에 석도명의 말은 점점 속력이 떨어졌지만, 천만다행으로 혈랑애가 5장 이내의 거리로 좁혀져 있었다. 선두권은 벌써 검은 암벽 사이에 입을 벌리고 있는 협곡 안으로 들어선 상태였다.

그리고 뒤에서는 여진족 기마대가 일제히 말을 멈추고 있었다.

과연 여진족에게 혈랑애는 금단의 장소인 모양이었다. 기마대는 혈랑애에서 10장 정도 떨어진 거리에서 더 이상 좁혀 오지 않았다. 대신 안정된 자세에서 무지막지하게 화살공세를 펴댔다.

무소진과 무량진인이 마지막으로 협곡에 들어선 뒤에도 화살공격을 쉬이 그치지 않았다. 분풀이를 하려는 것인지, 잡지 못한 대신 발을 묶어둘 생각인지 협곡 안으로 집요하게 활을 쏘아댔다.

별전대와 연운검대는 화살을 피하기 위해 어쩔 수 없이 협곡 내부를 살피지도 못한 채 안쪽으로 물러서야 했다.

입구가 반 장(1.5미터)도 채 되지 않을 정도로 비좁은 데 비해 협곡 안쪽은 조금 더 넓었다.

그래봐야 가장 넓은 곳도 폭이 3장을 약간 넘는 정도였고, 가파르게 솟은 양쪽 절벽은 위로 갈수록 좁아져 빛이 잘 들어오지 않았다. 절벽의 높이는 어림잡아 10여 장쯤이었다.

"피한 게 아니라, 갇힌 꼴이 됐소이다."

무량진인이 무소진에게 말을 건넸다.

무량진인조차도 무소진의 노련함과 침착함이 의지가 되는 기분이었다. 별전대와 연운검대가 전부 무소진의 얼굴만 바라보고 있는 것도 같은 심정이리라.

그러나 무소진은 무량진인에게 대꾸를 할 겨를이 없었다. 협곡 안으로 들어선 석도명이 서량을 단호경에게 넘겨주고는 걱정스레 벼랑 위를 올려다보고 있었기 때문이다.

그것이 무엇을 의미하는지를 다시 물을 필요는 없었다.

"모두 절벽에 붙어 서서 위를 경계하라!"

무소진이 다급하게 외쳤다. 겨우 숨을 돌리고 있던 무사들이 허겁지겁 말에서 내려 협곡 좌우로 갈라섰다.

양쪽 절벽 꼭대기가 갑자기 붉게 물들었다. 붉은 옷을 입은 사람들이 절벽 위에 모습을 드러낸 탓이다. 그 숫자는 수백 명을 헤아렸다.

협곡 입구 쪽에서부터 불덩어리가 떨어졌다. 정체불명의 사내들이 마른 풀 더미와 나뭇단에 불을 붙여 마구 던져댔다. 이어 수백 개의 통나무가 그 위에 던져지고, 다시 기름이 퍼부어졌다.

협곡 입구가 삽시간에 불바다로 변했고 별전대와 연운검대는 속수무책으로 물러서야 했다.

뒤이어 벼랑 위에서 화살이 퍼부어졌다.

쐐액, 쐐애애액.

여진족 기마대도 대단한 강궁(强弓)을 사용했지만 이번 공격은 그에 비할 것이 아니었다. 날카로운 파공성은 화살에 내공이 실렸음을 말해줬다.

검을 뽑아들고 있던 별전대와 연운검대가 분주하게 화살을 쳐냈지만, 그 와중에 10여 명이 또 쓰러졌다.

내공이 실린 수백 발의 화살 속에 그보다 더한 것이 감춰져 있었기 때문이다.

무력시위가 목적이었는지 화살공격은 한 차례로 끝났다.

그리고 드디어 상대편에서 누군가가 입을 열었다.

"으하하, 혈랑애에 온 것을 진심으로 환영한다. 나 아고홀(阿高惚)이 잠시 너희들의 목숨을 맡아두겠다. 그런데 누가 대장이냐?"

모용세가의 연운검대가 크게 술렁였다.

"흑호장(黑虎將)이닷!"

상대는 바로 모용세가에 쳐들어왔던 진천보의 오호장 가운데 한 명이었다.

무량진인이 무거운 얼굴로 다시 무소진을 바라봤다.

늑대를 피하려다 호랑이를 만난 건지, 호랑이를 피하려다 늑대를 만난 건지 얼핏 가늠이 되지 않았다.

문제는 제대로 싸워 보지도 못하고 벌써 2할에 가까운 병력을 잃었다는 사실이다. 게다가 조금 전의 화살공격으로 드러났듯이 완벽한 함정에 빠진 처지였다.

무소진이 무량진인에게 무겁게 고개를 끄덕였다. 일단 대화를 해볼 수밖에 없지 않겠냐는 의미였다.

"나는 무당파의 무량진인이오. 그대들이 진천보인가?"

"하하, 무량진인이셨구려. 반갑소이다. 그대가 이곳에 있는 것을 보니 청공무제는 과연 지주구로 향하고 있겠구려. 호랑이를 잡으려고 파놓은 함정에 잘못 들어오셨소이다."

아고흘의 음성에는 여유가 넘쳐났다.

비록 노리고 있던 여운도는 잡지 못했지만, 적 전력의 3분의 2를 이곳에 잡아뒀으니 그리 손해를 본 장사는 아니었다. 저들과 정면충돌을 했더라면 엄청난 피해를 입었을 것이다.

"이익! 비겁하게 함정이나 파놓고. 이것이 진천보가 싸우는 방식이더냐? 너희들을 무림인으로 부르기도 부끄럽구나."

왕지량이 분을 이기지 못하고 고래고래 소리를 질러댔다.

"흐흐흐, 너희들도 옛날부터 진법 같은 걸 좋아했잖아. 사마세가의 애송이가 그 짓을 하려고 온 게 아니었냐 말이다. 화살을 좀 더 처먹어야 정신을 차릴 테냐?"

벼랑 위에 새로 모습을 드러낸 사내는 멀리서 보기에도 6척을 훌쩍 넘기는 엄청난 거구였다. 사내는 말을 마치기가 무섭게 활을 당겼다.

화살은 소리 없이 날아와 왕지량의 발 앞에 떨어졌다.

"꿀꺽."

왕지량의 주변에 서 있던 별전대원들이 놀라서 침을 삼켰다. 30장 높이의 절벽에서 쏜 화살이 기척 없이 날아와서는 단단한 바위 바닥에 꽁무니만 남긴 채 깊이 박혔기 때문이다. 조금 전 공격에서 동료 10여 명의 목숨을 앗아간 바로 그 화살이었다.

"혈호장(血虎將)……."

연운검대의 무사들이 신음에 가까운 음성으로 상대의 별호를 토해냈다.

진천보의 오호장 가운데 궁귀(弓鬼)로 불리는 혈호장 데르게(德爾格)가 바로 그였다.

"우리에게 원하는 게 뭔가?"

무량진인이 노기에 찬 음성으로 물었다.

"뭐, 별거 없소이다. 제 발로 호랑이 덫에 들어갔으니 호랑이를 꾀기 위한 미끼가 돼 주시오. 투항해서 목숨을 구걸하든, 혈랑애에 뼈를 묻든 그건 그 다음 일이오."

아고홀이 그 말과 함께 한 손을 번쩍 들었다.

그 손짓을 신호로 협곡 입구에 사람 머리통만한 돌덩어리가 퍼부어졌다. 조금 전까지 활활 불타고 있던 협곡 입구가 삽시간에 메워졌다.

지휘부를 한 곳에 모은 무소진이 급히 석도명과 한운영을 불렀다.

"자네 재주를 좀 빌려야겠네. 들을 수 있는 건 다 들어보게나."

무소진은 우선 석도명이 협곡 안팎의 사정을 파악해 주기를 바랐다.

아무리 안력이 좋다고 한들 지금 눈으로 볼 수 있는 것은 협곡 위의 좁은 하늘뿐이다.

소리를 듣는다는 석도명의 재주가 아니고는 협곡 바깥의 형편을 알 수가 없었다.

이번에는 왕지량도 시비를 걸지 못했다. 석도명의 경고를 받아들여 처음부터 몸을 피했더라면 기마대에 쫓기는 일도, 그 때문에 앞뒤를 살피지도 못한 채 혈랑애로 뛰어드는 일도 없었을 것이다.

석도명이 바닥에서 작은 돌멩이를 집어 들더니 협곡 안쪽을 향해 집어 던졌다.

따르르륵.

돌멩이가 어두운 협곡 안으로 굴러들어가더니 이내 그 소리가 희미하게 사라졌다. 모두가 귀를 쫑긋 세웠지만 그것만으로는 도통 아무것도 알 수 없었다.

석도명이 이어 협곡 위아래를 유심하게 살피더니 입을 열었다.

"협곡의 길이는 약 150장(450미터). 소리가 빠짐없이 되돌아오는 것을 보니 끝은 완전히 막혀 있습니다. 한쪽만 트여 있는 말발굽 형태의 지형이 아닌가 싶군요. 절벽 위의 사람은 200명 정도가 되지 않나 생각됩니다. 그리고 알 수 없는 화기(火氣)가 곳곳에서 느껴집니다."

"흐음, 완벽하게 갇혔군. 헌데 알 수 없는 화기는 또 뭔가?"

"뭔가가 여기저기에서 열기를 뿜고 있는데 그 정체를 모르겠습니다."

석도명의 얼굴에 낭패감이 어렸다. 공연한 이야기를 했다는 생각이 들어서다.

관음의 경지로 본 것이 아니라, 귀로 소리를 들었다고 하면서 화기까지 언급한 것은 실수였다. 그 정체를 정확히 알 수 있으면 모를까, 설명할 수도 없는 상황에서 트집 잡힐 소지를 만든 셈이었다.

아니나 다를까, 왕지량이 코웃음을 치고 나섰다.

"잘 한다, 잘 한다 하니까 별 이야기를 다 지어내는구나. 네 귀는 뜨거운 것도 느낀다고? 그게 뭔지는 누구라도 뻔히 알겠다. 바로 조금 전까지 불덩어리를 던져대던 놈들이다!"

주변의 사람들이 고개를 끄덕였다. 한 번 화공을 했던 놈들이라면, 또다시 같은 짓을 하기 위해 만반의 준비를 갖추고 있는 게 오히려 당연한 일이었다. 분명히 여기저기 불을 지펴 놓고 있을 것이다.

무소진이 손을 들어 왕지량을 막고 나섰다.

"왕 장로! 지금은 그게 중요한 게 아니올시다. 협곡의 상황과 적의 숫자를 알아낸 것만 해도 어디요? 시시콜콜한 시비를 가리기보다는 같이 머리를 맞대고 빠져나갈 방법을 찾는 게 우선이외다."

"험, 험…… 대책을…… 찾아봅시다."

왕지량이 꼬리를 내렸다. 대책에 대해서는 달리 할 말이 궁했다.

"무 대협은 생각하는 바가 있으시오?"

무량진인의 물음에 무소진은 대답 대신 한운영을 바라봤다.

"이런 문제는 군사부의 머리를 빌리는 게 옳다고 보는데."

사마형이 있었다면 시키지 않아도 먼저 나섰을 것이다.

그러나 한운영에게 사마형 정도의 활약을 기대하는 사람은 많지 않았다. 박식하다는 것과 실전에 대처하는 것은 별개의 문제라고 생각했기 때문이다.

아마 막다른 골목에 몰린 상황이 아니었다면 무소진도 한운영부터 찾지 않았을지도 모른다.

한운영이 기대와 회의가 뒤섞인 시선을 한몸에 받아내며 입을 뗐다.

"상황은 일단 최악입니다. 여진족 기마대도 그렇고, 진천보도 그렇고 활을 주무기로 활용하는 경향이 있는 것 같습니다. 즉, 맞붙어 싸우기보다는 적을 적당히 떼어 놓고 싸우는데 강점이 있다는 것이지요. 우리가 절벽 아래 고립됐으니 저들에게는 필요한 거리가 질대직으로 보장된 상황입니다. 석들이 조금 전의 공격을 집요하게 되풀이한다면 우리는 전멸을 면할 수가 없을 겁니다. 결국 그 거리를 깨는 게 유일한 활로입니다."

"거리를 깬다…… 허어."

여기저기서 한숨이 새어나왔다. 절벽을 깎아내리지 않는 한 어떻게 그 거리를 좁히겠는가?

무소진이 다시 물었다.

"뭐 우리에게 기회랄까, 유리하달까 그런 것은 전혀 없는가?"

"저희에게도 거리가 있지요."

"거리가 있다고? 절벽이 높은 걸 역이용할 방법이 있단 말인가?"

무량진인이 반색을 했다.

"적에게는 종(縱)의 거리 즉, 높이가 있다면 우리에게는 횡(橫)의 거리, 곧 길이가 있다는 말씀입니다."

"오호, 횡의 길이라……."

"예, 그렇습니다. 들어가 보면 좀 더 정확히 알겠지만 석 악사의 말대로라면 협곡의 길이는 150장이고 적은 200명입니다. 협곡 양편을 100명씩 지킨다고 하면 가로로 쭉 늘어서도 한 사람이 1장 반(4.5미터)의 길이를 막아야 한다는 계산이 나오지요. 그건 결코 작은 틈이 아닙니다."

"하지만 우리는 정작 100명도 안 되지 않은가? 같이 늘어서면 우리 줄이 훨씬 짧지. 게다가 벼랑 밑에 놓여 있는 처지고."

무량진인이 실망스런 얼굴로 고개를 저었다.

80여 명의 대원들이 전부 한달음에 10여 장 높이의 절벽을 뛰어올라갈 수 있으면 모를까, 전혀 소용이 없는 이야기였다. 이 자리에서 그 정도의 경공술을 발휘할 수 있는 사람은 자신과 무소진, 청성파의 귀재로 소문난 도진명(陶珍赫), 금강대 출신의 고수 송필용(宋弼用) 등 대여섯 명에 불과했다.

한운영이 음성을 낮췄다. 무량진인이 이미 소리를 차단하고 있음을 알았지만 결정적인 대목을 설명하려다 보니 자신도 모르게 조심을 하게 된 것이다.

"어느 쪽도 한 줄로 늘어설 필요는 없습니다. 성동격서(聲東擊西)라고, 동쪽을 건드리면 서쪽에 틈이 나는 법입니다. 적의 병력을 협곡 한쪽에 모이게 한 뒤 반대편에서 고수 몇 명이 벼랑을 올라 교두보를 확보하는 겁니다."

"오라, 그런 방법이 있구먼. 그 몇 명이 밧줄을 던져놓고 시간을 벌어주면 더 많은 숫자가 올라올 수 있을 테고. 공성전(攻城戰)과 비슷한 방식이로군."

무소진이 한운영의 생각을 정확하게 읽어냈다.

다른 사람들도 표정이 크게 밝아졌다. 어쩌다 보니 협곡 안에 갇혔지만 적어도 정면으로 맞붙어서 진천보에게 진다는 생각은 꿈에도 하지 않았다.

"방법이 나왔으면 빨리 시작해야 하지 않겠나?"

무량진인이 서둘러 움직이자는 뜻을 내비쳤다. 어제 오후부터 연달아 자존심에 상처를 입은 터라 당장에라도 본때를 보여주고 싶은 마음이었다.

"아직은 때가 아닙니다. 저들도 우리가 이곳에 얌전히 앉아만 있으리라고는 생각하지 않을 겁니다. 아마도 지금 이 순간에도 신경을 곤두세우고 감시를 하고 있을 거예요. 당분간은 당황해서 날뛰다가 서서히 지쳐가는 모습을 보여줘야 합니다.

그리고……."

"그리고?"

무소진이 미소를 지으며 되물었다. 한운영의 지모에 마음을 흠뻑 빼앗긴 눈치였다.

"결정적으로 외부의 지원이 있으면 일이 몇 배는 쉬워질 겁니다. 선발대의 등장이죠."

모두의 고개가 크게 끄덕여졌다.

선발대가 밖에서 돕는다면 이쪽의 노고와 희생이 크게 줄 것이다. 선발대에는 별전대 고수 절반이 고스란히 남아 있을 뿐 아니라, 무림맹주 여운도가 있었다.

"허나 저들이 우리를 미끼로 선발대를 다시 함정에 빠뜨릴 생각인 모양인데 그쪽이라고 우리를 도울 겨를이 있을까?"

"어디 그뿐인가? 안팎에서 호응을 하려면 긴밀한 연락이 오가야 하는데……."

"그냥, 우리끼리 합시다."

몇몇 사람이 선발대의 합세에 대해 회의적인 입장을 나타냈다.

그런데도 한운영은 흔들림을 보이지 않았다. 석도명에게 질문을 던졌을 뿐이다.

"그 소리를 듣는다는 거…… 얼마나 가능한가요? 그러니까 얼마나 멀리, 얼마나 자세하게 들을 수 있는 거죠?"

"음, 대략 눈으로 보는 것과 비슷하다고 생각하면 됩니다.

멀리 있는 건 윤곽만 흐릿하고, 가까이 있는 건 또렷하게 그려 낼 수 있죠."

"그러면 적들이 절벽 위에서 사방을 감시하는 것과 비슷한 정도는 잡아낼 수 있다는 말인가요?"

"가능합니다."

"후우……."

"허……."

석도명의 짤막한 대답에 한숨이 쏟아졌다.

모두들 기가 막힐 따름이었다. 자신들은 눈앞의 절벽 외에는 아무것도 보지 못하는데 석도명은 저 바깥 상황을 눈으로 보듯 꿰뚫고 있다니! 소리를 듣는 것만으로 그 정도를 해낼 수 있다면 진정한 소리의 주인이라고 불러도 손색이 없을 듯했다.

'허, 악사가 아니라 소리를 쫓는 도인이라 할 만하구나.'

어제만 해도 석도명이 쓸데없이 고집을 피운다고 생각했던 무량진인이 새삼스런 눈길로 석도명을 다시 바라봤다.

선입견이 사리진 탓인지 대선배들 앞에서도 담담함을 유지하는 모습이 되레 의지가 굳은 것 같아서 좋아 보였다.

무량진인의 사념을 뚫고 한운영의 음성이 들려왔다.

"그거면 충분합니다. 바깥은 석 악사가 살필 수 있다고 하니 적이 선발대를 혈랑애 부근으로 유인해 오면 상황에 따라 대처하는 게 좋겠습니다."

논의는 사실상 그것으로 끝이 났다.

무량진인과 무소진이 잠깐의 의논 끝에 각자에게 역할을 맡겼다.

그때부터 지루하고, 불편한 기다림이 시작됐다.

별전대와 연운검대는 마냥 쉴 수만은 없었다. 먼저 동료들의 시신을 수습하고 부상자를 치료한 뒤 죽은 말을 쌓아올려 방어벽을 쌓았다.

보통의 경우에는 땅을 파서 참호 같은 것을 만들어야 했지만 혈랑애는 바닥이 온통 바위로 이뤄진 탓에 그것이 원천적으로 불가능했기 때문이다. 언제 다시 화살이 쏟아질지 모르니 말 시체라도 이용해야 했다.

협곡 안이 정리된 뒤에도 정해진 별전대와 연운검대의 무사들이 무리를 지어 협곡 안을 살피거나, 돌 더미로 꽉 막힌 계곡 입구를 들쑤시고 다녔다. 한운영의 계책에 따라 탈출을 궁리하는 척한 것이다.

진천보는 무림맹의 무사들이 협곡 입구를 막은 돌 더미에 손을 댈 때마다 화살을 날리는 것으로 응수했다. 모습은 드러내지 않았지만 절벽 아래의 상황을 빈틈없이 감시하고 있다는 증거였다.

그리고 마침내 해가 저물면서 혈랑애에 어둠이 내리기 시작했다.

제7장
폭풍전야(暴風前夜)

 석도명은 어깨를 절벽에 기대고 앉아 사방에 밤의 장막이 드리워지는 것을 보고 있었다. 진천보의 갑작스런 공격에 대비하느라 전혀 불을 밝히지 않아 계곡 안은 깜깜했다.

 벼랑 위편에서는 진천보의 사람들이 기척을 감춘 채 은밀하게 자리를 지켰고, 혈랑애 앞에 펼쳐진 벌판에는 무슨 까닭인지 3,000명의 여진 기마대가 물러나지 않고 있었다.

 혈장애가 깊은 침묵에 빠져든 것과 달리 기마대의 숙영지에서는 사람 냄새가 풍겨 나오고 있었다. 군막 주변에는 불이 피워져 있고, 그 위에서는 음식이 끓었다.

 불가에 둘러 앉아 두런두런 이야기를 나누며 저녁을 먹고 있는 여진족 기마대의 얼굴에선 전쟁의 긴장감이 별로 느껴지지 않았다. 어쩌면 평생 초원을 전전하며 살아야 하는 유목민의 삶 자체가 전쟁과 다르지 않기 때문인지도 몰랐다.

석도명이 협곡 바깥에서 시선을 거둬 옆을 바라봤다. 그곳에는 단호경과 수하들이 옹기종기 모여 앉아 싸늘한 건포를 씹고 있었다.

그들의 표정이 하나같이 어두웠다. 곤히 잠들어 있는 서량의 부상이 가볍지 않은 탓이다.

화살이 제법 깊게 꽂히기도 했지만, 낙마를 하면서 팔과 다리뼈가 많이 손상된 게 더 문제였다. 서량은 자기 힘으로는 제대로 걸을 수도 없는 상태였다.

석도명은 자꾸만 밀려드는 자책을 멈추지 못했다. 무공이 탄로 날 각오를 하고 처음부터 후미를 맡았더라면 서량이 다치지 않았을 거라는 생각이 쉽게 지워지지 않았다.

'또 후회만 하고 있을 테냐?'

석도명이 머리를 흔들었다. 아무리 안타까워도 지나간 일은 이미 지나간 일이다. 서량의 일을 곱씹기보다는 앞으로 한 사람이라도 더 지켜낼 궁리를 하는 것이 옳았다.

자박 자박.

석도명이 자신을 향해 다가서는 발자국 소리를 들으며 고개를 들었다. 희미한 어둠 속에 한운영이 서 있었다.

"일은 제대로 하고 있는 건가요?"

"진천보는 여전히 기척을 숨긴 채 은신 중이고, 기마대는 물러나지 않았습니다. 협곡 끝에는 말이 스무 마리쯤 살아 있군요. 이 정도면 됐나요?"

석도명이 무덤덤한 음성으로 답변을 쏟아냈다. 이런 순간에 찾아와 자신이 바깥 사정을 잘 살피고 있는지를 캐묻는 한운영의 빈틈없는 처신이 왠지 메마르게 느껴진 탓이다.

잠시 침묵이 찾아들었다. 석도명의 대답에서 마뜩치 않은 낌새를 눈치챘는지 한운영이 입을 다물었기 때문이다.

그 어색한 분위기를 단호경이 파고들었다.

"하이고, 한 소저께서 너무 수고하시는 거 아닌가요? 날도 어두운데 좀 쉬시지……."

"따로 해야 할 일이 있어서요."

"아니, 할 일이 있으면 저희한테 말씀하시지요. 여기 이렇게 노는 손들이 많은데."

"글쎄요, 많은 사람이 필요한 일은 아닌데…… 도와주시면 감사하죠."

한운영이 의외로 단호경의 도움을 순순히 받아들였다.

석도명은 어둠 속에서 단호경의 입이 찢어질 대로 찢어지는 것을 보면서 실소를 금할 수 없었다.

아마 지나간 일을 뒤돌아보지 않는 것으로 서열을 매긴다면 단호경은 자신보다 한참 윗길을 가는 절정고수이리라.

단호경이 황급히 한운영을 따라 나서면서 석도명의 어깨를 쳤다.

"축 쳐져 있지 말고 힘이나 같이 쓰자고. 뭔 일인지 모르지만 다 사람 구하자고 하는 일 아니겠어?"

석도명이 말없이 따라 일어섰다. 단호경의 무뚝뚝한 어조에 담긴 나름의 배려를 읽었기 때문이다.

단호경은 서량의 일로 의기소침할 필요 없다고, 그 시간에 다른 사람에게 도움 되는 일을 하는 게 낫다고 말한 것이다.

한운영은 사람들이 모여 있는 곳을 벗어나 협곡 안쪽으로 걸음을 옮겼다.

석도명과 단호경이 그 옆에서 한운영과 어깨를 나란히 하고 걸었다. 짙은 어둠 속에서 세 사람의 발자국 소리만 울려 퍼졌다.

한운영이 불쑥 입을 열었다.

"석 악사는 늘 생각이 많군요."

"하하, 한 소저는 제 머릿속까지 들여다보는 모양이군요."

"아뇨. 하지만 버릇은 알죠. 골똘히 생각에 빠지면 뒤꿈치를 조금씩 바닥에 끌면서 걷잖아요."

"제가요?"

"네."

석도명은 놀라움을 감추지 못했다.

자신에게 그런 버릇이 있는 줄은 전혀 몰랐다. 깊은 생각에 빠져 있을 때 나오는 행동이라니 알아채지 못한 게 어쩌면 당연한 일일 수도 있었다.

하지만 그 사소한 것을 놓치지 않는 한운영의 관찰력은 왠지 소름이 끼칠 정도였다. 사람이 얼마나 철두철미하면 그런 것까지 새겨둔단 말인가?

또다시 두 사람 사이에 미묘한 침묵이 감돌았다. 웬일인지 한운영이라면 말 한 마디라도 더 못 붙여서 안달이 난 단호경까지 의외의 과묵함을 보여주고 있었다.

"자, 일하죠. 1인당 한 마리씩 맡으면 되겠네요."

한운영이 멈춰선 곳에서는 지독한 혈향과 땀이 밴 동물 냄새가 풍겼다. 협곡 안에 들어와 죽은 60여 마리의 말 가운데 방어벽을 쌓고 남은 것을 모아둔 장소였다.

한운영이 먼저 팔을 걷어 부치고는 검을 빼들었다. 그리고는 망설이지 않고 말가죽에 칼을 들이댔다.

"겉에서 봤을 때 가죽에 상처가 남으면 안 되니까 배를 갈라서 껍질을 벗기세요. 말 형태가 그대로 나와야 되구요."

한운영은 흰 옷에 피가 튀기는 것도 개의치 않고 가죽을 벗겨나갔다.

단호경이 놀란 기색을 서둘러 수습하고는 죽은 말 한 마리를 골라잡았다. 한운영을 위해서라면 말가죽이 아니라, 뼈라도 발라낼 자세가 돼 있었다.

헌데 석도명은 그냥 버티고 서서는 팔짱을 낀 채 두 사람이 힘겹게 손을 놀리는 모습을 지켜보기만 했다.

"별로 협조적인 성격은 아니군요."

결국 한운영의 입에서 뾰족한 한 마디가 튀어나왔다.

석도명이 그제야 몸을 움직였다. 하지만 말 한 마리를 고르는 대신 한운영의 팔목을 덥석 잡아버렸다.

"별로 능숙한 솜씨는 아니군요."

"뭐라구요?"

"상처를 남기지 말라면서 검이 등가죽을 베고 있는 것도 몰랐나요?"

"아니, 그건…… 너무 어두워서……."

한운영이 당황해서 말을 잇지 못했다. 앞이 너무 캄캄해서 그런 실수를 하고 있는 줄도 몰랐기 때문이다.

그 순간 옆에서 씩씩거리며 말 시체와 씨름을 하고 있던 단호경도 슬그머니 손을 멈췄다. 더듬어 보니 자신도 비슷한 실수를 하고 있었다.

석도명은 다른 말을 골라 직접 검을 들이댔다.

"뼈에서 고기를 발라낼 때도 힘줄과 근육의 결을 살리지 않으면 고기를 망치고 맙니다. 하물며 가죽을 온전히 보호하려면 섬세한 주의가 필요하죠."

사각사각.

석도명이 검을 움직일 때마다 머리칼을 잘라내는 듯한 예리하고 가벼운 소리가 들려왔다. 억지로 가죽을 베어내던 한운영이나 단호경의 손동작과는 차원이 달랐다.

"그런 걸 어떻게 그리 잘 알죠?"

"도살장에서 좀 살았지요."

석도명의 대답에 단호경이 한 마디를 거들었다.

"크흠, 여가허 제일의 개백정 노인과 아주 각별한 사이랍니다."

"정말로 재주가 많으시군요. 쇠도 다루고 짐승도 잡고."

석도명은 등 뒤에서 한운영이 놀란 표정을 짓고 있음을 알았다.

당연한 반응이었다. 곱게 자란 재상가의 여식이 대장간과 도살장에서 뒹굴던 자신의 과거를 어찌 상상이라도 했겠는가?

하지만 석도명의 말은 반은 진실이고, 반은 거짓이었다. 염씨 노인의 집에 개 소리를 들으러 다니면서 틈틈이 일을 거들고 어느 정도 귀동냥도 했지만, 손에 익을 정도는 아니었다.

지금 석도명의 칼질은 어디까지나 관음의 경지를 활용한 것이었다.

뱃가죽을 정확하게 베어낸 석도명의 칼이 어느새 다리로 옮겨갔다. 훨씬 더 섬세한 주의가 요구되는 부위다.

석도명이 숨을 고르고는 다리를 잡은 손에 자신의 기운을 흘려보냈다.

석도명의 기(氣)가 흘러들어가자 생기를 잃은 말 다리에 희뿌연 기의 실타래가 퍼져 나갔다. 그와 함께 가죽을 움켜쥔 지방층에도 가닥가닥 결이 생겨났다.

석도명이 그 결을 따라 부드럽게 검을 그은 뒤 지방층을 섬세하고 신속하게 가죽에서 분리시켰다. 다리 하나가 순식간에 껍질 밖으로 나왔다.

그렇게 반 시진이 흐른 뒤 석도명은 세 마리 분의 말가죽을 말끔하게 벗겨낼 수 있었다.

한운영이 꼼꼼하게 가죽을 살핀 뒤 만족스러워했음은 물론이다.

"수고하셨어요. 뒤처리도 해주실 거죠? 가죽을 벗겨낸 말이 눈에 띄지 않게 해주세요."

한운영이 짤막한 치사(致謝; 감사의 말)와 함께 뒤돌아 사라졌다.

결국 석도명과 단호경은 가죽을 벗겨낸 말을 다른 말로 덮어서 가리느라 다시 반 시진 넘게 땀을 흘려야 했다. 시간은 벌써 술시(戌時; 오후 7시~9시)를 넘기고 있었다.

"하이고, 죽는 줄 알았네. 헉헉."

단호경이 숨을 헐떡이며 주저앉았다.

"그래서 지체 높은 아가씨는 함부로 쫓아다니는 게 아니랍니다. 남을 부려먹는 데 고수라서 말이죠."

"제길…… 쫓아다니기는 누가 쫓아다녔다고……."

"얼른 갑시다. 피 냄새를 하도 맡았더니 골이 지끈거리네요."

석도명이 잡아끌었지만 단호경은 선뜻 움직이지 않았다. 잠시 머뭇거리는 기미를 보이던 단호경이 불쑥 질문을 던졌다.

"두 사람 사귀나?"

"예? 두 사람이라뇨?"

"한 소저하고 너하고 서로 좋아하냐고!"

석도명은 잠시 자기 귀를 의심해야 했다. 어이가 없어서다. 대체 누가 누굴 좋아한단 말인가?

"어이쿠, 그럴 리가요. 말조심해야죠. 남들이 듣습니다."

석도명의 지적에 단호경이 바로 음성을 낮췄다.

하지만 단호경이 연이어 쏟아낸 이야기는 전혀 조심스럽지 않았다.

"하는 짓들이 수상하잖아. 나도 전혀 몰랐던 네 버릇을 한 소저가 어떻게 꿰고 있냐고? 관심이 있으니까 사소한 것까지 다 기억하는 거지. 어디 그뿐이야? 너는 왕 서방이 만든 그 귀한 검을 왜 한 소저한테 줬는데? 게다가 도고전 시위(侍衛; 호위무사)한테 들었거든. 한 소저가 너를 따로 만났다며? 지금껏 도고전에 불려간 사람은 너밖에 없다고 하더라. 외찰대에는 소문이 짜하게 났다고. 너랑 한 소저랑 입맹 신청도 같이 했다고 말이야. 이래도 잡아뗄래?"

"……"

석도명은 갑자기 답이 궁해지는 기분이었다.

분명 사소한 오해가 우연히 쌓여서 그렇게 된 것뿐이라고 해야 옳았다. 그런데 그 말이 언뜻 나오질 않았다.

한운영을 처음 만나서 지금까지 있었던 일을 떠올려보니 모든 게 한 방향을 가리켰다.

좋은 의미에서든, 나쁜 의미에서든 두 사람이 서로에게 관심을 거두지 못한 것은 사실이었다.

처음에는 서로의 존재가 꽤나 거슬렸고, 나중에는 또 그런 대로 적응이 되는 것 같았다. 근자에는 확실히 처음보다는 가까워진 느낌이기는 했다.

그런데 자신도 모르는 사이에 더 이상의 변화가 있었던 것일까? 스스로는 못 보고 남들 눈에만 보이는 그런 미묘한 변화 말이다.

"이거 봐, 이거 보라고! 말을 못하잖아."

단호경이 거친 숨을 내뿜으며 얼굴을 들이댄 덕분에 석도명은 잠시 흐트러졌던 생각을 재빨리 수습할 수 있었다.

"너무 터무니없는 이야기를 듣게 되면 누구라도 말문이 막히는 법이거든요. 게다가 한 소저를 좋아하는 사람은 따로 있다구요."

"한 소저 좋아하는 놈이 어디 한둘이냐? 문제는 저 도도한 아가씨가 누굴 좋아하느냐 이거지. 아무리 봐도 네가 그 운 좋은 놈인 것 같다 이거야. 제길 그러고 보니 오늘도 너한테 도움을 받으려고 온 건데 죄 없는 나까지 말려들었잖아. 우씨, 괜히 손만 더럽혔네."

"쯧, 기운이 남아돌면 말가죽이나 하나 더 벗기죠."

석도명이 손을 내저으며 어둠 속으로 사라졌다.

가뜩이나 복잡한 머릿속을 더 헝클어 놓고 싶지가 않았기 때문이다.

      *   *   *

어둠이 내려앉은 지주구 위에 여운도와 사마형이 나란히 서 있다. 보름이 지난 지 며칠 되지 않아 반달이 뜰 때였지만 하늘엔 먹구름이 가득했다.

두 사람은 먹장구름이 가득한 얼굴로 동쪽을 바라보고 있었다.

"이렇게까지 해야 하는 겁니까? 모용세가의 삼형제를 구하려다 별전대의 절반이 적에게 사로잡혔습니다. 나머지 목숨까지 거는 건 무모한 도박입니다."

사마형은 여운도가 어떤 경우에도 뒤로 물러서지 않는 성격임을 잘 알고 있었다.

하지만 이번 일은 처음부터 무모함의 연속이라는 생각밖에 들지 않았다.

녹림맹이 기세를 떨치고 있는 마당에 무림맹의 핵심 전력이나 다름없는 100여 명의 고수를 차출해 보낸 것이나, 인질을 구하겠다고 여진족의 땅에 들어온 것 모두 도박 같은 선택이었다.

한 발만 잘못 내딛어도 돌이킬 수 없는 피해를 입을 테니 말이다.
　여운도라고 어찌 사마형의 근심을 모르겠는가?
　"형아, 네 부친은 내가 이곳에 오는 것을 반대했다. 하지만 나를 말리지는 못했지. 왜 그런 줄 아느냐?"
　"대략 짐작은 하고 있습니다. 단지 모용세가를 걱정해서만은 아니었겠지요."
　"물론 그렇다. 천산파의 봉문, 녹림맹의 결성, 소의련의 출범…… 지난 몇 년간 무림에서 일어난 일은 묘하게도 연관성을 갖고 있다는 게 나와 네 부친의 생각이다. 그 모든 게 우연이 아니라면, 무림을 과거로 되돌려 놓으려는 누군가가 배후에 있다는 의미겠지. 그게 만일 천마협의 후예들이라면 위기는 아직 시작되지도 않은 거겠지."
　"……."
　사마형은 묵묵히 듣기만 했다. 여운도의 솔직한 속내를 좀 더 알고 싶어서다.
　"천마협의 출현에 대비하려면 모용세가를 무림맹에 잡아둬야 할 게다. 아니, 외부의 힘에 의해 무림맹이 모용세가를 잃는 사태가 벌어져서는 절대로 안 되지."
　사마형이 여운도의 이야기를 들으며 고개를 끄덕였다. 뭔가 짚이는 게 있었다.
　모용세가는 과거 동북 지방에서 위세를 떨쳤던 모용족의 후예다. 뿌리를 따지자면 십대문파와 오대세가보다는 진천보가 더 가까울 수도 있다.

"혹시 모용세가는 무림맹을 떠날 생각을 하고 있습니까?"

"모용 가주는 내게 자신이 무림맹에 남을 수 있게 도와달라고 했지."

"우리가 자신의 아들을 찾아오지 못하면 진천보에 가담하겠다는 뜻일 수도 있겠군요."

"……"

사마형의 얼굴이 굳어졌다. 여운도의 침묵이 긍정의 대답으로 여겨졌기 때문이다.

모용세가의 형제를 구하는 게 절실했지만, 제대로 힘을 써보지도 못한 채 전력의 3분의 2를 잃었으니 앞길이 막막하기만 했다.

게다가 낮부터 시작된 여진족 기마대의 이동도 심상치 않았다. 지주구 앞에 펼쳐진 넓은 벌판에는 여진족 기마대가 끊임없이 유입되고 있었다. 이유가 무엇이든 결코 좋은 징조는 이니다.

'하아, 좋은 패는 죄다 적의 손에 들려 있는데 어쩌란 말인가?'

사마형이 다루한의 자신만만한 얼굴을 떠올리며 무겁게 고개를 저었다.

지주구에서 여운도를 맞은 진천보주 다루한은 한눈에 보기에도 결코 쉽지 않은 상대였다. 여진족 출신이라기에 힘만 믿고 밀어붙이는 부류를 예상했었는데, 다루한은 그런 인물이 아니었다.

여운도와의 대화를 일방적으로 주도해 나간 건 오히려 다루한이었다.

> "그대가 나와 일 대 일로 싸우고 싶다고? 그대의 수하 80명의 목숨이 내 손 안에 있는데 내가 왜 그런 불공평한 승부를 해야 하오?"
> "내 이름을 거는 것으로 충분치 않소? 이 몸을 꺾었다는 사실만으로도 대단한 명예와 실리를 얻게 될 텐데."
> "허허, 자신감이 대단하오이다. 그렇다고 치고. 그러면 나, 다루한의 명예에는 무엇을 걸겠소?"
> "무엇을 원하오?"
> "글쎄…… 무림맹주 자리를 내 주는 건 어떨지……."
> "내겐 쓸모가 없는 것이니 가져갈 수 있으면 가져가시오."
> "줘도 못 먹는 떡이다 그 말씀이구려. 허허, 맞바꿀 만한 패를 갖고 오든지, 아니면 내 패를 뺏어보든지 알아서 하시길 바라오."

다루한은 그렇게 대화를 끝내고 수하들과 함께 떠나 버렸다.

여운도는 태연히 뒤돌아서는 다루한에게 차마 손을 쓰지 못했다. 모용세가의 삼형제와 인질 80명의 목숨이 그의 손 안에 있었기 때문이다.

 그게 지금으로부터 두 시진 전의 일이다. 다루한은 지금 혈랑애로 가고 있을 것이다.

 어떤 희생을 치르더라도 그곳에 가지 않을 수 없다고 사마형은 생각했다. 별전대와 연운검대 생존자의 목숨이 걸린 일이다. 무엇보다 그곳에는 한운영이 있었다.

 '안전을 생각해서 남게 했는데 도리어 너를 위험에 빠뜨렸구나.'

 사마형이 한 손을 들어 왼쪽 가슴을 지그시 눌렀다. 한운영을 생각하는 것만으로도 가슴이 칼로 벤 듯 아려왔기 때문이다.

     *   *   *

 제자리로 돌아온 석도명은 어지러운 마음을 가까스로 달래며 주악천인경에 빠져 들었다.

 주악천인경을 펼친다고 해도 이제 다시 어둠은 찾아오지 않았지만, 그래도 평정심을 되찾는 데는 그보다 나은 방법이 없었다.

 하지만 석도명은 자리에 오래 앉아 있지 못했다. 무슨 까닭인지 벌떡 일어나 무소진과 무량진인, 왕지량 등이 나란히 모여 있는 곳으로 달려갔다.

폭풍전야(暴風前夜) 247

"누가 옵니다!"

"누군가?"

"선발대인가?"

무소진과 무량진인이 거의 동시에 물었다. 그만큼 신경을 곤두세우고 있다는 증거다.

"숫자가 100명이 넘는 걸 보니 아닌 모양입니다."

"위치는?"

"서쪽 200여 장 밖에서 일직선으로 빠르게 다가오고 있습니다."

"아니, 200장까지 다가오도록 뭘 한 거냐? 어제는 지평선 너머에 있는 것까지 들린다고 하더니. 태평하게 졸기라도 했느냐?"

이번에도 트집부터 잡고 나선 사람은 왕지량이었다.

"기마대와 무림 고수가 어찌 같겠습니까?"

"석 악사의 말이 옳소이다. 무공으로 기척을 지우고 다가오면 알아채기가 쉽지 않은 법이오."

무소진이 얼른 석도명의 말에 맞장구를 치는 바람에 왕지량의 얼굴이 벌겋게 달아올랐다.

'미꾸라지 같은 놈. 대체 걸려드는 법이 없구나.'

어째서 석도명에게 시비만 걸면 꼭 망신을 당하게 된단 말인가? 왕지량은 석도명에게 서서히 질리는 기분이 들었다. 아무래도 석도명이 자기 사주에 상극(相剋)이 아닐까 싶었다.

"서쪽이면 지주구 방향 아니오? 아무래도 진천보주가 맹주를 만나고 이곳으로 돌아오는 중이 아닐까 싶소이다."

무량진인이 침중한 음성을 토해냈다. 오늘 여운도와 지주구에서 대면하기로 했던 다루한이 탈 없이 돌아왔다면, 반대로 선발대가 무사하지 못할 가능성이 있었기 때문이다.

무소진 또한 같은 것을 떠올린 모양이었다.

"지주구 쪽에는 누가 있나? 다른 움직임은 없는가?"

"후, 거기까지는 무리입니다. 지금 사방에 여진족 기마대가 가득하니 선발대 또한 은밀히 움직이고 있지 않겠습니까? 가까이 다가와야 알 수 있을 듯합니다."

"그래, 그럴 테지."

무소진이 무량진인과 왕지량 등을 바라보며 말을 이어갔다.

"다루한을 만났으면 필경 맹주도 우리가 이곳에 갇혀 있음을 알았을 것이오. 인내심을 갖고 기다려 봅시다."

모두들 무소진의 말에 동의하는 수밖에 없었다.

상황이 다시 정리되자 무소진이 석도명을 바라봤다.

"허허, 아무래도 자네는 오늘 밤을 새야겠구먼. 우리가 믿을 건 자네의 귀밖에 없으니 말이야."

어둠이 짙은 탓에 아무도 보지 못했다. 석도명을 향한 무소진의 눈에 깊은 신뢰가 담겨 있는 것을.

　　　　　　＊　　　＊　　　＊

　예상대로 석도명의 이목에 포착된 것은 지주구에서 돌아온 다루한 일행이었다.

　다루한의 숙소로 설치된 천막 안에 진천보의 오호장이 모였다. 셋은 혈랑애를 지키고 있었고, 둘은 다루한과 함께 도착한 상태였다.

　"협곡 안의 상황은?"

　"생존자는 80여 명입니다만, 그중 일고여덟 명은 제법 중상을 입은 모양입니다. 그리고 말이 스무 마리 남짓 남았습니다."

　다루한의 질문에 흑호장 아고흘이 짤막하게 답했다.

　"말이 없으니 협곡을 빠져 나간다고 해도 도주는 못하겠구먼."

　다루한을 따라갔던 설호장(雪虎將) 고치경(高峙倞)이 만족스럽게 고개를 끄덕였다.

　"하하, 여진의 기마대 덕분에 뜻하지 않은 대어를 낚았습니다. 하늘이 우리 진천보를 돕는 거 아니겠습니까?"

　혈호장 데르게가 거구를 앞뒤로 흔들며 웃어댔다.

　"그렇게 좋아할 일도 아닐세. 기마대는 우리도 통제할 수 없는 존재야. 변수가 하나 더 늘었다고 봐야지."

　신중론을 펼치고 나선 사람은 진천보 내에서도 신비인으로 통하는 백호장(白虎將) 적송(赤松)이었다.

"뭐, 그렇다고 해도 우리가 승리한다는 사실만은 달라지지 않을 게요. 으허허……."

데르게의 웃음소리는 길게 이어지지 못했다. 진천보주 다루한이 입을 뗐기 때문이다.

"우리가 여기 있다는 사실을 이제는 여진군도 알 것이다. 신중을 기하는 게 좋을 게야. 무림맹에 대해서도 긴장의 끈을 놓아서는 안 될 테고."

"옛!"

다루한의 어조는 조용했지만 오호장이 힘차게 입을 모아 대답했다. 그만큼 다루한에 대한 충성심이 절대적이라는 의미다.

"보주! 계획대로 내일 무림맹 사람들을 싹 쓸어버리실 겁니까? 제가 앞장서겠습니다."

오호장 가운데 막내인 전호장(戰虎將) 긴타시(金打石)가 젊은 혈기를 감추지 못하고 호기롭게 음성을 높였다.

"나는 아직 무엇을 계획한 바가 없거늘. 너무 앞서 가지 마라. 내일 할 일은 내일 알게 될 것이야."

"옙!"

긴타시가 서둘러 고개를 숙였다. 계획이든, 예정이든 그걸 정하는 건 보주의 몫이었다.

그때 고치경이 조심스럽게 입을 열었다.

"보주께서 정하시면 따를 뿐입니다만, 한 가지를 여쭤도 되겠습니까?"

"말해 보게."

"저는 오늘 지주구에서 보주께서 직접 여운도를 상대하실 줄 알았습니다. 여운도가 궁지에 몰려 먼저 일 대 일 대결을 청하지 않았습니까? 그때 보주께서 그를 상대하셨더라면 이미 승부가 끝나 있을 텐데 어찌 내일까지 기다리기로 하신 건지 저는 알 수가 없습니다."

"설호장은 그때 그의 눈을 봤는가?"

"아니요. 보지 못했습니다. 제게는 후위를 맡기셨잖습니까?"

"그러면 더 이상 묻지 말게."

고치경은 다루한의 말에 오히려 호기심이 일었지만 차마 더는 묻지 못했다. 보주가 '묻지 말라'고 하면 그렇게 해야 하는 것이었다.

다른 오호장들 역시 서로 궁금한 눈빛을 주고받기만 할뿐 누구도 나서지를 못했다.

진천보를 떠받치는 기둥으로 불리는 다섯 사내는 가슴 깊이 의문을 품은 채로 다루한의 천막을 나서야 했다.

"그런 눈빛을 가진 자는 함부로 상대하는 게 아니지."

수하들이 물러난 뒤 혼자 남은 다루한이 낮게 중얼거렸.

여운도가 직접 요양에 나타났다는 소식을 접했을 때만 해도 자신의 손으로 그를 직접 상대할 계획을 세웠었다. 뜻하지 않게 80여 명이나 되는 인질을 손에 넣었지만, 지주구에서 여운도와 정면대결을 피하지 않을 생각이었다.

여운도의 말마따나 무림맹주를 꺾음으로써 얻을 수 있는 게 적지 않았기 때문이다.

그러나 여운도와 마주 선 순간, 다루한은 자신이 망설이고 있음을 알았다. 여운도의 무공이 두려워서가 아니었다. 자신을 바라보는 여운도의 눈빛이 너무나 허허로웠던 탓이다.

그것은 아무것도 갖지 않은, 그리고 아무 것에도 욕심을 내지 않는 사람만이 보여줄 수 있는 눈빛이었다.

여운도는 자신과 싸워서 패배하는 것을 두려워하지 않았다. 다루한은 그런 여운도를 향해 도저히 투지를 끌어올릴 수가 없었다.

세상에 가장 무서운 것이 허욕(虛慾)을 버린 사람이 아니던가?

"독고쟁패(獨孤爭覇)라…… 그래, 그렇게 살았던 사람이지."

나루한이 젊은 닐 어운도의 별호를 띠올리며 낮게 탄식했다.

풍진강호를 홀로 떠돌며 불의와 맞서던 젊은 날의 여운도를 두고 당시 세간에는 '목숨을 내놓은 사람' 이라거나 '죽고 싶어 환장했다' 는 등의 이야기가 떠돌았다. 무림맹주가 된 뒤에도 여운도는 별로 달라진 게 없는 모양이었다.

다루한은 왠지 여운도가 십대문파와 오대세가에 휘둘리기

에는 아까운 인물이라는 생각이 들었다.

그러나 거기까지였다. 여운도는 내일 자신에게 목숨을 바쳐야 할 운명이다. 여운도는 죽을 줄 알면서도 반드시 혈랑애를 찾아올 것이다.

그가 스스로의 눈빛을 배신하지 않는 한, 80여 명의 목숨을 버려둘 수는 없을 테니 말이다.

"허허, 우리는 친구가 되어도 좋았을 텐데……."

다루한이 아쉬운 얼굴로 소매 끝에서 뭔가를 꺼내들었다. 한 통의 서찰이었다.

다루한이 한참 동안 서찰을 들여다보다가 다시 접어 소매 안에 갈무리했다. 서찰 말미에는 그것을 보낸 사람의 이름이 적혀 있었다.

녹림맹 군사 허이량.

녹림맹의 긴 팔은 이곳까지 닿아 있었던 것이다.

*   *   *

다루한이 혼자 천막 안을 서성이고 있던 시간, 지주구 서편에는 또 다른 사내가 운명의 밤을 맞고 있었다.

완안부의 추장 출신으로 여진의 칸(汗)을 자처하고 나선 아골타(阿骨打)였다.

요나라에 반기를 든 여진족의 중심에 바로 그가 버티고 있었다.

아골타는 벌써 저녁도 거른 채 군막에 틀어박혀 지도를 들여다보고 있었다. 요양성을 비워두고 상경을 지키기 위해 북상한 줄 알았던 야율부리의 동부통군이 중간에서 경로를 바꿔 동남쪽으로 크게 우회하고 있다는 보고를 받고 작전을 구상하는 중이었다.

그때 군막이 열리며 누군가가 안으로 들어섰다. 추위를 막기 위해 두툼한 가죽으로 만든 군막이 들리면서 숙영지의 소란함이 안으로 전해졌다.

"울지르(鬱只爾)! 바깥이 왜 이리 소란한 거냐?"

아골타는 지도에서 눈을 떼지 않은 채 울지르에게 물었다. 홀라손(忽剌孫)부족의 패륵(貝勒; 부족의 존장으로 전쟁에 나가면 천부장이 된다)인 울지르는 아골타에게는 측근 가운데 최측근이었다.

"술이 부족해서 그렇답니다."

"아니, 술은 충분히 준비하라고 하지 않았나?"

"그게 말입니다, 병사들 가운데 술독에 몰래 손을 대는 자들이 있는 모양입니다. 각 부(部; 부족)마다 돌아가며 술독이 한두 개씩 빈다고 합니다. 그 바람에 술을 못 받은 병사들이 추워 죽겠다고 난립니다."

아골타가 그제야 지도에서 고개를 들었다.

병사들에게 밤마다 소량의 술을 지급하는 것은 추위를 잊고 잠을 잘 수 있도록 하기 위한 조치였다.

밤에 숙면을 취해야 전투 시에 제대로 힘을 쓸 수 있기 때문이다.

헌데 그런 중요한 보급품에 문제가 생기면 병사들의 사기에 좋지 않은 영향을 미치는 법이다.

"술이 부족하면 우선 내 것이라도 나눠주고 나중에 수송대를 닦달하라고! 병사들이 추우면 제대로 싸울 수도 없어."

울지르가 뒤통수를 긁적였다.

"저 사실은…… 오늘 칸께 드릴 술독이 사라졌다고…… 그래서……."

"뭐!"

아골타가 주먹으로 탁자를 내리쳤다. 아무리 술에 미친놈이라고 해도 그렇지, 감히 칸의 술독에 손을 대다니! 어느 놈이 간을 배 밖으로 내놓은 모양이었다.

"울지르! 전쟁터에서 보급품에 손을 대는 건 반역이나 다름없는 짓이다. 함께 싸우고, 함께 나눈다! 이것이 내가 조상의 이름을 걸고 한 약속이 아닌가? 범인을 찾아내라. 군율로 목을 베리라!"

"옛! 찾아서 이 손으로 직접 베겠습니다."

"좋아, 반드시 그렇게 하라고!"

말을 마친 아골타는 지도에 고개를 박았다. 엉뚱한 문제로 잠시 화가 나기는 했지만 지금 그의 머릿속에 가득한 것은 어디에서 적을 맞을까 하는 생각뿐이었다.

울지르가 지도 옆으로 다가서며 물었다.

"싸움터는 정하셨습니까? 요군(遼軍)이 생각보다 빨리 움직이고 있습니다. 서둘지 않으면 요지(要地; 중요한 장소)를 선점 당할 수 있습니다."

"정했지. 신성한 땅 가게다즈(加格達奇)의 벌판에서 싸운다!"

"옛? 그러면……."

울지르가 놀라서 되물었다. 가게다즈는 현재의 숙영지에서 반나절만 이동하면 닿을 수 있는 곳이다. 그 한가운데는 신령한 언덕으로 불리던 흙거미언덕(지주구)이 그 오연하게 자리를 잡고 있었다.

아골타는 당초 동부통군이 떠난 요양성을 기습할 생각이었지만 야율부리의 진군 소식을 듣고는 전략을 바꾸기로 마음을 먹었다.

장거리를 이동하는 대신 가까운 곳에서 적을 맞아 싸우기로 한 것이다. 야율부리의 군대가 도착할 때까지 사흘은 착실히 쉴 수 있으니 굳이 앞으로 나갈 이유가 없었다.

아골타의 손이 분주하게 지도 위를 오갔다.

"내일은 이렇게 동쪽으로 이동한다. 나는 바로 이곳 지주구에서 우리의 승리를 직접 내려다볼 생각이다. 울지르, 너에게는 정예기병 1만을 주겠다. 이곳에 숨어 있어라. 적의 포진에 따라 내가 너에게 직접 돌격 명령을 내려줄 테니 말이다."

"그러면 아군의 후미가 혈랑애에 너무 가까워지지 않을까요?"

"혈랑애? 아, 그곳에 진천보의 무사들이 와 있다고 했나?"

"예, 그렇습니다. 우리 선봉대에 쫓겨 혈랑애로 들어간 자들은 모용세가와 무림맹 쪽의 인물들인 것 같습니다."

"흥, 호랑이가 사냥을 나섰더니 늑대가 짐승 시체를 얻어먹으려고 쫓아 나섰군. 그렇게 부를 때는 꼼짝도 하지 않더니."

"미리 배후를 정리해 두는 게 낫지 않을까요?"

"지금은 그냥 둬라. 벌은 먼저 벌집을 건드리기 전에는 사람을 쏘지 않는 법이야. 만약 벌이 제 분수를 모르고 날뛰면 그때는 확 불을 놔 버리라고!"

"알겠습니다."

울지르가 주저 없이 허리를 굽혔다.

열정이 넘쳐나면서도 좀처럼 빈틈을 보이지 않는 주군이다. 그가 봐줄 생각이면 제대로 봐줄 것이고, 손을 보겠다고 하면 무지막지하게 끝장을 볼 터였다.

* * *

석도명이 무소진과 무량진인을 깨운 것은 여명이 채 밝아오기 전이었다.

"왔습니다."

주변에 흩어져 있던 지휘부가 어둠 속에서 은밀하게 모여들었다.

석도명이 간략히 상황을 보고했다.

"거리는 200장, 인원은 50명 정도입니다. 매우 천천히 움직이는 것으로 봐서 진천보 쪽은 아닙니다."

"우리 편이 확실한 것 같은가?"

모두가 가장 궁금해 하는 것을 무량진인이 물었다. 전음이라도 쓸 수 있으면 좋으련만, 이렇게 높은 절벽이 가로막은 상황에서는 불가능한 일이었다.

"확인하는 법이 있습니다."

석도명이 허리에 꿰고 있던 쇠 피리를 꺼내 들었다.

무량진인이 석도명의 팔을 붙잡았다.

"지금 피리를 불면 진천보 놈들이 눈치를 채지 않겠나?"

"걱정하지 않으셔도 됩니다. 이 소리는 검모(劍謀) 선배만이 알아볼 겁니다."

무량진인을 비롯한 대부분의 사람들이 믿지 못하는 눈치였지만, 석도명은 망설이지 않고 피리를 입으로 가져갔다.

…….

사람들의 눈이 휘둥그레졌다. 석도명이 바람을 불어 넣었는데도 아무런 소리가 나지 않았기 때문이다.

너무 어이가 없다 보니 석도명의 일이라면 쌍심지를 켜는 왕지량조차도 참견할 생각을 하지 못했다.

그렇게 몇 번의 호흡이 지나가자 사람들의 표정이 다시 진지해졌다.

모두들 내공을 불러일으켜 안력을 돋우고 있는 덕분에 어둠 속일망정 석도명의 모습을 희미하게 볼 수가 있었다. 석도명은 그야말로 혼신의 연주를 하는 중이었다.

석도명 정도의 악사가 저렇게 공을 들여 하는 연주라면 필경 남다른 데가 있을 것이라는 생각이 들었다.

반백제를 화려하게 수놓았던 석도명의 신기를 직접 목격했기 때문이다.

'허, 사마 군사는 대체 이런 기재를 어디서 찾아냈단 말인가?'

무소진이 내심 경탄을 금치 못했다. 소리를 내지 않는 피리 연주가 정확히 무슨 의미인지는 알 수 없었다. 하지만 석도명이 '사마형만은 알아본다'고 했으니 반드시 그럴 것이라는 믿음이 있었다.

그 순간 석도명은 필생의 공력을 다해 묵음을 밀어내는 중이었다. 과거 남궁세가에서 남궁한과 남궁강에게 들려줬던 묵음이 심상(心象)을 표현하기 위한 것이었다면, 이번에는 거리를 두고 전해야 하는 어려움이 있었다.

쇠 피리가 토해내는 묵음은 사람들 눈에 보이지 않는 기(氣)

의 실타래가 되어 허공으로 올올이 떠올랐다. 석도명은 그 실타래를 길게 뽑아낸 뒤 그 가닥이 끊이지 않고 무사히 협곡을 넘어갈 수 있도록 정신을 모으고 또 모았다.

석도명의 온몸에 소리의 기운이 차올라 단전을 가득 채웠다가, 비워지면 다시 채우기를 거듭했다. 그러는 사이에 시간은 일각을 훌쩍 넘겨 버렸다.

200장 거리를 뛰어넘어 묵음을 전하는 건 석도명으로서도 처음 해보는 일이었고, 또 그만큼 힘들었다.

마침내 석도명이 연주를 멈췄다. 올올이 풀어낸 실오라기가 마침내 어둠 속에 흐릿하게 보이는 한 무리의 사람들 위에서 고르게 풀어헤쳐진 다음이었다.

연주를 멈춘 뒤에도 석도명은 움직이지 않았다. 묵음을 전했으니 이제는 답을 기다릴 차례였다.

다가오는 무리 중에 사마형이 있다면 자신이 전한 묵음을 알아들었을 것이다. 무림맹에 도착한 뒤로 사마중의 성화에 못 이겨 두 부자에게 여러 차례 묵음을 들려주고 보여줬기 때문이다.

문제는 사마형이 그 다음에 어떤 반응을 보이냐는 것이었다. 자신이 사마형이라는 것을 석도명에게 알려주지 않으면 이쪽에서는 모험을 할 수밖에 없는 상황이다.

아직은 거리가 먼 탓에 흐릿하기만 한 상대의 반응을 숨죽이고 기다리던 석도명의 입가에 미소가 번졌다. 50여 명의 사람들 가운데 한 명이 손가락으로 아주 작게 검집을 두드렸다.

석도명이 연주한 양주사의 곡조에 정확하게 박자를 맞춘 움직임이었다.

"맞습니다."

석도명의 입에서 모두가 기다리던 답이 흘러나왔다.

모두가 잠자코 주먹을 불끈 움켜쥐었다. 아무리 기뻐도 소리를 낼 수 없는 것이 지금의 상황이었다.

무소진이 서둘러 한운영의 의견을 구했다. 조금 전 석도명이 보여준 재주에 대해서 묻고 싶은 게 많았지만, 당장 해야 할 일이 있었다.

"서둘러 움직여야 할 것 같군. 우문 낭자가 구체적인 계획을 말해 주지."

"공격을 집중시킬 지점은 돌 더미로 막힌 협곡 입구입니다. 두 개조로 나뉘어 번갈아 공격을 하게 하는 겁니다. 그래야 절반의 병력을 언제고 뒤로 뺄 수 있을 테니까요. 협곡 반대편에서 벼랑 위로 올라갈 고수는 많을수록 좋겠지만, 현재 사정을 감안하면 여섯 명 정도를 투입할 수 있을 것으로 생각됩니다. 벼랑 위에 올라서면 다섯 명은 교두보를 확보하고, 나머지 한 사람이 밑으로 밧줄을 늘어뜨리면 됩니다. 대기조가 밧줄을 타고 올라가는 동안 공격조는 계속 협곡 입구를 공략해 최대한 적을 분산시키는 것도 잊어서는 안 되겠지요."

"일목요연해서 좋구먼."

무소진이 만족스럽게 고개를 끄덕였다. 그래도 궁금한 게 남아 있었다.

"헌데, 여섯 명의 고수는 어떻게 적의 이목을 속이지? 조금 있으면 날이 밝을 텐데."

한운영이 구석으로 가더니 뭔가를 가져왔다.

"어제 저녁에 말가죽을 미리 벗겨 뒀습니다. 두 사람이 하나를 뒤집어쓰고 말 사이에 숨어 있으면 눈에 띄지 않을 겁니다. 다행히 살아남은 스무 마리 정도의 말이 협곡 끝에 몰려 있으니 자연스럽게 섞여들 수 있습니다."

"크흠, 냄새는 고약하지만 괜찮은 생각이로구먼. 내가 한 장을 책임지도록 하지."

무소진이 말가죽 한 장을 받아들었다. 이제는 나머지 다섯 명을 골라야 할 차례였다.

무당파의 무량진인을 비롯해 종남파의 왕지량, 청성파의 도진명, 금강대 출신의 송필용, 연운검대를 이끄는 모용락(貌容珞) 등이 손을 들었다.

10장 높이의 절벽을 한두 번의 도약으로 박차고 올라갈 수 있는 고수는 그 정도가 다였다.

그 모습을 보고 한운영이 고개를 가로저었다.

"무량진인께서는 남아주셔야 합니다. 수장이 보이지 않으면 적의 의심을 살 테니까요."

"그러면 한 사람이 비지 않나? 말가죽 하나를 혼자 뒤집어

쓸 수도 없고."

"제가 갈 겁니다."

한운영이 그 말과 함께 한 손을 들었다.

사람들이 놀라서 입을 다물지 못했다.

나름의 각오와 결단이 있어서 강호에 투신했겠지만, 고이 자란 재상가의 여식이 비릿한 피 냄새가 지독한 말가죽을 뒤집어쓰겠다니! 그뿐이 아니었다.

말가죽을 쓰겠다는 건 무소진 등과 어깨를 나란히 할 정도로 경공에 자신이 있다는 이야기다. 이 황당한 자신감을 어디까지 믿으란 말인가?

"허어, 이 정도의 벼랑은 아무나 오를 수 있는 게 아니라네."

무량진인이 손을 내저었다. 한운영에게 중책을 맡기느니 하급무사를 자처하며 어느 구석에 처박혀 있을 소림사의 성목을 찾아오는 게 나을 것 같았다.

그때 누군가가 입을 열었다.

"한 소저라면 가능합니다. 아니 충분할 겁니다."

그 음성의 주인공은 석도명이었다. 이 자리에서 한운영의 무공실력을 제대로 아는 사람은 그가 유일했다.

사람들의 얼굴에 복잡한 감정이 뒤섞였다. 믿기도 그렇고, 안 믿기도 그렇다는 표정들이었다.

며칠 전이었다면 석도명의 말에 코웃음을 쳤을 테지만, 이제는 그럴 수가 없었다. 석도명의 말을 흘려듣다가 지금 이 꼴을 당하고 있으니 말이다.

석도명에 대한 신뢰를 가장 먼저 나타낸 사람은 무소진이었다.

"험, 믿을 만한 사람이 하는 이야기인데 믿어야지. 이왕이면 나랑 한 가죽을 덮는 게 어떨까? 내가 사람 얼굴을 좀 가려서 말이야. 허허허."

더 이상 토를 다는 사람은 없었다. 그동안 위기 상황을 헤쳐 가며 후발대를 이끌어온 사람의 말이다. 누가 감히 반대를 할 수 있겠는가?

잠시 뒤 말가죽을 나눠 쥔 여섯 사람이 기척을 지우고 은밀하게 협곡 안으로 사라졌다.

그리고 무량진인의 지휘 아래 별전대와 연운검대가 소리 없이 잠에서 깨어났다.

어두운 협곡 안은 여전히 정적에 싸여 있지만 그것은 진정한 폭풍전야의 고요함이었다.

제8장
적(笛)과 적(笛)의 대결

 어슴푸레 동이 틀 무렵, 협곡 안의 별전대원들이 입구를 가로막은 돌 더미를 노려보며 돌격 진용을 갖췄다. 사망자나 서량과 같은 심각한 부상자를 제외하고 나니 40명이 채 되지 않는 숫자였다.
 벼랑 위에서도 진천보의 무사들이 분주하게 움직이는 소리가 들려왔다.
 이제는 누가 봐도 피할 수 없는 정면 격돌이 벌어질 차례였다.
 헌데 그 대열 제일 앞쪽에서 작은 소란이 벌어졌다.
 "이봐 추 형! 힘내라고."

발단은 단호경이었다. 되는 대로 자리를 잡다 보니 하필이면 앙숙인 추헌과 나란히 선 게 문제였다.

그동안 서로를 개 닭 보듯 하며 좀처럼 가까이 가지 않던 두 사람이 외나무다리에서 마주친 격이었다.

"뭐? 추 형? 이놈이 감히."

과거 자신과 눈도 맞추지 못하던 단호경이 뻔뻔하게 '추 형'이라는 소리를 내뱉자 추헌은 눈이 돌아갈 지경이었다.

추헌이 치를 떠는 것을 보면서도 단호경은 느물거리기를 멈추지 않았다.

"아니, 서로 같은 품계끼리 뭐라고 불러야 하는데? 나도 이놈저놈 할까?"

"뭐라고? 지품(地品)이라고 다 같은 지품인 줄 아느냐?"

그 말을 이광발이 득달같이 물고 늘어졌다.

"아따, 형님! 추 소협 말씀이 맞소이다. 천품에서 떨어져 지품이 된 거랑, 형님은 경우가 다르지. 암, 다르고말고."

추헌이 몸을 부르르 떨었다.

이광발의 지적이 더욱 치욕스러웠다. 천품 심사에서 낙방한 자신과 달리, 팔이 부러져 심사를 받지 못한 단호경이 오히려 한 수 위라는 이야기였다.

"너, 너……."

추헌이 흥분을 참지 못하고 입을 열었지만 뒷말을 채 잇지 못했다.

"조용히 해라! 지금이 떠들 때더냐?"

무량진인의 서릿발 같은 음성이 떨어졌다.

'개자식, 네놈이 칼에 맞아 죽어도 도와주지 않을 테다.'

추헌이 속으로 분을 삼키며 이를 갈았다.

소문으로는 단호경이 내내 두드려 맞기만 하다가 겨우 지품을 통과했노라고 했다. 그 알량한 실력으로 잘난 척을 하다가 큰 코를 다쳐봐야 정신을 차릴 놈이었다.

누가 진정한 고수인지는 실전에서 드러날 것이다. 그리고 위기가 닥쳐야 고수의 존재가 얼마나 고마운지를 알게 되는 법이다. 그때 가서 후회한들 무슨 소용이 있겠는가?

한편 별전대 뒤편에서 두 사람의 실랑이를 지켜보면서 석도명은 혀를 내둘렀다.

'에효, 정말 멧돼지가 따로 없구나. 틈만 나면 이리저리 치받기에 바쁘니. 대체 저 성질머리를 누가 고쳐줄까?'

부도문에게 그렇게 두드려 맞고도 저렇게 기가 살아 날뛰는 것을 보면 도무지 답이 없어 보였다. 그것도 이 협곡에서 빠져나간 다음에 걱정할 일이기는 했지만.

혈랑애의 싸움은 밖에서 먼저 시작됐다.

사마형은 과연 다음 세대의 무림맹 군사라는 칭찬을 받을 만했다. 석도명의 연주를 알아듣고 제때 신호를 보낸 것은 물론, 안에서 뭔가를 도모하고 있음까지 알아챘다. 그리고 밖에서 자신들이 해야 할 일이 무엇인지도 정확하게 꿰뚫었다.

여운도를 앞세운 50여 명의 선발대는 혈랑애에 접근하자 무모하다 싶을 정도로 과감하게 공격을 펼쳤다. 협곡 안에서 움직일 사람들로부터 진천보의 이목을 최대한 떼어놓기 위해서였다.

협곡 건너편에서 우렁찬 함성이 들리자 무량진인은 주저하지 않고 공격 명령을 내렸다. 선공을 맡은 별전대원들이 협곡 입구에 높이 쌓인 돌 더미를 향해 달려들었다. 연운검대는 뒤로 처져서 자신들의 순서를 기다렸다.

슉, 슈욱.

협곡 안팎으로 화살이 빗발쳤다.

진천보의 공격은 바깥쪽이 더 거셌지만, 상황은 안쪽이 더 절박했다. 바깥과 달리, 좁은 협곡 안에서는 운신이 자유롭지 못한 탓이다.

그것도 꽉 막힌 돌 더미 위를 무리하게 밟고 올라서다 보니 공격을 피할 방법이 없었다. 쏟아지는 화살을 그저 우직하게 걷어낼 따름이었다.

호기를 부리며 제일 앞으로 나선 단호경과 그를 따르는 천리산 등은 의외로 잘 버텨냈다.

무공이 높아진 까닭도 있지만, 돌 더미를 타고 오르기가 쉽지 않다고 판단한 진천보가 별전대의 배후를 노려서 화살을 퍼부어댔기 때문이다.

무림맹에서 특별히 선발된 정예고수들인지라, 별전대는 화살공격을 그런대로 견뎌냈다. 전날 무서운 활시위를 보여줬던 궁귀 데르게가 바깥쪽으로 빠진 것도 한몫을 했다.

그럼에도 시간이 흐르면서 뒤에서부터 한두 명씩 사람이 쓰러졌다. 보다 못한 무량진인이 뒤로 돌아가 화살을 막아내기 시작했지만, 이미 대여섯 명이 화살을 맞은 다음이었다.

하지만 진천보의 진짜 반격은 화살이 아니라, 어제도 큰 위력을 발휘했던 화공(火攻)이었다.

쿵쿵.

협곡 양옆에서 불붙은 통나무가 연달아 떨어졌다. 별전대원들이 이리저리 뛰어올라 통나무를 피해내자 협곡의 좁은 틈새를 가득 메우며 마른 풀 더미가 우수수 쏟아졌다. 물론 불이 활활 타오르는 상태였다.

별전대가 이번에는 피하는 대신 검을 들어 불덩어리를 받아쳤다. 풀 더미가 너무 많아 피할 곳도 없었지만, 무거운 통나무와 달리 쳐낼 수 있다고 믿었기 때문이다.

그러나 그것은 오산이었다. 칼에 맞은 풀 더미는 사방으로 불꽃을 날리며 흩어졌다.

기름을 잔뜩 먹인 탓에 흩어진 불꽃은 쉽게 사그라지지 않고 대원들의 옷에 옮겨 붙었다. 그리고 다음 순간 불꽃이 흩날리는 협곡 안으로 기름이 퍼부어졌다.

"으악!"

"헉!"

"악, 뜨거!"

비명이 난무하며 별전대의 돌격대형이 삽시간에 허물어졌다. 그때까지 버티고 있던 대원들 가운데 절반이 불길에 휘말렸다.

대기하고 있던 연운검대가 달려들어 별전대를 구해냈다. 별전대원 한 명에 연운검대원 서너 명이 달라붙어 몸에 붙은 불을 황급히 껐다.

"이익!"

무량진인이 노성(怒聲; 화난 음성)을 지르며 허공에 검을 저었다. 검 끝에서 세찬 바람이 일며 불길이 흩어졌지만 좁은 협곡 안을 벗어나지는 못했다.

후미의 피해가 심각했던 것과 달리, 선두에 선 나머지 대원들은 의외로 멀쩡했다.

분명히 머리 위에서 엄청난 불꽃이 타올랐는데, 기이하게도 바로 다음 순간에 불길이 거짓말처럼 사라지는 바람에 거의 피해를 입지 않았다.

사실은 석도명이 단호경 일행 뒤편에 소리 없이 붙어 있다가 기름이 부어지는 순간에 손을 쓴 덕분이었다.

석도명이 불길을 잡은 방법은 간단했다. 기름이 타오르는 데 맞춰 구화진천무의 불덩어리를 쏘아 보낸 것이다. 불길이 더 강한 불길 앞에는 맥을 못 추고 꺼지는 이치였다.

워낙에 불길이 거셌던 터라 누구도 두 개의 불덩어리가 마주쳤다고는 생각하지 못했다. 혼전 중이라 석도명이 별전대에 섞여 들어간 것을 신경 써서 보는 사람조차 없었다.

"교대하라!"

무량진인의 외침이 떨어졌다.

별전대가 너무 큰 피해를 입자 연운검대를 투입하기로 한 것이다.

그 명령에 별전대원들이 일제히 뒤로 물러났다.

그런데 누군가가 혼자서 앞으로 달려 나갔다. 단호경이었다.

'뜨겁다. 뜨거워. 다 태워라, 태워.'

단호경은 한 마디로 제정신이 아니었다. 그것은 일종의 폭주였다.

단호경을 묘한 흥분 상태로 만들어 간 것은 협곡 안에 가득한 화기였다. 처음부터 구화진천무를 펼친 단호경은 자신의 검에 차곡차곡 열기를 쌓아 가고 있었다.

그런 단호경의 머리 위에 기름이 부어진 것은 본양무운(本陽無雲)의 초식이 절정에 이르면서 검이 붉게 달아오른 순간이었다.

공교롭게도 거의 같은 순간에 기름이 타오르고, 석도명이 불덩어리를 쏘는 바람에 화기와 화기가 충돌하는 현상이 벌어졌다. 그리고 단호경의 검이 그 뜨거움을 빨아들였다.

단호경은 자기 안에서 뭔가가 꿈틀거리는 것을 느꼈다.

조금만, 조금만 더하면 사방에 가득하고, 몸 안에 꿈틀대는 뜨거움을 불로 뿜어낼 수 있을 것만 같았다. 검을 휘두르지 않고는, 앞으로 달려가지 않고는 배길 수가 없었다.

황당한 것은 단호경과 나란히 서 있던 천리산과 이광발, 곽석, 구엽이었다.

"조, 조장!"

"에라, 모르겠다."

한순간 움찔하기는 했지만, 그들은 곧바로 단호경의 뒤를 따랐다.

뒤로 물러나는 별전대원들과 죽자고 돌 더미로 뛰어드는 다섯 사람.

진천보의 공격이 다섯 사람에게 퍼부어진 것은 당연했다.

"이런!"

무량진인이 탄성을 내질렀다. 가뜩이나 피해가 적지 않은데 의미 없는 희생자가 다섯이나 생기게 된 탓이다.

'대체 벼랑 위에서는 왜 신호가 없는 게냐?'

무량진인은 애가 탔다. 일찌감치 벼랑으로 올라간 여섯 명의 고수에게서 신호가 와야 할 텐데 협곡 후미에선 아무런 신호가 없었다.

몇 차례 뒤를 돌아봤지만 내려주기로 한 밧줄도 보이지 않았다. 계획이 틀어지고 있다는 증거였다.

무량진인의 얼굴이 딱딱하게 굳어졌다. 단호경 일행이 돌 더미로 뛰어 올라가자 진천보의 무사들이 벼랑 끝에 세워둔 바위를 밀기 시작했기 때문이다.

그 반대편에서도 10여 명의 무사들이 바위를 굴릴 준비를 하고 있었다. 높이 쌓인 돌 더미 위로 바위를 번갈아 굴려 보낼 심산이었다.

저 큰 바위가 돌 더미를 무너트리며 굴러 떨어진다면 단호경과 수하들은 단번에 가루가 날 것이 분명했다. 지금이라도 물러나면 일말의 희망이 보일 텐데 단호경은 완전히 정신이 나갔는지 기괴한 괴성을 내지르며 돌 더미에 칼질을 해대고 있었다.

쿵.

마침내 첫 번째 바위가 떨어졌다.

제정신을 잃은 단호경을 제외한 네 사람의 얼굴이 순간 백지장으로 변했다.

단호경이 협곡 입구에서 광분의 몸짓을 보이고 있는 순간, 계곡 끝에서 벼랑 위로 올라간 여섯 명의 고수도 본격적인 위기를 맞고 있었다.

"호오, 계집아이가 제법이구나."

다루한이 한운영의 검을 가볍게 받아내며 칭찬인지, 조롱인지 알 수 없는 한 마디를 내뱉었다.

한운영의 고운 눈썹이 살짝 찌푸려졌다.

수차례의 공격이 번번이 수포로 돌아간 탓이다. 다루한은 제자리에 버티고 서서 한운영의 검을 막아내기만 했을 뿐인데 시종일관 여유가 넘쳐흘렀다.

다루한의 검과 부딪친 반발력을 이용해 잠시 뒤로 물러난 한운영이 빠르게 주변을 살폈다. 상황은 좋지 않았다. 무소진을 비롯한 다섯 명의 고수가 정체불명의 다섯 사내와 일 대 일로 치열한 공방전을 펼치고 있었다. 누구도 승기를 잡지 못한 상태였다.

"허허, 무림맹도 제법이군. 장로가 저 정도면 장문인들은 얼마나 강한 거지?"

짐짓 웃음을 지어 보였지만 다루한은 사실 조금 놀라고 있었다.

지금 무소진 등을 상대하고 있는 오괴영(五怪影)은 진천보 내에서 오호장에 버금가는 고수들이다. 평소 십대문파의 장문인과 겨룰 만하다고 자부했던 오괴영이 장로급과 거의 평수를 이루고 있으니 은근히 실망스럽기까지 했다.

어디 그뿐인가? 겁도 없이 가장 먼저 자신에게 칼을 들이댄 정체불명의 젊은 여인의 무공도 매섭기 그지없었다. 이렇게 어린 나이에 이 정도 실력을 보여줄 수 있는 고수는 확실히 진천보에도 없었다.

현실적으로 불가능한 이야기지만, 만일 십대문파와 오대세가의 장문인들이 전부 몰려온다면 감당해낼 수 있을 것 같지가 않았다.

'대륙을 넘보기엔 아직 무리란 말이지?'

다루한이 검을 잡은 손에 힘을 밀어 넣었다. 무림맹으로 쳐들어갈 전력은 갖추지 못했지만, 안방이나 다름없는 이곳에서까지 무림맹이 날뛰게 둘 수는 없었다.

한운영의 도발이 내심 귀엽게까지 여겨져서 방어만 하고 있던 다루한이 드디어 공세로 돌아섰다.

다루한의 변화를 감지한 한운영의 얼굴은 점점 더 어두워졌다.

'빈틈을 노리려다 호구(虎口; 호랑이 입)에 뛰어들다니.'

한운영과 무소진 등이 경공을 펼쳐 올라온 곳은 혈랑애에서 가장 외지고 인적이 드문 지점이었다. 적어도 밑에서 볼 때는 그랬다.

하지만 벼랑 위에 발을 내딛는 것과 동시에 그 판단이 잘못된 것임을 깨달아야 했다.

하필이면 그곳이 바로 다루한의 천막 앞이었다. 인적이 없는 것이 아니라, 인기척을 느낄 수 없는 고수가 버티고 있었던 것이다.

교두보를 확보하고 밧줄을 내린다는 당초의 계획은 실행에 옮길 겨를이 없었다. 다루한의 곁을 지키고 있던 다섯 사내─그들이 오괴영이라 불리는 고수임을 한운영 등은 몰랐다─가 짓쳐

들어왔다.

 무소진과 도진명, 왕지량 등이 생각할 겨를도 없이 그들을 막아서면서 치열한 싸움이 벌어졌다.

 어린 한운영에게 싸움을 맡길 수 없다고 생각한 행동이었지만, 결과는 더 나빴다. 진천보 최고의 고수인 다루한이 남겨져 있었기 때문이다.

 무소진이 그 사실을 깨달았을 때는 한운영이 이미 다루한을 향해 날아오른 뒤였다.

 그렇게 한운영과 십여 초의 공방을 주고받은 뒤에야 비로소 공세로 돌아선 다루한의 검은 무서웠다. 강맹함과 쾌속과 표홀한 변화에 모자람이 보이지 않았다.

 채채채채챙.

 다루한이 그저 검을 한 번 내리그었을 뿐인데 쇳소리가 쉴 새 없이 터졌다. 순식간에 열두 지점을 파고 들어오는 다루한의 검을 막기 위해 한운영은 숨도 쉬지 못하고 검을 휘둘러야 했다.

 우웅, 우웅.

 다루한의 검이 연신 울음을 토해내며 한운영을 몰아갔다.

 그럼에도 한운영은 쉽게 쓰러지지 않았다. 한 마리 제비처럼 앞뒤 좌우로 빠르게 움직이며 용케 다루한의 공격을 비껴내곤 했다.

 까르르릉.

다루한의 검이 한운영의 검날을 사납게 할퀴고 지나갔다. 뱀이 몸을 꼬아 먹잇감을 틀어쥐듯 다루한의 검이 한운영의 검을 물고 놓아주지 않았다.

"에잇!"

한운영이 힘을 다해 손목을 교묘하게 틀어냄으로써 겨우 검을 빼냈다. 날이 모두 부서졌을 줄 알았는데 의외로 검은 멀쩡했다. 석도명이 준 검은 생각 이상으로 훌륭했다.

> "한 소저가 부디 그 검에 걸맞는 사람이 되기를 바랄뿐입니다."

검을 건네주던 석도명의 음성이 문득 뇌리를 스치고 지나갔다.

그러자 마음이 아렸다. 자신이 밧줄을 내려주지 못하면 협곡 아래 갇혀 있는 사람들은 빠져 나올 방법이 없다는 데 생각이 미쳤기 때문이다. 그들과 함께 있는 석도명의 목숨 또한 위태로워질 것이다.

자신의 계책이라면 충분히 상황을 뒤집을 수 있다고 믿었는데 이게 뭐란 말인가?

석도명의 순하디 순한 얼굴을 떠올린 순간, 한운영은 눈물이 핑 돌았다.

'미안해요. 나는 이 검을 가질 자격이 없나 봐요.'

그러나 지금은 그렇게 미적대고 있을 때가 아니었다. 다루한의 검이 바람을 가르며 날아들었다.

다루한의 연이은 공격을 견디지 못하고 주춤주춤 뒤로 물러나던 한운영이 결국 벼랑 끝으로 내몰렸다. 한 번만 더 다루한과 부딪치면 한운영의 몸은 벼랑 밖으로 밀려날 지경이었다.

"그러면 안 되지!"

한운영의 위기를 목격한 무소진이 자신의 상대를 황급히 떨쳐내고 다루한에게 덤벼들었다.

"허허, 둘이면 더 좋겠군."

다루한이 여유롭게 공격을 받아내자, 남겨진 사내는 무소진을 쫓는 대신 새 상대를 찾아 나섰다. 청성파 도진명이 가장 가까이에 있었다.

무소진의 도움 덕분에 한운영은 가까스로 벼랑 끝에서 빠져나올 수가 있었다.

하지만 그로 인해 싸움의 균형은 완전히 허물어진 상태였다. 무소진과 한운영은 다루한을 다시 수세로 몰아세웠지만, 도진명은 자신과 비슷한 실력을 지닌 두 사람의 합공을 오래 견뎌내지 못했다.

"크흑!"

도진명이 옆구리를 부여 쥔 채 무릎을 꺾었다. 상대의 검이 옆구리를 관통해 등 뒤로 삐져나와 있었다.

도진명이 쓰러지자 두 사람이 각각 종남파 장로 왕지량과 연운검대의 수장 모용락에게 달려들었다.

"후후, 그만들 하지."

잠시 뒤 다루한이 웃음을 지으며 검을 거둬들였다.

왕지량과 모용락이 잇달아 등과 복부에 검을 맞고 쓰러진 직후였다. 도진명과 왕지량, 모용락의 목에는 오괴영의 검이 겨눠진 상태였다.

홀로 분전을 펼치던 금강대 출신의 고수 송필용이 분한 얼굴로 검을 내려놓았다. 무소진 또한 손을 멈출 수밖에 없었다. 완벽한 패배였다.

하지만 한 사람만은 그 패배를 받아들일 수가 없었다.

"나를 먼저 죽여랏!"

한운영이 날카롭게 외치며 다루한에게 달려들었다. 곧게 뻗은 한운영의 검이 푸른 기운을 흘려내며 곧장 아래로 떨어졌다. 방어를 포기한 결사적인 한 수였다.

"흥!"

다루한이 코웃음을 치며 한운영의 검을 걷어 올렸다. 다루한의 검이 빛을 뿌리며 날아올랐다.

쾅!

거센 폭발음이 터지면서 한운영의 몸이 실 끊어진 연처럼 힘없이 뒤로 날아갔다. 무소진이 급히 달려가 한운영을 받아 안았다.

"우욱."

한운영이 피를 뿜었다. 공력을 있는 대로 끌어 모아 내리쳤지만, 그걸 받아친 다루한의 내공이 한 수 위였다.

"패배를 받아들일 줄 모르면 용서를 받을 자격도 없지."

다루한이 검을 비스듬히 늘어뜨린 채 한운영에게 다가갔다. 패배를 인정하는 자는 용서해도, 끝까지 발악하는 자는 살려두지 않는다는 것이 다루한의 신조였다.

한운영은 움직이지 못하면서도 두 눈을 부릅뜨고 다루한을 노려봤다.

다루한이 그 눈빛 앞에 잠시 멈칫거렸다.

'허, 이 아이 또한 여운도와 다르지 않구나.'

다루한은 한운영의 눈빛이 여운도의 그것을 많이 닮았다는 생각을 했다. 자신의 목숨에 집착하지 않는 허허로움과 마지막까지 투지를 잃지 않는 집요함이 묘하게 뒤섞여 있었다.

대체 이 젊은 처자에게 무슨 사연이 있기에 저 나이에 저런 눈빛을 가질 수 있단 말인가?

다루한이 이내 검을 치켜세웠다. 여운도든, 누구든 자신의 앞을 가로막는 자는 가차 없이 베야 하는 것이다.

무소진이 황급히 한운영의 몸을 끌어당겨 자신의 등 뒤로 숨겼다. 이미 검을 내려놓은 뒤라 다루한의 공격을 받아낼 재간이 없었지만, 한운영이 그냥 칼을 맞게 둘 수도 없었다.

살릴 수 없다면 같이 죽는 게 어른의 도리요, 장부의 길이라고 생각하면서 무소진이 질끈 눈을 감았다.

그때였다.

콰콰콰쾅!

다루한의 뒤편에서 엄청난 폭음이 연달아 울려 퍼졌다.

다루한과 오괴영의 고개가 일제히 협곡 입구 쪽으로 돌아갔다. 이어 엄청난 불길이 치솟으며 진천보의 무사들이 메뚜기처럼 사방으로 흩어졌다.

그리고 그 불길 위로 누군가가 높이 뛰어올랐다.

한운영이 흐릿한 그 모습을 보면서 정신을 잃었다. 혼절하기 직전, 한운영의 머리를 스쳐간 생각은 그 사람의 얼굴이 낯설지 않다는 것이었다.

"와아!"

별전대와 연운검대의 생존자들이 기쁨을 참지 못하고 목이 터져라 함성을 질러댔다. 난공불락일 것 같았던 양쪽 벼랑 위에 드디어 아군이 첫 발을 디뎠기 때문이다.

그 기적을 이뤄낸 주인공은 다름 아닌 석도명이었다.

단호경의 폭주로 인해 수하들까지 위험에 빠지자 석도명은 지체 없이 앞으로 달려 나갔다.

사마형이 말하던 최후의 순간이 닥친 것인지 모르겠으나, 가까운 사람들의 위기를 외면하면서까지 자신의 무공을 숨길 생각은 없었다.

석도명은 삼척보를 펼쳐 순식간에 단호경을 따라잡았다. 바로 눈앞에 바위 하나가 굴러 떨어진 순간이었다.

"정신 차려요! 검을 다스려야지, 검에 끌려가면 어떻게 합니까?"

석도명이 단호경의 등을 후려치는 것과 동시에 검을 앞으로 뻗었다.

마음 같아서는 단호경을 뒤로 끌어내 바위를 피하고 싶었지만, 그 뒤에는 천리산과 이광발 등이 서 있었다. 자신이 피하면 바위가 그들을 덮치리라.

불을 토해내기 시작한 석도명의 검이 떨어지는 바위를 그대로 뚫고 들어갔다. 석도명이 검에 가득한 화기를 그냥 밀어냈다. 달리 도리가 없으니 모험을 하는 심정이었다.

그게 의외로 효과를 냈다.

쾅.

불덩어리가 안에서 터지면서 바위덩어리를 산산 조각내 버린 것이다.

석도명이 과거 구화진천무를 펼치다가 칠현금을 두 차례나 터뜨려 먹었던 것과 비슷한 현상이었다. 이번에는 그 대상이 검도, 악기도 아닌 바위였을 따름이다.

잘게 부서진 바위 조각은 진천보가 퍼붓던 화살 세례에 비하면 큰 위협이 되지 못했다.

쾅, 쾅.

연이어 두 번의 폭발음이 이어졌다. 석도명이 뒤이어 떨어진 바위 두 개를 똑같은 수법으로 처리했기 때문이다.

석도명이 곧바로 단호경의 뒷덜미를 움켜쥐고는 돌 더미 위를 나는 듯이 달려 올라갔다.

그와 동시에 또 다른 누군가가 뒤편에서 달려 나와 석도명을 뒤따랐다. 소림사의 성목이었다.

석도명은 동쪽 벼랑으로 올라갔고, 성목은 서쪽을 맡았다. 불과 바위를 퍼붓는 데만 혈안이 돼 있던 진천보의 무사들이 황급히 병장기를 챙겨들고 반격에 나섰다.

석도명은 단호경을 내려놓기가 무섭게 허공으로 뛰어올라 화천대유를 펼쳤다.

"으헉! 지옥불이닷!"

"앗 뜨거!"

석도명의 검에서 뿜어진 불덩어리가 잇달아 떨어지자 진천보의 무사들은 계속해서 뒤로 물러날 수밖에 없었다. 여태껏 불을 퍼붓기만 하다가 졸지에 불덩어리를 맞게 되니 혼이 나가는 기분이었다. 더구나 검으로 불을 쏜다는 이야기는 들어본 적도 없었다.

뒤늦게 정신을 차린 단호경이 주변에서 밧줄을 찾아 계곡 아래로 늘어뜨렸고 천리산과 이광발이 황급히 줄을 타고 올라왔다.

무량진인 또한 목에 밧줄 꾸러미를 걸고는 성목이 혼자 분전하고 있는 서쪽 벼랑으로 올라갔다. 그리고 양쪽 절벽에 밧줄이 드리워졌다.

한운영이 계획했던 교두보 확보 작전이 뒤늦게나마 실현이 된 것이다. 한운영의 구상과는 정 반대의 형태로.

다루한이 폭음에 놀라 고개를 돌린 것은 바로 그 즈음이었다.

협곡 입구 쪽 절벽 위에서 진천보의 무사들이 뒤로 밀리는 것을 본 다루한이 오괴영의 수장인 니랑개(泥浪介)를 불렀다.

"백산고옹(白山呱翁)이 나설 차례군."

니랑개가 허리춤에서 각적(角笛; 뿔피리)를 꺼내 힘차게 불었다.

뿌우.

뿔피리 소리가 울려 퍼지자 진천보의 무사들이 썰물처럼 후퇴했다. 바깥쪽에 몰려 있다가 황급히 석도명에게 달려가던 오호장 또한 군말 없이 물러났다.

무림맹에 비해 두 배가 훨씬 넘는 숫자를 감안하면 이해할 수 없는 조치였다.

게다가 다루한과 함께 있던 오괴영조차 전혀 싸우러 나갈 기미를 보이지 않았다. 그들이 한 일이라고는 이미 제압한 무소진과 왕지량 등이 반항하지 못하도록 점혈을 한 것이 전부였다.

"와아! 가자!"

"진천보를 쓸어버리자."

절벽 위에 올라선 무림맹 무사들이 우렁차게 외쳐댔다. 선발대가 고전을 면치 못하고 있던 바깥쪽 절벽에도 드디어 밧줄이 내걸렸다.

진천보의 공격이 멈추자 무림맹주 여운도와 화산파 장로 소인종을 비롯한 고수들이 먼저 경공을 발휘해 절벽 위로 올라왔다.

석도명이 변고를 감지한 건 그때였다.

'이상하다. 이건 뭐지?'

석도명의 눈에 뭔가가 곳곳에서 스멀거리며 올라오는 것이 보였다.

불과는 전혀 상관없는 뜨거움. 바로 어제 감지했었던 정체불명의 화기(火氣)였다.

석도명은 그 기운이 느껴지는 곳마다 검은 항아리가 하나씩 놓여 있는 것을 보았다. 평범한 술독처럼 생긴 항아리는 장정이 들어갈 정도의 크기였다. 그 안에 뭔가가 들어 있음이 분명했다.

펑펑.

석도명이 어떻게 손을 써볼 새도 없이 사방에 흩어져 있던 10여 개의 항아리가 일제히 터져 버렸다. 그리고 그 안에서 시뻘건 것이 쏟아져 공중에 퍼졌다.

부우우우웅.

소름이 돋을 정도로 낮고 스산한 소리를 내며 사람들을 덮친 것은 뜻밖에도 벌 떼였다.

석도명은 순간 자기 눈을 의심해야 했다. 아직 들판에 풀 한 포기 나지 않은 겨울인데 벌이라니!

"으악!"

"혀, 혈봉(血蜂)이다!"

벌 떼의 공격을 받은 무림맹 무사들이 비명을 질러댔다.

석도명은 그제야 저 괴이한 생물의 정체를 알 수 있었다.

바로 혈봉이라는 흡혈 곤충이었다. 혈봉은 화산지대의 땅속에 집을 짓고 살면서 따뜻한 것을 좋아해 반드시 산 사람과 짐승만 공격한다고 했다.

또한 화산의 열기를 견뎌낼 정도로 몸체가 단단해 어지간한 공격으로는 잘 죽지도 않았다.

무림맹의 무사들은 혈봉의 악명을 피부로 실감해야 했다. 혈봉은 침을 쏘는 게 아니라, 사람의 몸에 들어붙은 다음에 입으로 살갗을 물어뜯어 피를 빨아먹었다.

별전대와 연운검대 모두 속수무책이었다. 검을 휘둘러서 막아내기에는 벌이 너무 작고 또 많았다.

몇몇 고수를 제외하고는 벌에 쫓겨 허둥대기에 바빴다. 혈봉에 물린다고 바로 죽는 것은 아니었지만, 그 고통은 상상 이상이었다.

더구나 좌우가 전부 깎아지른 듯한 절벽이라는 게 문제였다. 벌에 물린 고통을 이기지 못해 바닥을 구르던 무림맹 무사

서너 명이 절벽 아래로 떨어져 버린 것이다.

고수들이 사방으로 뛰어다니며 벌 떼를 공격할 때마다 우수수 벌이 떨어졌지만, 하늘을 뒤덮은 벌의 숫자는 좀처럼 줄지 않았다.

석도명은 구화진천무 1초식인 일적십거를 펼쳐 벌 떼를 막아내기만 할뿐 섣불리 다음 초식으로 넘어가지 못했다.

마음 같아서는 불덩어리를 날려 저 흉측한 괴물들을 다 태워 버리고 싶었지만 기이한 위화감이 석도명의 행동을 막고 있었다.

그 위화감의 정체는 열기와 소리였다.

스스로 화기를 내뿜는 괴물이 불을 두려워할까 하는 의구심 때문에 섣불리 손을 쓸 생각이 나지 않았다. 그것은 일종의 직감이었다.

하지만 그런 직감과는 무관하게 즉흥적인 본능만으로 사는 사람도 있기 마련이다. 단호경이 바로 그런 사람 가운데 하나였다.

"다 태워 버릴 테다. 덤벼라!"

단호경이 고함을 지르면서 달려 나갔다. 벌 떼가 많다 못해 거의 소용돌이를 이룰 정도로 새까맣게 모여 있는 한복판을 향해서였다.

치이익.

붉게 달아오른 단호경의 검이 공기를 태우기 시작했다. 단호경이 평생 처음 느끼는 엄청난 화기가 그 검에 담겨 있었다.

단호경의 가슴에는 자신감이 충만한 상태였다. 조금 전 협곡 밑에서 열기에 들떠 폭주를 했던 게 헛되지 않았기 때문이다. 석도명의 호통을 들으며 정신을 차리는 순간에 정말 바늘 같은 틈을 뚫고 심득이 찾아든 것이다.

단호경은 이제야말로 자신의 검에서 불이 타오를 것을 믿어 의심치 않았다.

"받아라! 화천대유!"

단호경의 입에서 힘찬 외침이 터졌다. 그리고 단호경의 기대를 배신하지 않고 검 끝에서 화르르 불꽃이 타올랐다.

"안 됩니다!

석도명의 다급한 외침이 터진 것은 불행히도 그 다음 순간이었다.

부웅.

벌 떼가 요란한 날갯짓과 함께 단호경에게 몰려들었다.

펑.

마침내 단호경의 검이 불을 토해냈다.

그러나 그 불덩어리를 맞고 떨어져 내리는 벌은 한 마리도 없었다. 오히려 사방에 흩어져 있던 벌이 전부 단호경을 향해 날아들기만 했을 따름이다. 다른 사람들의 눈에는 단호경이 붉은 안개에 휩싸인 것만 같았다.

단호경이 한가운데로 뛰어든 덕분에 무림맹과 진천보 사이에는 벌 떼가 만들어낸 거대한 장막이 생겨났다.

그리고 그 붉은 안개 속에서 단호경의 비명이 터져 나왔다.

"으헉! 뭐야? 뭐냐고!"

단호경은 뭐가 잘못된 건지를 따져보지도 못한 채 불을 뿜어대기에 급급했다. 바로 그 불이 문제인데 말이다.

어쨌거나 대단한 장관이기는 했다.

혈봉이 만들어낸 붉은 장막은 단호경이 이리저리 날뛰는데 맞춰 너울너울 춤을 춰댔다. 그리고 그 안에서는 연신 불덩어리가 터졌다. 세상 어디에서 이런 장면을 구경할 수 있겠는가?

"헉, 검으로 불을 쏘다니!"

"허, 대단하구먼."

"어어, 저래도 되려나?"

무림맹 무사들이 단호경의 무위에 경탄을 감추지 못하면서 또 한편으로는 근심 어린 표정을 지었다. 분명 뭐가 잘못된 게 분명했지만 저 엄청난 벌 떼 속으로 뛰어들어 단호경을 도와줄 자신은 없었다.

솔직히 단호경이 벌 떼를 몽땅 끌어 모으는 바람에 목숨을 건졌다고 내심 안도의 한숨을 내쉬는 사람도 적지 않았다.

천리산과 이광발조차 이번에는 단호경을 도울 엄두가 나지 않는 눈치였다.

"형님, 저러다 조장 죽는 거 아뇨?"

"글쎄다. 그래도 우리보다 살가죽은 두껍잖아."

보다 못한 여운도와 무량진인 등의 고수 십여 명이 붉은 안개 속으로 뛰어들었다. 명색이 무림의 선배가 되어 가지고 생사람이 죽어나가는 꼴을 손 놓고 볼 수는 없었다.

문제는 고수들이 가세했음에도 혈봉은 별로 줄어드는 기미가 아니었다는 점이다.

더욱이 반대편에서는 진천보의 고수들이 팔짱을 낀 채 구경을 하고 있었다. 이쪽이 벌 떼를 상대하다 지치는 순간이 그들에게는 공격의 기회가 될 터였다.

한편 석도명은 골똘히 생각에 잠겨 있었다. 혈봉의 등장과 함께 느낀 두 번째 위화감 즉, 소리에 대해 고민하는 중이었다.

'이건 피리 소리다.'

석도명의 귀에는 분명히 피리 소리가 들렸다. 헌데 주변의 그 누구도 그 사실을 눈치채지 못했다. 사람의 귀에 들릴 소리가 아니었기 때문이다.

아마 귀에 직접 대고 불어준다고 해도 그 소리를 들을 수 있는 사람이 없으리라.

다만 석도명의 눈에는 피리 소리가 허공에 울려 퍼지는 데 맞춰 혈봉이 미세하게 반응하는 모습이 또렷하게 잡혔다. 누군가 피리 소리로 벌 떼를 조종하고 있었다.

그 소리는 진천보 진영 뒤편에서 들려왔다. 정확하게는 벼랑 끝부분에 설치된 천막 가운데 한 곳으로부터였다.

석도명은 그 천막 앞을 막아선 여섯 사람이 진천보주 다루한과 오귀영이라는 사실은 알지 못했지만, 고수들이 피리의 주인을 엄중하게 보호하고 있다는 정도는 눈치를 챌 수 있었다.

문제는 그 누구도 거기까지 달려가 피리 소리를 멈추게 할 방법이 없다는 것이다.

'소리라……'

오래도록 소리에 천착했지만 소리로 짐승을 조종하는 법에 대해서는 배우지 못했다.

염씨 노인 집에서 울음소리를 따라하며 개들과 어울리던 때에도 소리 자체에만 골몰했지, 그걸 써먹을 궁리는 하지 않았다.

상대방이 소리를 이용한다는 사실에 석도명은 묘한 승부욕이 일었다. 다른 건 몰라도 소리에 있어서만은 누군가에게 앞자리를 양보할 마음은 추호도 없었다.

설령 자신의 무공으로 혈봉을 물리칠 수 있다 해도 그러고 싶지 않았다.

무림맹이나 진천보의 운명과 상관없이 소리의 싸움에서 이기지 못하면 무슨 의미가 있겠는가?

'일단 부딪쳐 보는 거다.'

석도명이 마음을 정하자 곧장 벌 떼 속으로 뛰어들었다.

"멈춰요. 불 때문에 벌이 덤비는 겁니다."

석도명이 먼저 단호경의 불꽃 잔치부터 뜯어 말렸다. 벌 떼가 불 때문에 더욱 흥분하는 것 같았기 때문이다. 물론 단호경의 고통을 모른 척 할 수도 없었다.

"젠장!"

단호경이 그제야 상황을 깨닫고는 욕설을 내뱉으며 불타는 검을 거둬들였다. 문제는 뛰어들 때나, 물러날 때나 앞뒤를 가리지 못하는 성급함이었다.

펑.

단호경의 검이 터져 나갔다. 너무 급하게 화기를 거둬들이는 바람에 기의 조화가 깨진 탓이다. 과거 석도명이 그랬던 것처럼 단호경이 불꽃을 제대로 다루기 위해서 몇 번은 거쳐야 할 일종의 시행착오였다.

다만 상황이 좋지 않았을 뿐이다. 벌 떼가 채 흩어지기도 전에 단호경은 그 한복판에서 맨손이 되고 말았다.

"악!"

단호경이 외마디 비명을 내질렀다. 맨손을 다급하게 내젓기는 했지만, 그새 목덜미가 따끔하더니 끔찍한 고통이 몰려들었다. 이렇게 몇 방을 더 물리면 그대로 정신을 잃을 것 같았다.

"받아요!"

석도명이 재빨리 자신의 검을 단호경에게 던져줬다. 대신 석도명이 뽑아든 것은 왕문이 만들어 준 쇠 피리였다.

 '눈에는 눈. 이에는 이인가?'

 석도명은 상황이 공교롭게 돌아가자 쓴웃음을 지었다.

 애초에는 검으로 벌과 피리를 동시에 제압할 생각이었다. 하지만 결과적으로 볼 때 역시 소리를 상대하는 데는 악기가 제격이다. 물론 그 사용법은 전혀 다르겠지만 말이다.

 부우우웅.

 단호경이 더 이상 불꽃을 피우지 않자, 벌 떼가 다시 흩어졌다. 물론 진천보 쪽으로는 단 한 마리도 날아가지 않고 무림맹 쪽을 덮쳤다.

 석도명이 쇠 피리를 검처럼 길게 늘어뜨려 잡은 채 흩어지는 벌 떼 속에서 몸을 움직였다. 뒤이어 펼쳐진 것은 구화진천무의 1초식인 일적십거였다. 쇠 피리가 공중에서 빠르게 분열을 하면서 촘촘한 방어막을 만들어냈다.

 벌 떼가 위협을 느꼈는지 쉬지 않고 방어막을 두드려댔다. 튕겨나가면 되돌아오고, 튕겨나가면 다시 되돌아오는 집요한 공격이 되풀이 됐다.

 그러면서 석도명의 발치 부근에 죽은 벌이 서서히 쌓이기 시작했다. 물론 남아 있는 벌에 비하면 너무나 적은 숫자였다.

 여기까지는 다른 고수들도 보여줬던 모습이다. 변화가 생긴 것은 그 다음 순간이었다.

삐이.

아무도 듣지 못하는 날카로운 소리가 석도명의 쇠 피리 끝에서 흘러나왔다.

'우선 첫 번째.'

석도명은 벌과 싸우면서 허공에 떠도는 정체불명의 피리 소리를 잡아내는 중이었다.

단조롭게 반복되는 피리 소리는 다섯 개의 음으로 이뤄져 있었다. 궁, 상, 각, 치, 우로 구성된 일반적은 오음계와는 전혀 다른 음이었다. 음고(音高)가 아니라, 진폭(振幅)의 차이가 느껴지는 다섯 개의 음이 교차와 반복을 거듭하며 벌 떼를 조종했다.

석도명이 허공에서 그 가운데 하나의 음을 잡아내 쇠 피리에 담았다. 이제 쇠 피리가 허공을 가를 때마다 바람 소리와 함께 첫 번째 음이 울렸다. 물론 벌과 석도명에게만 들리는 소리다.

벌 떼는 아무런 반응을 보이지 않았다. 두 번째 음도 마찬가지였다. 세 번째 음이 울리자 변화가 생겼다.

혈봉이 석도명을 중심으로 떼 지어 몰려든 것이다. 하지만 네 번째와 다섯 번째 음에는 벌 떼가 다시 흩어져 무림맹의 무사들을 공격했다.

겨우 한 가지가 확인된 셈이었다.

'역시 중음(中音)이 축이군.'

벌 떼를 모으는 가운데 음을 축으로 위아래의 음을 교차 배

열함으로써 원하는 결과를 만들어내는 게 분명했다. 그것이 어떻게 가능한지는 여전히 모르겠지만 말이다.

적이 쓰는 다섯 개의 무기를 손에 넣었고 기본 원리를 파악했건만, 그 사용법은 아직 안개 속에 있었다.

그 방법을 터득한다면 혈봉을 조종해 오히려 적을 공격하는 것도 불가능하지 않으리라.

그러나 시간적 여유가 충분치 못했다. 지금은 촌각을 다투는 전투상황이다.

'일단은 따라 하기.'

석도명이 손을 한 치 정도 중간 쪽으로 옮겨 쇠 피리를 고쳐 잡았다. 엄지를 제외한 네 손가락이 네 개의 지공을 막는 형태였다.

몸은 여전히 일적십거를 펼쳤지만 손가락이 기묘하게 움직이며 지공을 바꿔 막았다. 드디어 석도명의 쇠 피리에서 벌 떼를 조종하는 것과 똑같은 소리가 연주되기 시작했다.

그 소리에 벌 떼가 더욱 극성을 부리며 맹렬하게 무림맹의 무사들을 공격해댔다. 상대의 뜻대로 벌 떼의 조종을 도운 꼴이었다.

석도명의 손놀림에 변화가 생겼다. 이번에는 음의 순서를 거꾸로 바꾼 것이다. 그러자 즉각적인 효과가 나타났다.

흩어졌던 벌 떼가 석도명을 중심으로 맴돌면서 미친 듯이 모였다 흩어지기를 반복했다.

그 광경에 무림맹과 진천보 양쪽 진영이 동시에 술렁였다. 진천보가 마음대로 조종하던 혈봉의 움직임에 석도명이 끼어든 게 분명했기 때문이다.

오괴영의 일원인 니랑개가 다루한에게 다가섰다.

"보주! 뭐가 이상하지 않습니까? 아무래도 저자가 혈봉을 갖고 노는 것 같습니다."

"흐음."

다루한이 마뜩치 않은 기색을 감추지 못했다. 수하들의 만류에도 불구하고 300명만 추려서 출진한 것은 믿는 구석이 있었기 때문이다.

그 하나는 자신은 물론 오호장과 오귀영을 비롯한 진천보의 무공이 무림맹에 뒤지지 않는다는 자신감이었고, 다른 하나가 바로 보기 드문 영물인 혈봉을 갖고 있다는 점이었다.

백산노옹을 제외하고는 천하에 혈봉을 다룰 자가 없으리라고 믿었는데 뜻밖의 상황이 벌어진 것이다.

'이렇게 되면 피해가 너무 커진다.'

다루한이 깊은 고민에 빠져들었다.

혈봉이 무력화되면 남는 것은 혈전뿐이다. 상대를 협곡 안에 가둬 놓고 공격할 때와는 상황이 판이하게 달라졌으니 쉽지 않은 승부가 될 터였다. 이기는 것이 문제가 아니라, 진천보의 피해가 당초 예상을 크게 웃돌게 될 것이 문제였다.

다루한의 근심과 달리, 석도명은 자신의 의지대로 혈봉을 조종하는 게 아니었다.

 벌 떼가 석도명 주위에서 맴돈 것은 오직 중음에만 반응을 한 결과였다. 즉, 중음이 울리면 석도명에게 몰려들었다가, 다른 음에는 다시 흩어졌을 뿐이다.

 공교롭게도 중음이 일정한 주기로 반복된 탓에 마치 석도명이 마음대로 벌 떼를 모았다 흩은 것처럼 보인 것이다.

 석도명은 일반적인 곡조처럼 음의 순서가 특별한 의미를 갖는 게 아니라는 사실을 알았다. 그리고 이제 시도해 볼 수 있는 방법은 단 하나가 남아 있었다.

 '음차(音差)를 상쇄하는 거다.'

 석도명은 어떻게든 혈봉을 부려보겠다는 생각을 완전히 포기했다. 대신 역(逆)의 소리로 상대의 연주를 무력화하는 쪽으로 마음을 정했다.

 혈봉을 조종하는 연주의 핵심은 서로 다른 진폭을 가진 다섯 개 음의 음차를 이용하는 데 있는 것으로 여겨졌다. 따라서 중음을 축으로 놓았을 때 정반대 음을 내면 음차가 완전히 상쇄될 것 같았다.

 예를 들자면 상대가 중음보다 한 단계 높은 두 번째 음을 내면 중음보다 한 단계 낮은 네 번째 음을 내는 식이었다.

 석도명이 부지런히 손을 놀려 상대의 피리 소리를 분쇄하기 시작했다. 새로운 시도는 확실히 효과가 나타났다.

석도명이 역음을 내는 것과 동시에 기이한 피리 소리가 허공에서 지워졌다. 그리고 일사불란하게 움직이던 혈봉이 방향을 잃고 우왕좌왕하기만 했다.

 하지만 상황은 끝난 게 아니었다.

 얼마 가지 않아 더욱 힘이 실린 상대의 피리 소리가 들려왔다. 석도명으로 인한 변화를 알아채고 상대가 맞대응에 나선 모양이었다.

 아니, 진즉에 알고 있었겠지만, 궁지에 몰리자 가진 힘을 전부 짜내기 시작한 게 분명했다.

 상대의 피리 소리가 높아지자, 석도명 또한 소리의 기운을 극성으로 끌어올려 쇠 피리에 불어넣었다. 피리 소리가 다시 지워지는 듯하더니 가늘게, 가늘게 이어졌다. 그에 맞춰 벌 떼가 서서히 무림맹 쪽으로 움직였.

 '헉, 강하다.'

 석도명의 이마에 땀이 맺혔다.

 소리를 다스리면서 이렇게 고통스러운 건 처음이었다. 상대의 소리는 석도명이 뿜어대는 소리의 기운을 토막토막 끊고 들어왔다. 이게 과연 인간의 기운일까 하는 생각이 들 정도였다.

 석도명이 기운을 쥐어짰다. 그동안 한 번도 메마른 적이 없었던 소리의 기운이 온몸에서 다 빠져나가는 기분이었다.

 어쨌든 그로 인해 상대의 피리 소리가 다시 하얗게 지워졌다. 혈봉 역시 방향을 잃었다.

그럼에도 석도명은 긴장의 끈을 놓을 수가 없었다. 허공에서 자신의 뿜어낸 소리와 상대의 소리가 한 가닥 실처럼 팽팽하게 얽혀 있었기 때문이다.

석도명은 어느새 두 발을 땅에 고정시킨 채 쇠 피리만 기묘하게 내젓고 있었다.

석도명은 알았다. 자신도 전력을 다하고 있지만, 상대 또한 필사적이다. 누구든 먼저 무너지면 끝장인 것이다.

'끄응, 죽겠다.'

석도명의 눈앞이 노랗게 물들기 시작했다. 비워내면 언제나 가득 차오르던 소리의 기운이 처음으로 바닥을 드러내고 있었다. 차오르는 것보다 쏟아내는 기운이 더 많다는 의미였다.

힘겨운 상황은 오래 가지 않았다.

툭.

석도명의 귀에 실이 끊어지는 소리가 들렸다.

그것이 한계였다. 석도명의 몸이 힘을 잃고 앞으로 고꾸라졌다.

"으헉! 석 악사."

"안 돼!"

무림맹 쪽에서 비명이 터져 나왔다. 단호경이 비통한 얼굴로 달려 나와 석도명을 안아들었다. 마지막 희망이 무너지는 기분이었다.

하지만 사람들은 모르고 있었다. 쓰러진 석도명의 입가에 옅은 미소가 감돌고 있다는 사실을.

'이겼다……'

석도명은 마음속으로 그 한 마디를 외치면서 의식을 놓았다. 분명 먼저 끊어진 것은 상대방이 쥐고 있던 실이었다.

승리는 정말 간발의 차였다.

그 사실을 먼저 알아챈 것은 다루한 쪽이었다. 오귀영이 지키고 있던 천막 안에서 낮은 신음 소리가 들렸기 때문이다.

급히 천막으로 뛰어 들어간 니탕개가 참담한 표정으로 나타났다.

"보주…… 백산고옹이 피를 토하고 죽었습니다. 그의 만혼적(挽魂笛)도 산산조각 났습니다."

니탕개의 손에는 조각난 피리가 들려 있었다. 혈봉을 다스릴 수 있는 유일한 신물(神物)이었다. 이제 진천보는 영원히 혈봉을 잃고 만 것이다.

"보주! 저희가 나서겠습니다."

오호장과 오귀영이 일제히 머리를 조아렸다. 그들 또한 이제는 피할 수 없는 최후의 혈전만이 남았다고 믿었다.

그때였다.

"와아!"

무림맹 쪽에서 뒤늦게 함성이 터져 나왔다. 석도명이 쓰러진 뒤 잠시 방향을 잃고 떠돌던 벌 떼가 하늘 높이 날아올라 동쪽으로 사라진 직후였다. 이제는 누가 봐도 석도명의 승리가 확실했다.

여운도가 그 함성에 화답하듯 손을 번쩍 치켜들었다. 아군의 사기가 올랐을 때 이를 즉시 활용하는 것이 지휘관의 덕목이자, 책무였다.

"나가자!"

"싸우자!"

별전대와 연운검대 할 것 없이 무림맹 무사들이 목청이 터져라 외쳐댔다.

진천보가 300을 헤아리는 데 비해 무림맹은 겨우 100명 남짓한 숫자였지만, 이길 수 있다는 자신감이 모두의 가슴에 불길처럼 번지고 있었다.

여운도가 다시 손을 번쩍 들었다. 이번에는 함성을 막기 위해서였다. 진천보의 무사들을 헤치고 다루한이 홀로 걸어 나왔기 때문이다.

모든 사람들이 숨을 죽이고 여운도와 다루한을 지켜봤다. 두 거인의 결정이 모든 것을 판가름할 터였다.

"허허, 마침내 패를 맞춰 가지고 왔구려."

다루한이 먼저 입을 열었다. 지주구에서 여운도가 요청했던 일 대 일 대결을 받아들이겠다는 뜻이었다.

"이제라도 서로 피해를 줄여야겠지요."

여운도가 그 제안을 받아들였다.

"그대가 이기면 나는 모용세가의 아들들을 돌려주고 동쪽으로 돌아가겠소. 나에게는 무엇을 해주시겠소?"

"내가 지면 무림맹은 모용세가를 포기할 것이오. 단, 여기 있는 이들의 목숨은 보존해 주시오. 하나도 빠짐없이!"

여운도는 유독 마지막 말에 힘을 실었다.

다루한은 여운도가 그 말을 하면서 자신의 어깨 너머를 보고 있음을 알았다. 조금 전에 사로잡은 여섯 사람이 있는 쪽이었다.

다루한은 그들 중 누군가가 여운도에게 특별한 존재임을 눈치챘지만, 굳이 내색은 하지 않았다. 지금 중요한 것은 오직 승리였다.

제9장
일기당천(一騎當千)

 석도명이 다시 정신을 차린 것은 여운도와 다루한의 대결이 벌어진 뒤였다. 눈을 뜬 석도명은 걱정스런 얼굴로 하늘부터 살폈다. 의식이 돌아오면서 천지를 뒤흔드는 듯한 천둥소리를 들었기 때문이다.

 하늘은 의외로 맑았다.

 '여기는 어디지?'

 석도명은 정신이 몽롱해 자신이 혹시 꿈을 꾸고 있는 건 아닐까 하는 생각을 했다. 온몸이 나른하고 근육에 힘이 하나도 실리지 않는 것을 보면 정말 꿈속을 헤매는 느낌이었다.

 탈진.

처음 겪어 본 완벽한 탈진이었다. 몸도, 마음도…… 그리고 소리까지 단 한 방울도 남기지 못하고 쏟아낸 뒤였다.

왠지 이대로 영원히 바위가 되어 두 번 다시 몸을 움직이지도, 말을 하지도 못할 것만 같았다. 설령 그렇다 해도 억울한 기분은 들지 않았다.

혼백조차 텅 빈 다음에야 무엇을 두고 화를 내고, 욕심을 내겠는가? 태초에 존재했다는 태허(太虛; 크게 비어 있음)의 자유가 이런 것은 아니었을까?

하지만 유감스럽게도 석도명은 그 자유를 누릴 형편이 아니었다. 생각과 달리 그의 몸도, 의식도 아직은 현실 안에 존재하고 있었다.

석도명을 현실로 불러들인 것은 단호경이었다.

"일어났냐? 하여간 멋은 혼자 다 낸다니까!"

퉁명은 떨었지만 반가움을 숨기지 못한 음성이었다. 석도명이 숨쉬는 기척조차 거의 내지 않은 채 제법 오랫동안 혼절해 있었던 탓이다.

석도명이 머리를 털며 힘들게 일어나 앉았다.

일단 몸은 멀쩡하게 움직였다. 다만 나른한 기분이 약간 남아 있었다.

이번에는 내기를 움직여 봤다. 단전은 텅 비어 있었다.

서둘러 주악천인경을 펼쳤다. 소리의 기운도…… 느껴지지 않았다!

'헉!'

등줄기가 오싹해졌다. 소리가 사라지다니!

"휴우……."

다음 순간 석도명의 입에서 낮은 안도의 한숨이 흘러나왔다. 단 한 올도 느껴지지 않던 소리의 기운이 마치 물이 스며들 듯 아주 조금씩 되살아나고 있었다.

워낙에 완벽하게 비워진 탓인지 채어지는 데도 다소 시간이 걸리는 모양이었다.

한편으론 마음이 놓였고, 또 한편으론 두려움을 떨칠 수 없었다.

무공은 몰라도 소리를 다루는 데는 천하에 적수가 없을 것이라는 사실을 믿어 의심치 않았다. 자신감을 넘어선 자만심마저 있었다.

헌데 이번 일로 완전히 허를 찔린 기분이었다. 소리로 동물을 움직이는 사람이 있다면, 또 다른 것을 할 수 있는 사람도 존재할 것이다. 어디 그뿐인가? 정체불명의 상대가 보여준 소리는 자신 못지않게 강했다.

천하에 가득한 소리의 기운이 자신의 전유물이 아닐뿐더러, 그것을 더 강하게 발휘할 수 있는 사람도 존재할 수 있다는 의미였다.

'하, 인간의 한계에 도달했다고 믿었는데.'

생각지도 못한 벽을 만난 셈이었지만, 가슴이 두근거렸다.

그 벽을 깨면 또 다른 경지가 보일 것이라는 희망이 함께 생겼기 때문이다.

다만 지금은 그 한계와 희망에 대해 고민할 때가 아니었다.

정신이 맑아지자 비로소 현실이 눈에 들어왔다.

자신의 의식을 깨운 천둥소리가 여전히 천지를 흔들어 댔다. 그것은 진짜 천둥이 아니라, 여운도와 다루한의 불꽃 튀는 격돌로 인한 진동과 소음이었다.

쿵, 콰쾅!

여운도와 다루한이 공격을 펼칠 때마다 격렬한 폭음이 터졌다. 혈랑애 전체가 단단한 암석으로 이뤄졌음에도 바닥이 들썩이며 파편이 튀어 올랐다.

두 사람은 일진일퇴의 공방을 거듭하며 붙었다 떨어지기를 반복했다. 누가 봐도 어느 한쪽의 승리를 점칠 수 없는 박빙의 승부였다.

"크으, 무림맹주가 되려면 무공이 저 정도는 돼야 한다 이거지! 갈 길이 멀구나, 멀어."

단호경은 어깨를 들썩이며 연신 주먹을 휘둘러댔다. 자신의 우상인 여운도의 위용에 흥분을 감추기 어려운 탓이다.

무림맹주가 되겠노라고 스스로 큰소리를 치고 다니질 않았던가?

석도명 또한 색다른 감흥에 젖어들었다.

저 두 사람과 비교해 자신의 실력이 얼마쯤 될까 하는 생각이 제일 먼저 떠올랐다.

'검법으로는 아직 상대가 안 되겠지?'

부도문과의 비무에서 그랬듯이 여운도나 다루한에게는 불덩어리가 먹혀들 것 같지 않았다. 구화진천무의 마지막 초식을 완성하기 전에는 말이다.

내공 또한 앞선다고 할 수는 없을 테고, 다만 우위를 보일 수 있는 부분은 지구력 정도일 것이다. 소리의 기운으로 계속 단전을 채울 수 있기 때문에 내공이 쉽게 고갈되지는 않으리라 생각했다.

그러나 그 또한 장담할 수 없게 됐다. 바로 조금 전에 내공은 물론, 소리의 기운까지 바닥을 드러내지 않았던가?

단기간에 상상 이상으로 강해졌지만, 여기저기 허점은 남아 있었다. 이번 일로 확실하게 배운 것이 있다면 소리와 무공 양쪽에서 분명한 벽이 존재하고 있음을 확인했다는 사실이리라.

석도명의 생각은 오래 이어지지 못했다.

반 시진 이상을 끌어온 여운도와 다루한이 대결이 막바지로 치닫고 있었다.

석도명의 눈에 여운도의 몸이 은은한 옥빛으로 물들었다. 바로 얼마 전에 한운영이 보여준 것과 같은 현상이었다.

검법은 같지 않았지만, 여운도와 한운영이 같은 내공심법을 익혔다는 증거였다.

'가선공이라고 했던가?'

한운영에게 가선공을 전한 사람은 분명 여운도일 것이다.

하지만 한운영의 강호 투신을 누구보다 반대한 사람이 여운도라고 하지 않았던가? 재상가의 여식에게 어울리지 않게 절정의 무공을 가르쳐주고, 정작 무림맹 입맹은 반대한다는 것은 앞뒤가 전혀 맞지 않는 이야기였다.

휘리릭.

여운도의 옷자락이 세차게 펄럭였다. 내공을 극한으로 끌어올린 탓이다.

그 변화를 느낀 다루한 또한 최후의 일격을 준비했다. 다루한의 검 끝에서 한 줄기 빛이 뻗어 나왔다.

"오! 검강이다!"

두 사람의 대결을 숨죽이고 바라보던 양쪽 진영에서 경탄이 터졌다. 소문은 무성했지만, 실제로 강호에서 검강이 목격된 것은 수십 년 전의 일이었다.

진천보의 무사들은 승리를 예감했고, 무림맹의 무사들에게는 불안감이 엄습했다. 천하의 여운도라고 해도 검강을 당해낼 것 같지는 않았다.

까강.

순식간에 몇 차례의 변화를 보인 여운도와 다루한의 검이 정면으로 맞부딪쳤다. 그 충격이 간단치 않았는지 두 사람이 검을 털어내며 뒤로 물러났다.

"크흑!"

고통을 참지 못하고 먼저 낮은 신음을 뱉어낸 쪽은 여운도였다.

여운도의 앞섶이 왼쪽에서 오른쪽 아래로 길게 잘려나간 자리를 따라 피가 뭉클뭉클 솟았다. 다루한이 펼친 검강 끝이 가슴을 제법 깊이 베고 지나간 것이다.

"우와!"

"이겼다!"

진천보 쪽에서 우레와 같은 함성이 터졌다.

그러나 그 함성은 길게 이어지지 못했다.

"우욱!"

창백한 얼굴로 버티고 서 있던 다루한의 입에서 피가 뿜어졌다.

"크흑, 비긴 건가?"

다루한의 힘겨운 물음에 여운도가 말없이 고개를 끄덕였다.

두 사람 가운데 어느 쪽도 다음 공격을 펼쳐낼 여력은 남아 있지 않았다.

휘익, 휘이익.

진천보 쪽에서 다섯 사람이 앞으로 날아들었다. 진천보의 다섯 호랑이, 오호장이었다. 이에 뒤질세라 무림맹에서도 화산파의 소인종을 비롯한 몇 명의 고수가 나섰다. 양쪽 모두 최고의 패로 승부를 가리지 못했으니, 그 다음 패로 싸워야 할 차례였다.

그때였다.

"잠깐 기다리십시오!"

사마형이 한가운데로 뛰어들며 소리를 질렀다.

자신에게 쏟아지는 시선을 담담하게 받아내며 사마형이 말을 이어갔다.

"서로 보여줄 것은 다 보여준 셈이니, 이제는 대화를 할 차례라고 생각합니다."

다루한이 손을 들어 오호장을 뒤로 물렸고, 여운도 또한 같은 조치를 취했다.

이제 양쪽 진영 가운데 남겨진 사람은 여운도와 다루한, 사마형뿐이었다.

다루한이 먼저 물었다.

"대화를 통해 우리가 얻을 수 있는 게 뭔가?"

"우선은 더 이상의 피해를 막는 것이고, 그 다음은 진천보가 원하는 것이 무엇이냐에 달렸겠지요."

"우리가 뭘 원하느냐고?"

"이렇게 여쭙겠습니다. 진천보가 원하는 것은 모용세가입니까, 아니면 그 이상입니까?"

사마형의 반문이 먹혀들었는지, 다루한이 묘한 미소를 지었다.

"자네가 기대하는 대답은 무엇인가?"

사마형이 지체 없이 입을 열었다. 하지만 다루한의 질문에 대한 답은 아니었다.

"진천보의 목표가 무림일통(武林一統)이라거나, 또 다른 왕조의 건립이 아니기를 바랄 뿐입니다."

"우하하!"

다루한이 웃음을 터뜨렸다. 조금 전 피를 토한 사람이 맞을까 싶을 정도로 호쾌한 웃음이었다.

다루한이 이내 웃음을 거두었다.

"자네는 이미 진천보에 대해서 꽤나 많은 것을 알고 있는 모양이로군. 만일 자네가 내 입장이라면 어떻게 할 텐가?"

"힘 대신 자유를 택하겠습니다."

다루한은 사마형이 말하고자 하는 것이 무엇인지를 알았다.

힘을 내세워 무리한 욕심을 부리기보다는, 원래 진천보의 영역인 동북 지방에서 누구의 간섭도 받지 않는 자유를 누리라는 것이었다.

"허허, 그러면 모용세가를 내놓을 텐가?"

"제가 답할 일은 아닙니다만, 한 가지만 약속해주시면 불가능한 일도 아니라고 봅니다. 진천보는 오직 무림맹의 친구로만 남는 겁니다."

사마형의 이야기에 무림맹 사람들이 일제히 술렁였다.

"소군사(小軍師)! 말이 지나치군."

화산파 장로 소인종이 노기 띤 음성으로 사마형을 불렀다.

별전대가 희생을 무릅쓰면서 여기까지 달려온 것은 오로지 모용세가를 진천보로부터 보호하기 위해서다. 어찌 사마형이 멋대로 모용세가를 넘길 수 있단 말인가?

하지만 소인종은 말을 잇지 못했다. 여운도가 손을 들어 제지한 탓이다.

"소 장로는 노여움을 푸시오. 내 뜻 역시 다르지 않소. 이는 또한 모용 가주가 바라는 일이기도 하다오."

"허어……."

소인종이 탄식과 함께 고개를 외로 돌렸다. 불만은 가득했으나, 돌이킬 수 있는 상황이 아니었다.

짝짝짝.

이미 검을 거둬들인 다루한이 힘차게 박수를 쳤다.

"모용 가주의 결단이 파국을 막았소이다. 진천보는 앞으로 무림맹을 적대시하는 어떤 세력과도 손을 잡지 않을 것이오. 그대들은 그대들의 땅에서, 우리는 우리의 땅에서 자유를 지킵시다."

여운도가 다가가 다루한의 손을 굳게 잡았다.

양 진영에서 떠나갈 듯한 함성이 울렸다. 승리를 장담할 수 없는 혈전을 끝낸다는 것은 환영할 만한 일이었다.

불만에 차 있던 소인종의 얼굴도 펴졌다. 다루한의 선언에 담긴 속뜻을 읽어냈기 때문이다. 다루한은 무림맹의 적대 세력이 진천보에 접근하고 있다는 사실을 넌지시 알려준 것이다.

함성이 잦아질 무렵 다루한이 사마형에게 다가갔다.
"자네가 그 유명한 지모(地謀; 사마중의 별호)의 아들인가? 젊은 나이에 어울리지 않게 지략이 뛰어나군."
사마형이 쑥스러운 표정으로 대답했다.
"송구하오나, 제 생각이 아니었습니다."
다루한의 눈이 휘둥그레졌다. 무림맹에 또 다른 두뇌가 숨어 있다는 사실이 놀라웠기 때문이다.
"허어, 자네가 아니라면 대체 누구인가?"
"그 사람은 지금 진천보의 수중에 있습니다. 바로 맹주의 질녀인 한운영 소저이지요."

한운영은 모용세가를 떠나기 전날 밤에 사마형을 찾아와 서찰 한 통을 건네주었다. 거기에는 야율부리 장군이 전해준 정보를 바탕으로 짜낸 몇 가지 계책이 담겨 있었다.
한운영은 진천보를 힘으로 이기는 것은 차선책에 지나지 않는다고 지적했다.
별선대가 떠난 뒤, 언제고 도발을 해올 수 있다는 이유였다. 특히 무림맹을 노리는 세력이 진천보를 회유할 가능성이 높다고 봤다.
한운영이 최선책으로 제시한 것이 바로 진천보와의 제휴였다. 그러면서 진천보와 협상이 성립하려면 두 가지 전제 조건이 필요함을 지적했다.

그 하나가 별전대가 힘에서 밀리지 않는 것이었고, 다른 하나는 모용세가를 포기하는 것이었다.
그리고 결과적으로 한운영의 예측과 선택은 정확하게 맞아떨어졌다.

"허허, 그 당돌한 아가씨가 청공무제의 조카였구려. 하마터면 내가 큰 실수를 할 뻔했소이다."
다루한은 간발의 차이로 한운영의 목숨을 취하지 못한 것이 천만다행이라고 생각했다.
다루한이 오귀영에게 손짓을 보냈다. 오귀영이 재빨리 사라지더니 무소진을 비롯한 여섯 사람과 함께 되돌아왔다. 한운영은 아직까지 정신을 차리지 못하고 무소진의 품에 안겨 있었다.
사마형이 급히 달려가 무소진으로부터 한운영을 받아 들었다.
누군가가 그 모습을 먼발치에서 지켜보며 한숨을 내쉬었다.
"후우……."
석도명이었다.
단호경 일행을 돌보느라, 한운영을 보호하지 못했다는 자책이 뒤늦게 몰려왔다.
하지만 석도명은 모르고 있었다. 한운영의 목을 벨 뻔했던 다루한의 검을 극적으로 멈춰 세운 사람이 바로 자신이었음을.

싸움은 끝났지만 무림맹도 진천보도 서둘러 혈랑애를 떠나지는 못했다. 격전으로 인한 피해가 적지 않은 탓이었다.

 시체를 수습하고, 중상자를 치료하려면 적어도 하루 이틀은 더 머물러야 할 상황이었다.

 두 발로 서 있는 사람들 가운데서도 상당수가 크고 작은 부상을 입은 터라 장거리 이동은 쉽지 않았다.

 그러나 그보다 더 심각한 문제가 다가오고 있었다.

 "보주! 여진군이 너무 가까이 오는 것 같습니다."

 주변의 동향을 감시하고 있던 백호장 적송이 여운도와 앞날을 의논하고 있던 다루한을 심각한 얼굴로 찾아왔다.

 적송을 따라 천막 밖으로 나간 여운도와 다루한의 표정 또한 크게 어두워졌다.

 정오 무렵 지주구 부근에 모습을 드러낸 여진의 대군이 어느새 혈랑애로부터 고작 몇 백 장 거리에 접근해 있었다.

 게다가 선두에선 기마대가 날개를 펼치듯 양옆으로 갈라지면서 속도를 내기 시작했다. 혈랑애를 포위하려는 의도가 분명했다.

 두두두두.

 머지않아 1만 기를 웃도는 여진군 기마대가 혈랑애를 완전히 포위했다. 그리고 궁기병과 창기병, 보병으로 이뤄진 본진이 도착해 혈랑애 앞에 전투 대형으로 포진을 마쳤다.

 무림맹과 진천보의 무사들은 벼랑 위에서 그 광경을 그저 지켜봐야만 했다. 부상자를 남겨두고 달아날 수도 없었지만, 벌판으로 내려가는 순간 기마대의 표적이 될 터였다.

일단은 여진군의 의도를 확인할 필요가 있었고, 피치 못하게 싸워야 한다면 깎아지른 듯한 절벽 위를 지키는 게 더 나았다. 그렇다고 해도 수를 헤아릴 수 없는 대군을 이길 수는 없겠지만 말이다.

포진을 끝낸 여진군 앞으로 한 사내가 말을 타고 달려 나왔다.

"이 땅의 주인, 여진의 칸, 아골타 님의 명을 받으라!"

사내가 외친 여진족의 말은 설호장 고치경을 통해 무림맹 쪽에도 한어로 전달됐다.

"진천보는 누구를 주인으로 둔 일이 없다!"

흑호장 아고흘이 소리 높이 외쳤다. 내공이 실린 터라 그의 음성은 사방에 울려 퍼졌다.

"으하하! 누가 너희에게 주인을 고를 수 있는 권리를 줬더냐?"

이번에는 깃발과 휘장이 가득 세워진 여진군 중앙에서 소리가 들려왔다.

아골타와 말머리를 나란히 하고 있던 홀라손 부족의 패륵 울지르였다. 울지르의 음성 또한 아고흘 못지않게 쩌렁쩌렁 울렸다. 역시 내공이 담긴 탓이다.

아골타가 울지르에게 미소를 지어 보였다. 무공이 진천보의 전유물이 아니라는 점을 제대로 보여줬다고 생각했기 때문이다.

"헛소리 하지 마라! 진천보는 지금껏 자유인으로 살아왔다. 우리를 사냥개로 길들일 생각일랑 접는 게 좋을 것이다."

"하하! 흥분할 것 없다. 칸께서는 너희를 도와주실 생각이시다. 저 나약한 한족에게도 쩔쩔매는 자들이 무슨 자유를 논하는가? 이제 칸의 방패가 너희를 품을 것이니, 우리와 함께 저들을 몰살하자!"

다루한이 손을 들어 아고흘을 뒤로 불러들였다. 비록 내상을 입었다고는 하나, 진천보의 보주는 자신이다.

흥분한 아고흘과 달리 다루한의 어조는 진중했다.

"나는 진천보주 다루한이오! 이 점을 분명히 밝히겠소. 그동안 내게 도움을 구한 그대들의 청을 내가 거절했으니, 그대들 또한 우리를 도울 이유가 없소이다. 더구나 진천보와 무림맹은 영원히 강호의 동지로 남기로 했으니 싸울 일이 없소."

그 말에 울지르가 당황스런 표정으로 아골타를 바라봤다. 새벽부터 지열했던 싸움이 소강상태에 들어간 줄로만 알았지 진천보와 무림맹이 손을 잡으리라고는 미처 생각하지 못했기 때문이다.

아골타가 무겁게 고개를 저었다. 그것으로 진천보와 무림맹 무사들의 운명이 정해졌다.

마침내 울지르의 입에서 최후통첩이 떨어졌다.

"거란족도, 한족도 우리의 적이다. 적을 동지로 받아들였다면 너희에게 돌아갈 것은 죽음뿐이다."

애초에 여진군이 지주구 부근으로 이동한 것은 야율부리가 이끄는 요나라의 동부통군을 상대하기 위해서였다. 공교롭게도 진천보와 무림맹이 지주구 동쪽의 혈랑애에서 대치하고 있다는 사실을 알았지만 직접 끼어들 생각까지는 하지 않았다.

헌데 진천보와 무림맹이 치열하게 혈전을 벌이고 있다는 정찰대의 보고가 도착하자 아골타의 마음이 바뀌었다.

도움을 주는 대가로 진천보를 회유할 수 있다면 최상이고, 그렇지 않을 경우에는 양쪽을 쓸어버리기로 한 것이다. 어느 쪽이든 어부지리(漁父之利)를 취하는 셈이었다.

"이건 어불성설(語不成說: 말이 되지 않음)이오!"

무림맹 쪽에서 고함이 터져 나왔다.

아고흘 못지않게 중후한 공력을 자랑하며 앞으로 나선 사람은 무당파의 수석장로인 무량진인이었다.

무량진인은 울지르가 자신의 말을 아골타에게 통변(通辯; 통역)하는 것을 지켜본 뒤, 다시 입을 열었다.

"본시 강호는 나라 일에 나서지 않고, 관부는 무림에 관여하지 않는 법이오! 여진의 칸은 그 불문율(不文律)을 깨고 강호에 개입할 생각이시오? 무림 전체를 적으로 돌릴 배포가 있으신 게요?"

무량진인의 말을 전해들은 아골타가 웃음을 터뜨렸다.

"하하하! 이곳에서는 내가 곧 나라고, 내가 곧 강호다. 그 따위 규율은 너희의 겁쟁이 황제에게나 강요해라!"

사마형이 고개를 저으며 무량진인에게 다가섰다.

"소용없는 일입니다. 저들은 아직 국가로 부를 수도 없고, 당연히 관부의 개념도 없습니다. 아직은 요나라에 반기를 든 반군일 뿐입니다. 그런 그들에게 강호와 관부의 관계를 요구한다는 건 무립니다."

"허어……."

무량진인의 입에서 탄식이 흘러나왔다.

확실히 사마형의 지적은 틀린 게 아니었다. 요나라와 싸워 이기면 나라가 세워지고 임금이 되겠지만, 패배한다면 역도로 몰려 죽음을 맞을 자들이다. 지금 저들에게는 내 편이 아니면, 모두 적군일 것이다.

이제 남은 것은 싸움, 그리고 그 뒤에 찾아올 죽음뿐이라는 체념이 모두의 가슴에 빠르게 번져나갔다.

여운도가 입을 뗀 것은 그때였다.

"나는 무림맹주 여운도다! 백만 대군을 거느린 송의 황제도, 요의 황제도 내게 복종을 요구하지 않는다. 그 까닭을 아는가?"

그 한 마디에 사방이 조용해졌다. 여운도가 무슨 이야기를 하려는 것인지 궁금증이 일었기 때문이다.

줄곧 아골타의 입노릇을 했던 울지르 또한 입을 다물고 여운도가 스스로 답을 내놓기를 기다렸다.

여운도가 벼랑 끝으로 걸어 나가 여진의 대군을 내려다보며 말했다.

"황제가 강호를 함부로 하지 못하는 것은 백만 대군으로도 막을 수 없는 절대고수가 강호에 종종 나타나기 때문이다. 성벽을 아무리 높이고, 창과 방패를 가득 쌓아놓은들 무슨 소용이 있겠는가? 단 한 명의 절대고수를 막지 못하는 것을! 여진의 칸을 자처하는 그대는 과연 그 도박에 자기 목숨을 걸어볼 생각인가?"

단순하지만, 냉혹한 논리였다.

목이 날아갈 수 있는데 무슨 대의(大義)가 필요하고, 명분이 필요하겠는가? 황제가 무림인들을 존중해 주는 이유는 사실 그것이 전부라 해도 과언이 아닐 터였다.

"아하하! 아하하하!"

아골타가 웃음을 터뜨렸다. 그리고 가당찮다는 표정으로 말했다.

"백만 대군으로도 막을 수 없다? 물론 그런 절대고수가 언제고 나타날 수 있겠지. 하지만 나 아골타는 벼락이 무서워 비를 맞지 못하는 남자가 아니다."

"나 또한 그렇다!"

여운도와 아골타가 서로를 쏘아보았다. 어느 쪽도 물러설 수 없는 장부와 장부의 고집이었다.

다루한이 결연한 자세로 여운도 옆에 나란히 섰다.

"십만이든, 백만이든 오라! 우리가 여기서 모두 쓰러진다 해도, 진천보의 칼과 창이 밤과 낮을 가리지 않고 그대를 노릴 것이다.

아골타의 얼굴에서 웃음이 사라졌다. 다루한은 자신의 목숨을 노리겠다고 대놓고 협박을 한 것이다. 그것도 자신의 군사들이 지켜보는 앞에서.

아골타는 그 오만함을 먼저 꺾어놓고 싶었다. 실리 이전에 자존심의 문제였다.

"감히 내 목을 노리겠다고? 좋다. 지금 내게는 백만 대군 대신, 10만의 군사와 열다섯의 철전사(鐵戰士)가 있을 뿐이다. 너희 중에 누구든 이들을 뚫고 내 목숨을 위협할 수 있는 자가 있다면, 너희 모두를 살려 보내주겠다. 그리고 다시는 강호의 일에 개입하지 않을 것이다."

무림맹과 진천보의 사람들이 일제히 술렁였다.

파격적인 제안이었다.

날로 강성해져가는 아골타의 회유와 종용에 시달리던 진천보로서는 중대한 근심거리를 제거할 수 있는 기회였다.

무림맹의 입장에서도 동북 변경에 떠오르는 강자가 강호의 질서를 존중해 준다는 것은 무림의 평화에 도움이 되는 일이었다.

문제는 누가 그 일을 하느냐다.

양쪽의 최고수인 여운도와 다루한은 부상을 입은 몸이다. 그 두 사람이 멀쩡한 상태라고 해도 성공한다는 보장이 없는데, 누가 10만 대군에 뛰어들 수 있겠는가?

게다가 아골타 뒤에 버티고 있는 철전사 15명의 기도 또한 범상치 않았다.

요나라를 직접 칠 정도로 힘을 기른 아골타가 은밀히 길러냈거나, 따로 초청한 고수일 것이 분명했다.

여운도와 다루한이 고민에 빠진 가운데 무림맹 무사들은 일제히 무량진인을 쳐다봤고, 진천보 쪽에서는 아고흘에게 시선이 몰렸다. 두 사람이 양쪽 진영의 2인자였다.

그때 아골타가 다시 소리쳤다.

"왜 두려운가? 너희들이 말하는 강호란 고작 그런 것이었나? 너희에게 다시 말한다. 몇 명이든 상관없다. 하나가 덤벼도 받아줄 것이요, 전체가 달려들어도 받아줄 것이다. 자, 내 목을 노려보라. 여기 초원의 아들, 여진의 칸 아골타가 있다."

"와아!"

"만세, 만세!"

여진군 병사들이 일제히 함성을 내질렀다.

아골타의 기개가 천하의 고수들을 압도했음을 환호한 것이다. 무림맹과 진천보의 입장에서는 견디기 힘든 굴욕이었다.

무량진인과 아고흘의 시선이 허공에서 얽혔다. 혼자가 안 되면 둘이서 같이 해보자는 무언의 약속이 오갔다.

두 사람이 굳은 각오와 함께 한 걸음 앞으로 나선 순간이다.

울지르가 말을 몰아 앞으로 달려 나왔다.

"위대한 칸께서 너희에게 다시없을 관대함과 용기를 보여주셨다! 지금이라도 무기를 내려놓으면, 칸께 부탁드려 너희 모두를 살려 보내겠다. 그것이 싫다면 덤벼도 좋다. 그러나 칸의 으뜸가는 신하로서 이것만은 밝혀야겠다. 누구든 이곳까지 뚫고 들어온다면, 칸의 약속은 지켜질 것이다. 이제 나 울지르가 약속한다. 그 시도가 실패로 돌아가는 순간, 너희 모두를 주군의 목숨을 노린 역도로서 다스릴 것이다!"

울지르가 손을 번쩍 치켜들었다. 여진군이 무기를 두드리며 발작적으로 소리를 질러댔다.

"죽여라, 죽여라, 죽여라!"

그 광란의 함성이 무량진인과 아고흘을 멈춰 세웠다.

역도로 다스리겠다는 울지르의 선언은 무림맹과 진천보 무사들의 몰살을 뜻하는 것이었다.

수백 명의 목숨을 담보로 도박을 벌일 용기는 나지 않았다. 항복을 하든, 싸우다 죽든 다 같이 결정할 문제였다.

"허허, 치욕이냐 죽음이냐…… 항상 그렇게 끝나는 모양이오."

"나 또한 희롱을 당하는 체질은 아니라오."

여운도가 검을 뽑아들자, 다루한 또한 주저하지 않았다. 부상을 입었다고 해도 끝까지 싸우다 죽음을 맞는 것이 두 사람의 방식이었다.

무림맹과 진천보의 무사들이 분분히 병장기를 꺼내들었다.

그 와중에 너무나 담담해서, 태평스럽기까지 한 음성이 들려왔다.

"제가 나서겠습니다."

사람들의 시선이 향한 곳에 석도명이 서 있었다.

"오오!"

"허어!"

"후아……."

사람들의 반응은 놀람과 탄식이 뒤섞인 것이었다.

혈봉을 상대하다가 기력이 다해서 탈진해 쓰러진 게 얼마 전이다. 석도명의 용기가 대단하면서도 동시에 무모해 보였다.

"허어, 만용을 부릴 때가 아니거늘!"

"너무 무리하지 말게. 선배들을 부끄럽게 만드는구먼."

왕지량과 무소진이 잇달아 석도명을 만류했다. 물론 석도명을 대하는 자세는 판이하게 달랐다.

"자네 한 사람이 나서서 결과가 달라질 상황이 아니라네."

무량진인이 점잖게 타일렀다.

석도경이 거듭 놀라운 재주를 보여주기는 했지만, 이번만은 의욕이 앞선다는 생각을 떨치기 어려웠다. 10만 대군을 무슨 수로 혼자 뚫는다는 말인가?

"허허, 과연 한 사람 때문에 결과가 달라질 상황은 아닌 것 같소이다."

여운도가 무량진인의 말을 받았다.

주변 사람들의 눈이 휘둥그레졌다. 말은 같았지만, 의미는 정반대였기 때문이다.

여운도의 이야기는 여기서 더 나빠질 게 없으니 석도명을 굳이 막을 이유가 없다는 뜻으로 들렸다.

"허면, 맹주는 이자를 믿어볼 생각이란 말이오?"

여운도는 무량진인에게 답하는 대신, 석도명에게 질문을 던졌다.

"자네를 믿어도 될까?"

"하늘은 스스로 돕는 자를 돕는다고 했습니다. 오늘은 그런 도움을 받아볼까 합니다."

"허허, 음악도 무공도 어디 하나 평범한 구석이 없더니만 생각마저 다르군. 과연 하늘이 자네를 도울지 궁금하구먼."

"허어······."

몇몇 사람이 끝내 마뜩치 않은 기색을 감추지 못했지만, 아무도 나서지는 않았다. 확실히 석도명이 먼저 나섰다가 실패한다고 해서 더 악화될 것도 없는 상황이기는 했다.

뭘 믿고 그러는지는 알 수 없지만, 항상 기대 이상의 일을 해낸 터라 몇몇 사람에게는 무책임한 기대마저 생기기도 했다.

사람들을 헤치고 단호경이 나타났다.

"으아, 틈만 나면 뒤통수를 치는구나. 죽으려고 환장을 했냐?"

"하하, 누구를 점점 닮아가는 모양이죠."

"같이 가자."

"아뇨. 도움은 이미 충분합니다. 소수 정예가 무섭다는 걸 보여줘야죠."

석도명의 입가에 묘한 미소가 떠오른 것을 보고는 단호경이 입을 다물었다. 석도명이 달리 생각하는 바가 있다고 믿은 것이다.

단호경이 석도명에게 검을 건넸다. 자신의 검이 터지는 바람에 석도명이 건네줬던 것이다.

석도명은 검을 받지 않았다. 대신 쇠 피리를 가볍게 들어 보였다.

그것은 특별한 이유가 있는 선택이었다.

벼랑 끝으로 걸어가는 석도명의 등을 향해 단호경이 외쳤다.

"죽지 마라. 너, 저런 놈들한테 죽으면…… 나한테 죽는다!"

석도명이 조용히 손을 들어 보이고는 벼랑 아래로 뛰어내렸다.

석도명의 신형은 허공에 완만한 포물선을 그리며 천천히 아래로 떨어졌다. 한 마리 학이 날개를 펴고 땅에 내려앉는 듯한 우아한 동작이었다.

슈웅, 슈우웅.

수천, 수만 개의 화살이 석도명을 향해 날아왔다.

본시 창기병이 돌격하기 전에 그 뒤에서 화살 공격을 먼저 퍼붓는 것이 여진군의 공격 방식이다.

하늘을 새까맣게 뒤덮은 화살 비가 석도명 단 한 사람을 겨누고 쏟아지는 광경은 그야말로 장관이었다. 심지어 석도명조차도 그 모습이 장엄하다는 생각이 들 정도였다.

그러나 구경만 하고 있을 수는 없었다.

석도명이 착지와 동시에 앞으로 달려 나가며 쇠 피리를 휘둘러 방어막을 펼쳤다.

따다다당.

화살이 튕겨지며 쇳소리가 쉬지 않고 울렸다.

두두두두.

곧이어 기마대가 장창을 앞으로 곧게 뻗은 채 달려 나왔다. 기마대가 가까이 접근하자 화살공격이 일시에 그쳤다.

화살공격으로 상처를 입히지는 못했지만, 석도명의 전진을 방해하는 효과를 발휘했다. 반면 석도명으로서는 도약력을 잃은 상태에서 전속력으로 달려오는 기마대를 맞아야 하는 불리함을 안아야 했다.

까가강.

창과 쇠 피리가 부딪쳤다.

선두에 선 10여 기의 기마대가 내지른 창이 일제히 부러지면서 그들 중 몇 명이 말 등에서 굴러 떨어졌다.

창을 쳐낸 석도명이 몸을 띄워 발밑으로 기마대를 흘려보냈지만 두 발이 땅에 닿기도 전에 다음 줄이 짓쳐들어왔다. 석도명이 같은 요령으로 창을 쳐내면서 다시 뛰어 올랐다.

석도명과 기마대의 격돌은 지루할 정도로 되풀이 되고, 또 되풀이 됐다. 석도명은 조금도 앞으로 나가지 못한 상태였다.

기마대가 부딪쳐오는 간격은 점점 짧아졌고, 석도명은 땅을 디딜 틈조차 없었다. 이제는 적과 격돌하는 반탄력에 의지해 몸을 계속 허공에 띄운 채로 움직여야 했다.

절벽 위에 길게 늘어선 무림맹과 진천보 무사들이 손에 땀을 쥔 채 석도명의 분전을 지켜봤다. 기대와 달리 석도명이 제자리를 벗어나지 못하자 사람들 사이에서 탄식이 쉼 없이 흘러나왔다.

악착같이 버텨내는 것만 해도 용할 정도로, 희망이 별로 보이지 않는 싸움이었다.

"창을 투척하라!"

석도명이 기마대와 격돌하기를 수십 차례 반복하고 난 뒤, 여진군에서 투창 명령이 떨어졌다. 석도명이 기마대의 창을 쳐내고 다시 위로 도약하는 순간, 기다렸다는 듯이 수백 개의 창이 날아왔다.

석도명은 이제 싸우는 방식을 바꿀 수밖에 없었다. 이대로 기마대의 돌격과 투창 세례를 번갈아 받아내다가는 제자리에서 밤을 새우고도 남을 지경이었다.

석도명이 쏟아지는 투창을 밟으며 위로 솟구쳤다. 바람의 결을 타는 특유의 경공이 시전된 것이다.

석도명의 신형이 순식간에 높이 올라가자 여진군 사이에서 다급한 외침이 터져 나왔다.

"막아라, 막아!"

"헉, 난다. 날아!"

가까이 있는 기마대가 투창을 겨냥해 던지기엔 너무 멀었고, 멀리서 화살을 퍼붓자니 그 아래에는 기마대가 가득했다.

석도명이 허공에서 여유롭게 균형을 잡고 서서 발밑의 기마대가 우왕좌왕하는 모습을 내려다봤다. 기마대가 앞으로 치고 나온 탓에 그 뒤에 포진한 창병과 궁수대 앞쪽이 텅 비어 있었다.

'화끈하게 보여주란 말이지?'

휘이, 휘이잉.

석도명의 쇠 피리가 머리 위에서 긴 궤적을 그리며 기이하게 울기 시작했다. 그리고 묵철(墨鐵)로 만들어진 검은 쇠 피리가 붉게 달아오르며 화르르 불꽃이 피어났다.

"우와!"

"허공답보다!"

석도명의 신형이 허공에 둥실 떠오르는 순간, 절벽 위에서는 떠나갈 듯한 함성이 터졌다.
 석도명이 절정의 경공을 펼쳐 보이자, 희망의 불씨가 타오르는 것 같았다.
 그 뒤편에서 남궁설리의 보살핌을 받고 있던 한운영이 정신을 되찾은 건 바로 그 와중이었다.
 '어떻게 된 거지?'
 한운영은 주변의 상황을 이해할 수 없었다.
 무림맹 사람들이 어떻게 죄다 벼랑 위에 올라와 있을까? 진천보는 왜 공격을 하지 않는 것일까? 아니, 그보다 사람들이 왜 고래고래 소리를 지르며 먼 곳을 바라보고 있을까?
 한운영이 힘겹게 몸을 일으켜 세웠다. 저 멀리 사람들이 손을 흔들어 대는 곳에 누군가가 그림처럼 둥실 떠 있었다. 의식을 잃기 전에 본 것과 너무나 비슷한 장면이었다.
 "깨어났구나."
 남궁설리가 한운영의 손을 꼭 쥐었다. 남궁설리의 손은 땀에 젖어 있었다.
 "저 사람은 누구죠?"
 한운영의 질문에 남궁설리가 미소를 머금었다.
 "네가 맨날 구박만 하는 사람."
 "……."
 한운영은 아무 말도 하지 않았다.

'우리는 서로를 너무나 몰랐군요.'

 석도명이 저 정도의 무공을 보여주리라고는 상상도 하지 못했다. 당당한 석도명의 모습을 보고 있노라니 가슴이 벅차올랐다. 그러면서도 또 이상하게 슬펐다.

 허공에 홀로 떠 있는 탓일까? 석도명의 모습은 외로워 보였다. 수백 명의 사람이 그를 향해 뜨거운 환호를 보내고 있는데도 말이다.

 한운영은 아마도 자신의 마음이 너무 허해서 그런 것이라고 생각했다.

 퍼엉.

 석도명의 쇠 피리에서 마침내 불덩어리가 쏘아졌다. 석도명은 작심이라도 한 듯이 쇠 피리를 모질게 휘둘러 댔다.

 쇠 피리가 허공을 가를 때마다 날카로운 공명음과 함께 불덩어리가 퍼부어졌다. 여진군은 눈과 귀로 동시에 공포를 맛봐야 했다.

 퍼퍼퍼퍼펑.

 기마대와 창병 사이의 빈 땅이 삽시간에 불바다가 됐다. 석도명이 허공에서 걸음을 내딛는 것과 함께 불덩어리도 앞으로 움직였다.

 "으헉!"

 "으아악!"

여진군이 불덩어리를 피해 좌우로 갈라졌다. 공포에 질린 나머지 지휘관의 명령도 제대로 통하지 않았다.

지레 겁을 먹은 뒤편의 병사들마저 양쪽으로 물러나는 바람에 여진군 진영 정중앙에 잠깐이나마 일직선으로 길이 뚫리고 말았다.

반대로 벼랑 위에서는 또다시 함성이 터졌다.

조금 전 단호경이 보여준 것과는 차원이 다른 석도명의 불덩어리는 사람들의 가슴에 희망을 되살려주기에 충분했다.

"병사들이 너무 다치겠군."

아골타가 머리를 흔들었다.

표정은 태연했으나, 속으로는 완전히 질리는 기분이었다. 강호의 고수를 적으로 삼는다는 게 얼마나 골치 아픈 일인지를 이제야 실감할 수 있었다.

하지만 고수는 강호에만 있는 게 아니었다.

아골타의 손짓을 받은 15명의 철전사가 가운데 10명이 앞으로 나섰다. 나머지 다섯은 아골타의 주변을 삼엄하게 지켰다.

철전사는 아골타가 심혈을 기울여 조련한 무공의 고수들이다. 그 하나하나가 모두 절정고수라 하기에는 다소 미치지 못하는 부분이 있었지만, 아골타의 신변을 맡기기에는 부족함이 없었다.

요나라에 반기를 든 이래 아골타는 수도 없이 암습을 받았지만, 그 누구도 철전사를 뚫지는 못했다. 여운도가 황제도 두려워하는 절정고수를 언급했을 때 코웃음을 친 것도 믿는 구석이 있었기 때문이다.

철전사가 나서는 것을 본 전방의 기마대가 양편으로 갈라져 뒤로 물러났다. 대신 울지르가 1만 명의 궁기병을 이끌고 철전사의 뒤를 따랐다.

"사격!"

울지르의 명령과 함께 다시 화살이 퍼부어졌다.

울지르의 작전은 간단했다.

아무리 허공답보를 펼친다고 해도 인간의 몸으로 올라갈 수 있는 높이와, 허공에 머무는 시간에는 한계가 있기 마련이다. 화살로 상대를 괴롭혀 빨리 끌어내리는 것이 철전사를 돕는 길이었다.

석도명이 지면을 향해 쏜살같이 떨어져 내렸다. 자신에서 쏟아지는 화살의 궤적을 보고는 그 밑으로 파고든 것이다.

석도명은 처음부터 철전사를 노리고 있었다. 그들을 돌파하지 않는 한, 아골타의 목에 검을 겨누기는 원천적으로 불가능하다고 생각했기 때문이다.

궁기병대가 두 번째 화살을 시위에 걸었을 때 석도명은 이미 철전사와 격돌하고 있었다. 그 모습을 본 울지르가 궁기병대를 제자리에 세웠다.

석도명이 혹시 다시 경공을 펼쳐 중앙으로 파고들 것에 대비해 화살의 방어벽을 구축해 둔 것이다.

철전사와 석도명의 대결은 치열했다.

석도명이 한 번에 불덩어리를 세 개씩 퍼부어댔지만, 철전사는 당황하지 않고 이를 피해냈다. 무모하게 불덩어리를 직접 막아내거나, 병장기로 맞받아지는 짓은 결코 하지 않았다.

결정적으로 철전사가 석도명의 파상 공세를 피할 수 있었던 것은 무리하게 다가서는 대신, 충분한 거리를 두었기 때문이다.

그리고 그것을 가능하게 한 것은 철전사의 무기였다. 철전사는 세 종류의 무기를 썼다.

다섯은 검, 또 다섯은 창, 나머지 다섯은 쇄겸(鎖鎌; 사슬낫)을 썼다.

과거 장강에서 막간대채와 싸울 때 도와 창, 비도의 공격을 받았던 것과 꽤나 흡사한 구성이었다. 당시 석도명은 서로 다른 거리에서 접근해오는 상대방의 공격에 상당히 애를 먹었던 기억이 있다.

철전사의 합공은 좀 달랐다. 아무래도 불덩어리를 피하기 위한 고육책이겠지만, 공격 거리가 가장 긴 쇄겸 다섯이 앞을 맡고, 창 다섯이 뒤를 지키고 있었다.

낫에 달린 쇠사슬이 이리저리 움직이는 탓에 그 안으로 같은 편이 파고들 자리가 없는 탓이다. 검을 든 다섯은 아골타를 보호하는 중이었다.

석도명은 철전사의 노림수를 어렵지 않게 알 수 있었다. 쇄겸은 집요하게 석도명의 쇠 피리를 물고 늘어졌다.

상대의 병장기를 얽은 뒤에 창이나 검이 치고 들어가 마무리를 짓는 게 철전사의 방식인 모양이었다.

까강, 까강, 까강.

석도명이 팔을 한 번 내저을 때마다 몇 개의 쇄겸이 동시에 날아들어 불덩어리를 부수고, 쇠 피리를 휘감았다. 먼 거리에서 흩어진 불덩어리는 별 위협이 되지 못했다.

더구나 철전사 개개인의 내공이 얼마나 순후한지 쇄겸이 쇠 피리를 때리고 갈 때마다 저릿저릿한 충격이 전해졌다.

석도명은 식은땀이 났다.

철전사는 너무나 강했다. 열다섯 중에 다섯을 직접 상대하고 있을 뿐인데도 그 압박감이 부도문을 상대할 때와 비슷했다. 부도문이나, 여운도가 직접 나선다고 해도 혼자 철전사 다섯을 이기지 못할 것 같았다.

실제 철전사 개개인의 무공 수위는 절정고수에 크게 뒤지지 않았다. 다만 그들이 강호로 나가지 않고, 아골타를 따랐기에 아직 널리 이름을 알리지 못했을 뿐이다.

훗날 아골타가 금(金)나라를 세워 황제가 된 뒤 철전사는 금황철벽(金皇鐵壁)이라 불리며 황궁의 최후 보루로 오랫동안 이름을 날리게 된다.

'얼마나 더 버텨야 하지?'

자신의 한계가 드러나자 석도명은 마음이 급해지기 시작했다. 더 늦기 전에 달아나야 하는 게 아닐까 하는 조바심이 부풀어 올랐다.

철그럭.

쇄겸 하나가 쇠 피리를 휘감았다. 쇄겸이 쇠 피리를 물고 몇 차례 돌자 자루 끝에 달린 쇠사슬이 칭칭 감겨들었다.

석도명이 팔을 틀어 쇠 피리를 몸 쪽으로 끌어당겼다. 다행히 피리가 둥근 탓에 쇠사슬을 빠져나올 수 있었다. 문제는 무차별적으로 이어지던 석도명의 공격이 순간적으로 끊어졌다는 점이었다.

쐐액.

그 틈을 놓치지 않고 세 개의 창이 각기 다른 방향에서 찔러왔다. 그 뒤로는 두 개의 창이 허공으로 떠오르고 있었다.

석도명이 급히 발을 굴렀다. 아래쪽의 창을 쳐내다 보면 그다음 순간 머리 위에서 공격을 받을 판이었다.

다행히 철전사보다 석도명의 도약이 더 빨랐다. 앞뒤에서 떨어지는 창을 간신히 비집고 석도명의 신형이 위로 치솟았다.

석도명이 중간에서 몸을 틀었다. 발밑에서 쇄겸이 솟아오르고 있었지만, 마지막으로 해야 할 일이 있었다.

"화천대유!"

낭랑한 외침과 함께 석도명이 손을 아래쪽으로 비스듬히 뻗었다.

휘리리링.

쇠 피리에서 또다시 날카로운 공명음을 울렸다. 다만 이번에는 쇠 피리에서 불덩어리가 뿜어지지 않았다. 대신 불꽃에 휩싸인 쇠 피리가 직접 허공을 가르며 아골타를 향해 매섭게 날아갔다.

"으헛!"

불붙은 쇠 피리가 똑바로 날아들자 아골타는 자신도 모르게 헛바람을 뿜었다.

아골타를 지키고 있던 철전사 다섯이 쇠 피리를 향해 뛰어올랐다.

그와 동시에 호위대장이 다급하게 뛰어들어 아골타의 몸을 끌어안았다. 아골타가 호위대장과 함께 말에서 굴러 떨어지자 호위병 대여섯 명이 그 위로 몸을 날려 두 사람의 몸을 덮었다.

200여 명을 헤아리는 나머지 호위병이 그 주변을 겹겹이 눌러싼 채 방패를 치켜들었다. 몸으로라도 쇠 피리를 막아낼 심산이었다.

펑.

쇠 피리는 끝까지 날아가지 못하고 중간에서 터져 버렸다. 불덩어리로는 철전사의 방어망을 뚫을 자신이 없어서 쇠 피리에 화기를 있는 대로 눌러 담아 던진 것인데 거기까지가 한계였다.

철전사가 조각난 쇠 피리를 다시 한 번 쳐냈다. 뜨거운 쇠 부스러기가 여진군 위에 우박처럼 떨어졌다.

"으악!"

"앗 뜨거!"

하지만 그 순간 석도명도 무사하지는 못했다.

쇠 피리를 던지느라 잠시 몸을 멈춘 사이에 쇄겸이 날아들었다. 두 다리를 교차시키며 쇄겸을 차냈지만 철전사 하나가 집요하게 쇠사슬을 휘저어 석도명의 오른쪽 발목을 감는 데 성공했다.

석도명이 있는 힘을 다해 허공을 박찼지만 쇠사슬은 풀리지 않았다. 버둥대는 석도명의 모습은 마치 낚싯줄에 걸린 물고기 같았다.

철전사 두 명이 힘을 모아 석도명을 끌어내리는 사이에 또 하나의 쇠사슬이 왼쪽 발목을 휘감았다. 석도명의 몸이 더 이상 버티지 못하고 아래로 끌려 내려왔다.

당장이라도 석도명의 몸을 동강낼 수 있었지만, 철전사는 그러지 않았다. 경이로운 적을 사로잡고 싶었기 때문이다.

"우와!"

"아아!"

여진군 사이에서는 우레와 같은 함성이, 벼랑 위에서는 절망 어린 탄식이 동시에 터져 나왔다.

"어쩌면 좋니, 운영아……."

남궁설리가 안타까운 얼굴로 발을 동동 굴렀다.

"그가 혼자 가게 하는 게 아니었어요."

한운영이 그 한 마디를 남기고는 사람들을 헤치고 앞으로 걸어 나갔다.

어차피 석도명이 실패하면 모두 여진군 손에 죽을 운명이라고 했다. 이제 같이 죽을 시간이 된 모양이었다.

그 순간 절벽 밑에서는 울지르가 아골타를 향해 황급히 말을 몰고 있었다.

"칸은 무사하신가? 적은 제압됐다!"

울지르가 호위병들을 향해 다급하게 외쳤다.

호위병들이 인간 방패막을 풀자, 아골타를 제 몸으로 감싸고 있던 병사들이 하나둘씩 몸을 일으켜 세웠다. 마침내 제일 밑에 깔려 있던 아골타의 모습이 드러났다.

"헉!"

호위병들의 입에서 경악성이 터져 나왔다. 그리고 200여 명의 호위병들이 놀란 얼굴로 주춤주춤 물러났다. 변고를 알아차린 철전사 다섯이 황급히 달려왔지만 그들 또한 얼어붙었다.

아골타 옆에는 호위대장이 목덜미를 찔린 채 죽어 있었다.

그러나 호위병들을 놀라게 한 건 호위대장의 죽음이 아니었다. 아골타의 목에 시퍼런 비수가 겨눠져 있었다. 아골타를 껴

안은 채 비수를 겨누고 있는 건 호위병 복장을 한 낯선 사내였다.

그 사내가 아골타의 목에 칼을 겨눈 채 천천히 일어났다.

"넌 누구냐?"

호위병들을 헤치며 나타난 울지르가 날카롭게 외쳤다.

충격보다 분노가 앞섰다. 10만 대군 한가운데서 칸의 목숨이 적의 손아귀에 떨어지다니!

아골타 또한 눈을 부릅뜬 채 입을 열지 않았다. 노여움을 참지 못하는 표정이었다.

"끄끄끄, 확실히 너희 편은 아니지."

사내가 쇳소리를 내며 웃었다. 부도문이었다.

"뭘 원하는가?"

"끄끄, 내 편은 무사하냐?"

울지르는 상대가 말하는 '내 편'이 석도명을 가리키는 것임을 알았다.

뒤통수를 맞은 기분이었다. 대체 어느 틈에 저자가 여기까지 파고 들어왔는지, 어떻게 그걸 전혀 몰랐는지 생각할수록 기가 막혔다.

"우리가 사로잡았다."

"끄끄, 보여줘."

울지르의 지시에 따라 석도명이 끌려왔다.

"에고, 시키는 대로 하다가 죽을 뻔했습니다."

석도명의 푸념 아닌 푸념에 부도문이 이를 드러내며 웃어 보였다.

"망할 놈, 이런 데는 왜 와가지고. 애들이 없었으면 굶어 죽을 뻔했다."

부도문의 등장이 석도명에게는 반갑기도 하고, 놀랍기도 했다.

석도명이 여가허를 떠나기 직전에 무림맹의 일에 연루되지 않는 게 좋겠다고 했을 때 부도문은 '내 일은 내가 알아서 한다'고 시큰둥하게 대답했다.

설마 무리를 하지는 않겠거니 했는데 이 황량한 곳까지 따라오고야 만 것이다. 하긴 부도문의 고집을 누가 꺾겠는가?

사실 석도명이 혼자 여진군을 상대하겠다고 나선 것은 부도문의 전음을 받고서였다.

부도문은 잔뜩 소란을 피워 적의 관심을 끌어달라고 했고 석도명은 불과 소리로 적의 이목을 한껏 흐려놓음으로써 기대에 멋들어지게 부응한 것이다.

전후 사정을 알지 못하는 울지르가 어이없는 표정으로 머리를 흔들었다.

10만 대군에 둘러싸인 처지에 이런 한가한 이야기를 주고받을 여유가 있단 말인가? 그것도 자기 주군의 목을 틀어쥐고서 말이다.

그제야 아골타가 입을 열었다.

"둘이 한통속이었더냐?"

"하나가 덤벼도 받아줄 것이요, 전체가 달려들어도 받아줄 것이다……. 그러지 않으셨습니까?"

"으허허……. 그랬지."

아골타가 쓰게 웃었다.

이제 와서 비겁하게 뒤통수를 쳤다고 화를 낼 순 없었다. 어떤 이유로든 빈틈을 보인 게 잘못이었다.

"네가 이겼다. 나 아골타는 약속을 지키겠다."

그 말을 듣고서야 부도문이 아골타의 목에서 칼을 거뒀다.

아골타가 자신의 말에 올라 우렁차게 소리쳤다.

"지주구로 퇴각한다!"

뿌우—

퇴각을 알리는 뿔피리가 울리자 여진군 선두가 좌우로 갈라지며 벌판을 선회해 지주구로 방향을 틀었다.

아골타가 말을 몰아가기 전에 석도명에게 물었다.

"자네들의 이름을 물어도 되겠는가?"

"저는 석도명이고, 제 형님의 함자는 부도문입니다."

"두 사람을 평생 잊지 못하겠군."

부도문이 되받아치기를 잊지 않았다.

"끄끄, 나는 술맛을 잊지 못할 거야. 지독하게 쓰더군."

중간에서 말을 전하던 울지르가 그 말에 쓴웃음을 지었다.

군령으로 목을 베려던 술 도둑을 이제야 찾은 것이다. 물론

목을 벨 수 있는 상대는 아니었다.

울지르는 부도문의 마지막 말을 아골타에게 차마 통변하지 못했다. 자고로 사나이가 절대로 빼앗겨서는 안 되는 게 술과 여자와 자존심이었다.

아골타가 이끄는 여진군은 그렇게 혈랑애를 떠나갔다.

여진군이 빠져나간 자리에 석도명이 털썩 주저앉았다.

새벽부터 격전에 격전을 치른 터라 심신이 지칠 대로 지친 상태였다. 긴장의 끈이 끊어지자 견딜 수 없는 피로가 몰려들었다.

그래도 여유를 되찾은 탓일까? 잊고 있던 사실 하나가 불쑥 떠올랐다.

석도명이 갑자기 머리를 감싸쥐었다.

"아, 왕문 아저씨한테 뭐라고 하지?"

조금 전에 터뜨려 먹은 쇠 피리가 생각난 것이다.

그 모습을 보고 부도문이 소리 내어 웃었다.

벌판 저편에서는 한 무리의 사람들이 석도명의 이름을 외치며 달려오고 있었다.

제10장
승천패(昇天牌)의 출현

　무림맹 별전대가 모용세가를 출발한 것은 혈랑애에서 돌아와 달포 가까운 날짜가 흐른 뒤였다. 부상자를 치료하고, 모용세가의 무림맹 탈퇴에 따른 몇 가지 현안을 정리하느라 적잖은 시간이 소요됐기 때문이다.

　요나라 남경인 석진부에서 관도를 따라 서남쪽으로 비스듬히 300여 리를 내려오면 보정(保定)이라는 도시를 만나게 된다. 본시 평범한 시골 마을이었던 보정이 큰 도시로 변한 것은 역설적이게도 거란족의 침입 덕분이다.
　100여 년 전 요나라가 송나라 땅이었던 연운 16주를 점령하면서 보정은 송나라 국경선 바로 안쪽에 자리를 잡게 됐다.

그리고 단연의 맹에 의해 해마다 송나라에서 요나라로 가는 막대한 물량의 비단과 은이 보정을 거쳐 석진부로 들어갔다. 그 덕에 보정은 송나라와 요나라의 교역을 중개하는 거점지로 급성장을 이룬 것이다.

보정의 거리는 오늘도 인파로 넘쳐났다. 요나라 동쪽이 아골타의 군대에 유린을 당하고 있음에도 불구하고 보정과 석진부 사이를 오가는 상인들은 여전히 분주했다.

그 상인들 덕분에 먹고 사는 전영객잔에도 손님이 넘쳐나고 있었다. 요나라에서 들어온 광정상회(廣正商會)의 상단이 이곳에 짐을 푼 덕분이다.

전영객잔의 주인인 장팔고(張八庫)는 몸소 식당에 나와 손님들을 살피느라 부산을 떨었다. 광정상회에 잘 보여 단골로 붙잡아 보겠다는 마음에서다.

광정상회의 상단은 숫자가 100명에 이르는 제법 큰 규모였다. 더욱이 물건을 나르는 짐꾼이 30여 명인데 비해 호위무사가 60명을 헤아렸다.

자고로 호위무사의 숫자가 많을수록 내실이 있는 법이다. 양가죽같이 평범한 물건을 산더미처럼 쌓아가지고 운반하는 가난한 상단의 경우에는 짐꾼이 호위무사보다 서너 배 이상 많은 게 보통이다.

헌데 광정상회는 보기 드물게 호위무사가 많았다. 귀한 물건을 나르고 있다는 증거였다. 그리고 이런 알짜 상단일수록 씀씀이가 좋기 마련이었다.

장팔고의 기대에 부응이라도 하듯이 광정상회 사람들은 일개 호위무사까지도 값비싼 음식을 주저하지 않고 주문해댔다.

'흐흐, 요즘 같은 때 이런 손님을 어디 가서 만나냐고?'

흐뭇한 눈길로 식당 안을 살펴보던 장팔고의 얼굴에 갑자기 먹구름이 몰려들었다.

10여 명의 사내들이 문을 거칠게 밀어젖히면서 안으로 들어서고 있었다.

보정에서 제법 힘을 쓰는 도호문(道護門)의 제자들이다. 도호문은 '도를 보호한다'는 이름과 달리, 힘을 과시하는 데만 혈안이 된 탓에 평이 별로 좋지 않았다.

그리고 도호문이 주로 힘을 쓰는 상대는 상점이나 주루, 객잔 등이었다.

"하이고, 구 소협께서 오셨군요."

장팔고가 호들갑을 떨며 달려가 도호문의 제자들을 맞았다. 하필이면 도호문 문주의 아들인 구정수(具靜水)가 끼어 있었기 때문이다.

구정수가 장팔고의 인사를 받는 둥, 마는 둥 하며 객잔 안을 둘러봤다.

"장사가 잘 되는군. 좋겠소."

다행히도 구정수는 평소와 달리 크게 소란을 떨지 않았다.

광정상회 사람들 가운데 검을 소지한 무사들이 60여 명이나 되는 게 은근히 부담스러웠나 보다.

일이 틀어진 건 구정수 일당이 장팔고의 안내를 받아 2층으로 올라가던 도중이었다. 무심히 고개를 돌린 구정수의 눈에 구석 자리에서 식사를 하고 있는 노인과 젊은 여인의 모습이 들어왔다.

노인은 행색이 꾀죄죄하기 짝이 없었지만, 손녀쯤으로 짐작되는 여인의 모습은 너무나 아름다웠다.

구정수가 침을 꿀꺽 삼키며 돌아섰다.

"오우, 이쁜데!"

"야아, 술맛이 확 도는구먼."

"크, 남자를 살살 녹이겠어."

구정수가 돌아선 까닭을 눈치챈 도호문의 제자들이 여인의 몸을 아래위로 훑어보며 왁자지껄하게 떠들어 댔다.

그런 놀림에 꽤나 단련이 됐는지, 노인과 여인은 아무런 반응을 보이지 않고 조용히 식사를 계속했다.

하지만 상대가 점잖게 나올수록 더 잔인하고 집요해지는 게 3류 건달들의 전형적인 특징이다. 불행하게도 도호문 제자들의 수준이 딱 그 정도였다.

구정수의 눈짓을 받은 사내 하나가 노인과 여인이 앉아 있는 자리로 다가갔다.

"도호문의 소문주께서 아가씨와 통성명이나 하자고 하시

오. 잠시 나를 따라오시오."

사내는 노인은 안중에도 없다는 듯이 다짜고짜 여인에게 말을 건넸다. 얼굴은 웃고 있지만, 말을 듣지 않으면 강제로 끌고 갈 기세였다.

"어이쿠, 대협! 제 손녀 아이를 예쁘게 봐주신 것은 감사하지만……."

노인이 황급히 일어나 허리를 굽혔다. 초라한 행색에 걸맞게 비굴함이 잔뜩 밴 몸짓이었다.

"노인장은 밥이나 처먹고 계시지."

사내가 한 손으로 노인의 빈약한 어깨를 찍어 누르며 으름장을 놓았다.

사내의 호통이 지나치게 컸던 탓에 손님들 가운데 여러 사람이 눈살을 찌푸렸다.

광정상회의 호위무사 가운데 유난히 덩치가 큰 사내가 화를 참지 못하고 벌떡 자리에서 일어났다.

그 옆에 앉아 있던 곱상하게 생긴 청년이 얼른 덩치 큰 사내의 손을 끌어 당겼다.

미녀를 돕지 않고는 살 수 없는 단호경과 설불리 나서기를 좋아하지 않는 석도명이었다.

두 사람의 주변에는 무림맹주 여운도와 무소진을 비롯한 무림맹의 고수들이 즐비하게 흩어져 있었다.

신분에 어울리지 않게 고급스런 음식을 먹고 있던 광정상회

소속의 무사들은 사실 무림맹 별전대였다. 귀환길에 주변의 이목을 피하기 위해 상단으로 가장해 이동 중이었다. 광정상회가 운반하는 귀중한 물건들이란 사실은 모용세가가 감사의 뜻으로 무림맹에 보내는 특산물이었다.

이 자리에 보이지 않는 사람들도 꽤 있었다. 한운영과 남궁설리는 남자들의 시선을 집중시킨다는 이유로, 무량진인과 성목을 비롯한 도사와 승려들은 복장이 튀는 관계로 따로 움직이고 있었다.

석도명이 단호경을 말린 것은 물불을 못 가리는 성격 때문에 자칫 정체를 드러낼 수 있다는 염려 때문이었다. 굳이 단호경이 날뛰지 않아도 노인을 도와줄 사람은 많았다. 지금 이곳에는 정파를 대표하는 협사들이 즐비하지 않은가?

"헤헤, 왜 이러십니까? 이러다 큰일 나겠십니다요."

노인이 여전히 비굴한 음성으로 도호문의 제자에게 매달렸다.

"흥, 네가 일단 큰일을 당해봐야 정신을 차리겠구나!"

사내가 노인의 얼굴을 향해 주먹을 휘둘렀다. 주제를 알고 얌전히 있으면 좋으련만, 성가시게 들러붙는 것을 보니 맞아야 정신을 차리는 부류다. 계집을 고분고분하게 만들기 위해서라도 매를 아낄 필요가 없었다.

그게 사내의 생각이었다.

"억!"

하지만 다음 순간 배를 움켜쥐고 쓰러진 것은 사내 자신이었다.

우당탕탕.

도호문의 제자들이 일제히 자리를 박차고 일어났다. 노인에게 한 수가 있음을 즉시 알아챈 사내들은 망설이지 않고 검을 뽑아들었다.

퍼퍼퍽.

사람의 신체와 신체가 만나는 소리가 연달아 터지더니 구정수와 수하들이 바닥에 길게 누웠다.

"으…… 두고 보자."

구정수가 이를 갈면서 객잔 밖으로 사라졌다. 다른 사내들이 뒤도 돌아보지 않고 허겁지겁 그 뒤를 쫓았다.

객잔 안이 잠시 술렁였지만 정작 노인은 아무 일도 없다는 듯이 가볍게 손을 털고 자리에 앉았다.

사태를 조용히 지켜보던 광정상회의 무사들, 그러니까 별전대 또한 조용히 고개를 돌렸다. 상황이 잘 마무리됐으니 계속해서 호위무사 노릇을 하고 있으면 그만이었다.

그런데 잠시 뒤 여운도가 먼저 식사를 끝내고는 객방으로 이어지는 통로를 통해 밖으로 나갔다.

그리고 연이어 석도명이 자리에서 일어섰다.

"엥, 벌써 가?"

단호경이 의아한 표정을 지었다.

"먼저 가서 좀 쉬려고요."

천리산과 이광발이 호들갑을 떨며 끼어들었다.

"에이, 이제부터 한 잔 하려는 참인데 어딜 가시려고?"

"그럼, 그럼. 석 영웅께서 너무 빼시면 우리 같은 소졸들이 너무 섭하지."

"어이쿠, 영웅이라뇨? 가당찮은 이야깁니다."

석도명이 황망히 손을 내저었다.

혈랑애의 싸움이 있고 난 뒤로 자신을 보는 눈이 너무 변해서 불편하기 짝이 없었다. 일부 사람들이 '석 영웅, 석 영웅' 하며 침을 튀길 때는 정말 쥐구멍에라도 숨고 싶은 마음이 들었다.

본인이 싫어하는 걸 알기에 천리산 등은 석도명을 놀려 먹을 때마다 '석 영웅'이라고 불러댔다. 지금도 석도명이 자신들을 뿌리치고 일어서면 밤이 새도록 영웅 타령을 할 기세였다.

그러나 석도명에게는 반드시 일어서야 할 사정이 있었다. 문제는 석도명이 워낙에 둘러대는 재주가 없다는 것이다.

"사실은 제가 좀……."

석도명이 우물쭈물하며 말을 잇지 못하자 이광발이 손가락으로 천장을 가리키며 물었다.

"왜? 가보실 데가 있어서?"

"아하하! 그런 심오한 배려가!"

"형님들 눈치껏 살자구요!"

천리산과 구엽이 박장대소를 했다. 이광발이 2층을 가리킨 이유를 알기 때문이다. 그곳에는 다른 일행으로 가장한 한운영과 남궁설리가 있었다.

"허참…… 너무들 하십니다."

석도명이 대꾸를 하지 못한 채 황급히 자리를 떴다. 한운영의 얼굴을 보러 가려는 게 아니라고 정색을 하자니 그게 더 우스운 일이 될 것 같았다. 지금으로서는 더 붙잡지 않는 걸 다행으로 여겨야 했다.

석도명이 역시 객방으로 이어지는 통로를 따라 사라진 뒤, 또 다른 사람이 슬그머니 자리에서 일어났다. 무소진과 사마형이었다.

잠시 뒤 여운도의 방에 석도명과 무소진, 사마형이 모였다.

"무슨 일이십니까?"

무소진은 여운도가 전음을 보내 세 사람을 긴히 불러 모은 데는 그만한 이유가 있을 것임을 믿어 의심치 않았다.

더구나 여운도가 따로 불러 모은 사람의 면면도 범상치 않았다. 2층에 있는 무량진인과 소인종을 제외하면 자신과 석도명이 가장 강한 고수였다.

그리고 사마형은 별전대의 책사다. 무공과 머리가 동시에 필요한 일이 생겼음이리라.

"아까 그 노인이 누군 줄 아는가?"

"생소한 외모였습니다만."

무소진이 고개를 저었다. 자신이 직접 아는 사람은 물론, 소문으로만 들은 고수들 가운데도 그 노인의 용모와 맞아 떨어지는 사람은 떠오르지 않았다.

"내 눈이 틀리지 않았다면, 이적행(李適行)일 걸세."

"아니, 이적행은 젊은 시절에 풍류공자 소리를 듣던 미남이 아닙니까?"

무소진이 믿기 어렵다는 반응을 보였다.

그도 그럴 것이 노인의 외모에는 풍류공자의 흔적이 조금도 남아 있지 않았다.

"그가 보여준 수법은 분명 손절고권(猻節高拳)이었다네."

"아, 손절고권……."

사마형이 고개를 끄덕였다.

손절고권은 한 갑자(60년) 전 정사지간의 고수로 이름을 날렸던 이고당(李菰棠)의 독문무공이다. 그제야 이고당에게 오래전에 종적을 감춘 이적행이라는 아들이 있었다는 사실이 떠올랐다.

하지만 노인의 정체가 이적행이라는 사실과 여운도가 자신들을 은밀히 불러 모은 까닭은 여전히 이해되지 않았다.

그 의문을 풀어줄 사람은 역시 여운도뿐이었다.

"내가 이적행을 만난 건 지금으로부터 30여 년 전, 그러니까 그가 종적을 감추기 얼마 전이었다네. 당시 그는 부친의 유품을 찾는 일에 10년 넘게 매달려 있었지. 알려진 대로 그의 부친은 양곡에서 숨을 거뒀다네."

여운도가 잠시 말을 끊었다.

무소진과 사마형이 긴장한 얼굴로 서로를 마주 봤다.

정사지간의 고수였던 이고당이 정파의 고수들과 함께 양곡 대전에 참가한 것은 제법 유명한 일이었지만 세상에 거의 알려지지 않은 사실이 하나 더 있었다.

이고당이 주먹에 끼고 있던 금강철권(金剛鐵拳)이라는 희대의 병기가 현장에서 감쪽같이 사라진 것이다.

이고당의 목숨을 거둔 천마협의 고수가 금강철권을 챙겨서 달아났다는 게 정설이었지만, 일각에서는 정파의 인물이 몰래 가로챈 것 아니냐는 소문도 끊이질 않았다.

여운도가 말한 이고당의 유품이란 분명 금강철권을 가리키는 것이 분명했다.

이적행과 금강철권, 그리고 천마협.

무소진과 사마형의 머릿속에서 그 세 개의 단어가 짜 맞춰졌다.

이 자리에서 그 의미를 짐작하지 못하는 사람은 석도명뿐이었다. 강호의 역사에 대해 공부를 했다고는 하나, 그 기간이 너무 짧았다.

여운도가 말을 멈춘 것은 석도명에게 따로 설명이 필요하지 않을까 하는 생각이 들었기 때문이다.

"석 악사에게는 다소 생소한 이야기겠구먼."

"시간이 많지 않은 듯하니 일단은 결론부터 듣겠습니다."

여운도가 미소를 지어 보였다. 석도명의 대답에서 자기를 내세우기보다는 다른 사람을 먼저 배려하는 자세가 돋보인 탓이다.

"나의 기우(杞憂; 쓸데없는 걱정)일지 모르겠으나, 이적행이 30여 년 만에 모습을 드러냈다는 게 왠지 마음에 걸리네. 이 일을 잠시 알아볼 필요가 있을 것 같다는 생각일세."

무소진과 사마형이 말없이 고개를 끄덕였다.

충분히 이유가 있는 일이었다. 아니, 설령 자신들이 반대한다고 해도 여운도 혼자서라도 쫓아나갈 것이 분명했다. 천마협에 관해서는 한없이 집요해지고, 철저해지는 것이 여운도였다.

"나와 무 대협, 석 악사는 지금 곧장 이적행을 따라갈 걸세. 소군사는 이곳에 남아 뒤처리를 맡아주게. 먼저 2층에 은밀히 기별을 넣고, 우리가 밖으로 나갔다는 사실이 알려지지 않도록 해주길 바라네."

"예, 알겠습니다."

사마형이 망설임 없이 대답을 했다.

하지만 마음은 편치 않았다. 여운도가 석도명과 무소진을 고른 것은 이적행 정도의 고수를 은밀히 쫓기 위해서는 아무나 데려갈 수 없다고 판단했기 때문일 것이다. 올바른 결정이라고 생각하면서도 왠지 서운한 마음이 드는 것을 어쩔 수 없었다.

 잠시 뒤 석도명과 여운도, 무소진은 보정을 남쪽으로 벗어나 인적 드문 벌판에 도착해 있었다.
 세 사람은 어둠 속에서 몸을 낮춘 채 전방을 주시하고 있었다. 은폐물을 찾기 힘든 허허벌판인 탓에 섣불리 앞으로 나갈 수가 없었다.
 "노인이 멈춰 서서 더 이상 움직이지를 않습니다. 나무를 긁어모으는 소리가 들리는 것을 보니 야영을 할 생각인가 봅니다."
 석도명이 특기를 발휘해 어둠 속의 상황을 정확하게 짚어냈다.
 식사를 마치고 급히 객잔을 떠나기에 중대한 용무가 있을 것이라고 생각했는데, 이적행은 벌판 한가운데서 밤을 보내려는 모양이다.
 "흠, 야영이라……. 직접 부딪쳐 볼까?"
 여운도가 앞장서서 걷기 시작하자 석도명과 무소진이 그 뒤를 따랐다.
 머지않아 저 멀리에서 불빛이 보였다. 석도명의 말대로 이적행이 모닥불을 피운 것이다. 석도명 일행은 그 불빛을 향해 서두르지 않고 걸어갔다.

이적행과 젊은 여인은 모닥불을 바라보며 말없이 앉아 있었다. 사람이 다가오는 기척을 느꼈을 텐데도 전혀 흔들림을 보이지 않았다.

"험험, 지나가는 길에 불빛을 보고 들렀습니다. 잠시 불이나 쬐다 가도 되겠습니까?"

여운도의 연기력이 신통치 못했던 탓일까?

이적행이 코웃음을 쳤다.

"도호문인지 뭔지 하는 것이 성가셔서 피해왔더니 엉뚱한 자들이 따라붙었군."

"허허, 노선배께서 그리 말씀하시니 몸 둘 바를 모르겠습니다."

여운도가 너털웃음을 지으며 불가에 털썩 주저앉았다.

역시 자신의 정체를 감추고 상대를 떠보는 짓은 성미에 맞지 않았다. 게다가 지켜보는 이목이 없으니 좀 더 솔직한 대화를 해도 될 것 같았다.

석도명과 무소진 또한 말없이 여운도 옆에 자리를 잡았다.

"노선배? 나를 아는 듯한 말투로군."

"허허, 세월이 30년을 훌쩍 넘었는데도 선배의 손절고권은 여전하시더군요."

"……"

이적행이 여운도를 쏘아봤다. 상대는 자신을 아는데, 자신은 상대를 모른다는 불편함이 고스란히 담긴 눈길이었다.

"아마 주천(酒泉)이었지요? 제가 선배에게 겁 없이 대들었던 게……."

이적행이 뭔가를 기억해내고는 놀라서 입을 다물지 못했다.

"서, 설마……."

천마협의 흔적을 캐기 위해 서쪽으로 가던 길에 가욕관 부근의 주천에서 누군가와 심하게 싸웠던 기억이 있었다.

나중에 서로를 천마협의 잔당으로 오해했다는 걸 알고는 얼마나 민망했었던지. 게다가 알고 보니 두 사람은 천마협에게 가족을 잃은 동병상련의 아픔까지 갖고 있었다.

멋없이 키만 크던 젊은 청년이 이제는 50대 중반의 장부가 되어 나타난 것이다. 그것도 천하가 알아주는 절정고수가 되어서 말이다.

이적행이 여운도의 손을 와락 잡아당겼다.

두 사람 사이에 잠시 침묵이 흘렀다. 흥분의 여운을 삭이기 위한 시간이 필요했으리라.

"자네를 여기서 만나다니 이 무슨 우연이란 말인가?"

"저도 선배를 보고 깜짝 놀랐습니다. 대체 이곳에는 어쩐 일이십니까?"

이적행이 대답 대신 무소진과 석도명을 바라봤다. 두 사람을 믿어도 좋으냐는 물음이었다.

"이쪽은 철응 무소진 대협이고, 이 친구가 요즘 떠들썩한 석도명이라는 청년입니다. 장강 이남에서는 칠현검마로 불리고, 여진족에게는 신적비장(神笛秘將)이라는 이름을 얻었지요. 두 사람 모두 무림맹의 기둥입니다."

"호오……."

이적행이 두 사람을 다시 바라봤다.

무소진의 명성이야 오래 전부터 소문으로 들어 알고 있었고, 석도명 또한 근자에 그 이름이 무섭게 퍼져 나가고 있었다. 적어도 황하 이북에서는 그 이름을 모르는 사람이 없다고 해도 과언이 아니었다.

이적행이 잠깐 고민을 하더니 입을 열었다.

"얼마 전 오태산 부근을 지나다가 산적들과 시비가 붙었다네. 이 아이의 미색이 문제였지. 아, 소개가 늦었군. 늘그막에 얻은 하나뿐인 손녀일세."

"이진매(李眞梅)라고 합니다."

이적행의 손녀가 수줍게 고개를 숙였다.

이적행이 그 모습을 대견스런 눈길로 바라보다가 고개를 흔들었다.

"참, 이럴 때가 아니로군. 산적들을 때려눕히는 건 일도 아니었네만, 그중 한 놈이 기를 쓰고 달아나더군. 게다가 산적치고는 무공도 범상치 않고. 그래서 끝까지 쫓아가 놈을 따라잡았는데 혀를 물고 자결을 해 버렸다네. 그자의 품에서 이게 나왔지."

이적행이 품에서 뭔가를 꺼내 여운도에게 건넸다. 그길 받아든 여운도의 얼굴이 충격으로 물들었다.

이적행이 건넨 물건은 보통 엽전 크기에 불과한 작은 동패와 한 장의 종이였다. 동패에는 양각(陽刻; 돋을새김)으로 두 글자가 새겨져 있었다.

승천(昇天).

여운도가 이를 악문 채 그 두 글자를 노려봤다. 평생 잊지 못하는 저주스런 이름, 천마협의 물건이었다.
여운도가 이번에는 종이를 펼쳤다. 그곳에는 밑도 끝도 없이 세 글자가 적혀 있었다.

신가촌(新家村).

어딘가의 지명이었다. 아마도 그곳에 가면 천마협의 꼬리를 밟을 수 있을 터였다.
"여기가 어딘 줄 아십니까?"
여운도가 난감한 얼굴로 물었다.
신가촌은 말 그대로 새집으로 이뤄진 마을 즉, 새로 생긴 고을이라는 뜻이다. 너무나 평범하고 흔한 이름이었다.
"흐흐, 내가 누군가? 그걸 알아내기 위해서 찬바람 맞아가며 오태산 산채 밑에서 꼬박 한 달을 버텼지. 예상대로 산적 놈들이 떼 지어 어디론가 가더군."
"그러면……."

여운도의 음성이 가늘게 떨렸다. 이적행은 신가촌으로 가고 있었던 것이다.

*　　*　　*

여운도가 이적행을 따라갔다는 소식을 전해들은 뒤 무당파의 무량진인과 화산파의 소인종, 청성파의 도진명, 종남파의 왕지량이 은밀하게 만났다.

"무소진은 그렇다 치고 석도명이라……."

소인종이 어딘가 불편한 음성으로 낮게 중얼거렸다.

무소진이야 원래 여운도에게 반해 무림맹에 들어온 사람이다. 그가 여운도의 측근임은 천하가 다 알고 있다.

하지만 전혀 왕래가 없던 여운도와 석도명이 혈랑애 싸움 이후로 부쩍 가까워진 건 꽤나 거슬리는 일이었다. 석도명 정도의 고수가 여운도의 수족이 된다는 건 십대문파를 견제할 세력이 더 강해진다는 의미였다.

"그러게 말이올시다. 그자가 본시 사마중을 통해 무림맹에 첫선을 뵈지 않았소이까. 그가 뒤에서 계속 손을 쓰고 있겠지요."

소인종이 완곡하게 불편함을 드러낸 데 비해 왕지량은 보다 노골적이었다. 여운도와 한통속인 사마중까지 거론함으로써 석도명을 확실하게 십대문파의 적으로 돌리고 싶었다.

"글쎄요, 남궁세가가 그를 사윗감으로 점찍었다고 들었소이다만…… 남궁세가와 사마세가는 가는 길이 다르지 않소이까? 따지고 보면 십대문파가 그의 진가를 몰라보고 너무 홀대했던 감이 없지 않지요."

무량진인의 말은 석도명에 대해 너무 빨리 단정을 짓지 말자는 의미였다. 은근히 십대문파의 실책을 지적한 그의 말은 사실 자기 자신을 향한 것이었다.

자기 또한 석도명이 주제를 모르고 지나치게 뻣뻣한 젊은이라고 생각하지 않았던가. 석도명 같은 기재를 좀 더 일찍 가까이 두지 못한 것이 아쉽기만 했다.

"제가 듣기로는 남궁세가와의 혼사는 물 건너갔다고 합디다. 오히려 여운도의 조카를 집적댄다는 소문이 파다하더이다만…… 하여간 여기저기 빌붙기를 좋아하는 놈인 건 분명하외다."

왕지량이 다시 석도명을 헐뜯고 나섰다.

명색이 십대문파의 장로쯤 되어 가지고 확인되지 않은 연애설을 입에 담기가 민망했지만, 석도명에 대한 시기와 증오가 걷잡을 수 없을 정도로 커진 상태였다.

"허허…… 왕 장로가 정보에 그리 밝으신 줄은 몰랐소이다."

청성파의 도진명이 왕지량의 채신머리없는 처사를 슬쩍 비꼬았다. 그 또한 석도명을 옹호하는 듯한 모습이었다.

왕지량이 면구스러운 얼굴로 입을 다물었다.

무량진인이 어색해진 분위기를 추스르고 나섰다.

"자자, 너무 앞서 가지 말고 신중하게 지켜봅시다. 어쨌거나 이번 일로 가장 큰 공을 세운 사람은 석 악사와 맹주의 질녀가 아니겠소이까? 그 두 사람이 가깝게 지낸다면 그 파급이 만만치 않을 것이오."

"공을 따지자면 수상한 놈이 하나 더 있었지요. 부도문인지 뭔지 하는……."

왕지량이 다시 볼멘 소리를 했다.

큰 공을 세워서 종남파의 위신을 살려볼까 했는데 결과적으로 모든 공과 영광은 전부 석도명 주변으로 몰린 꼴이었다.

이번에는 무량진인과 소인종도 고개를 저었다. 부도문을 떠올리자 머릿속이 더욱 엉켰기 때문이다.

부도문은 결정적인 순간에 나타나서 무림맹을 구해 주고는 인사도 받지 않고 홀연히 사라졌다. 석도명에게 물어봐도 부도문에 대해서는 시원한 이야기를 들을 수가 없었다.

강호의 중심이 십대문파가 아닌, 신비고수에게 쏠리는 것은 아무래도 위험한 일이었다.

그 뒤로 대화가 잠시 더 오갔지만, 특별한 이야기는 나오지 않았다. 석도명에 대해서는 좀 더 두고 볼 필요가 있었고, 여운도가 천마협이라면 자다가도 벌떡 일어나는 것도 새삼스런 일은 아니었다.

십대문파에게 천마협이란 여운도와 사마중이 무림맹을 틀어쥐기 위한 구실로만 보였다. 그것도 약발이 다해 가는 중이었지만 말이다.

* * *

 광정상회의 행렬은 다음날 예정대로 전영객잔을 출발해 관도를 따라 남쪽으로 이동했다. 하지만 보정 외곽을 벗어난 뒤 수송마차를 뒤따르는 호위무사의 수는 10명으로 줄어 있었다.

 상단행렬에서 이탈한 별전대 50여 명은 서남쪽으로 30여 리를 달려 어느 나지막한 언덕에서 걸음을 멈췄다. 그곳에는 여운도와 석도명, 무소진이 기다리고 있었다.

 그리고 잠시 뒤에 10여 명의 사람들이 더 나타났다. 마차 두 대를 세내어 따로 움직이고 있던 무량진인과 한운영 등이다.

 어제 저녁만 해도 천마협에 대해서는 별로 걱정을 하지 않던 무량진인과 소인종 등의 얼굴에 긴장감이 역력했다. 여운도가 보내온 승천패는 십대문파에서도 쉽게 흘려보낼 수 있는 물건이 아니었다.

 "상황이 어떻소이까?"

 무량진인이 서둘러 물었다.

 "석 악사가 방금 주변을 살피고 왔으니 그의 말을 들어봅시다."

 여운도는 석도명을 여전히 악사라고 불렀다. 석도명이 그걸 진심으로 원했기 때문이다.

 사실 혈랑애 싸움 뒤로 사람들은 석도명을 어떻게 대해야 할지 난감했다. 그동안 알게 모르게 석도명을 홀대하고 무시했던 사람이 대부분인 탓이다. 석도명에 대한 인식이 바뀌자 호칭 또한 '소협'이나, 심지어는 '영웅'으로 달라졌다.

　석도명은 그 같은 호칭을 한사코 사양했다. 사람들이 자신을 무시할 때는 '악사'로 부르고, 그렇지 않을 때는 다른 이름으로 부른다는 게 싫었다. 그걸 받아들이면 '악사는 무시해도 좋다'는 편협한 태도를 스스로 인정하는 격이었다.

　석도명이 언덕 너머 남쪽으로 펼쳐진 황량한 벌판을 가리키며 입을 뗐다.

　"저 끝에 보이는 곳이 바로 신가촌입니다. 본래는 보정 일대에 인구가 늘자 그쪽에 곡식을 팔아볼 요량으로 사람들이 모여들어 밭을 개간하면서 생긴 마을입니다. 하지만 이 일대 토양에 염분 성분이 과다해서 작물이 잘 자라지 않는 바람에 10년 넘게 버려져 있었다고 하더군요. 그런데 지금은 200여 명은 족히 되는 숫자의 사내들이 모여 있습니다."

　"그자들의 정체가 뭔가? 대체 이 황량한 곳에서 뭘 하고 있지?"

　소인종이 궁금증을 참지 못하고 끼어들었다.

　"곳곳에 병장기가 눈에 띄는 것을 보면 평범한 농부들은 아니겠지요. 그들은 현재 버려진 폐가를 고치거나 새집을 짓고 있습니다."

　"흐음, 허허벌판 한가운데 비밀요새라도 만들 생각인가?"

무량진인이 낮게 중얼거렸다. 눈은 사마형을 향하고 있었다. 그의 생각이 궁금한 것이다.

여운도 또한 같은 마음이었던 모양이다.

"소군사가 보기에는 어떤가?"

"비밀리에 요새를 만든다고 보기에는 지형상의 이점이 전혀 없습니다. 보시다시피 사방 뻥 뚫린 벌판이고, 은폐물로 삼을 큰 바위나 숲도 없지 않습니까. 하지만 오히려 그걸 노린 것일 수도 있습니다."

"그걸 노렸다고?"

"예, 저 멀리 보이는 것이 이 일대에서 가장 험하다는 낭아산입니다. 그리고 신가촌과 낭아산 사이에는 관도가 놓여 있습니다. 석진부와 보정을 거쳐 개봉으로 이어지는 아주 중요한 길이지요. 신가촌과 낭아산이 양쪽에서 서로 호응을 한다면 그 관도를 손아귀에 넣을 수 있다는 뜻입니다. 적어도 한 번은 요긴하게 써먹을 수 있지 않겠습니까?"

"흐음……."

여기저기서 낮은 탄식이 흘러나왔다.

사마형의 말마따나 불리한 지형이기는 하지만, 그렇기에 허를 찌를 수 있는 발상이었다. 한 번 알려진 뒤에는 두 번 써먹기가 어려울 테지만 말이다.

"어떻게 하면 좋겠는가?"

여운도가 다시 사마형의 의견을 구했다.

사마형은 여운도의 물음에 대답을 하는 대신, 석도명에게 물었다.

"다른 특이한 점은 없었나?"

"마을 곳곳에 풀 더미가 잔뜩 쌓여 있는 게 좀 이상하더군요. 숫자도 100여 개가 될 것 같고, 그 하나하나가 어른 키보다 높습니다."

"흠, 아무래도 최후의 순간에 이곳을 불바다로 만들고 달아날 모양이로군."

사마형이 뭔가를 생각하더니 여운도를 마주보고 섰다.

"여기서 무한정 기다릴 수는 없다고 봅니다. 정면 돌파를 하는 게 어떨까 싶습니다."

"정면 돌파를 한다고? 그건 너무 성급하지 않을까? 더구나 적이 화공을 준비하고 있다면서."

무소진이 신중론을 펼쳤다. 화공이라면 혈랑애에서 끔찍하게 맛본 경험이 있다.

"사방이 탁 트여 있으니 화공은 걱정하지 않으셔도 됩니다. 아마 저들도 상대의 추격을 늦추는 것 외에는 크게 기대를 하지 않고 있을 겁니다. 마을이 채 완성되기 전에 공격을 하면 저들의 의도를 사전에 봉쇄하는 효과가 있겠지요. 그리고 저들을 잡아들여야 그 정체를 캐보지 않겠습니까?"

"흐흐, 마음에 드는 젊은이로군. 나 혼자서라도 들어가 볼 참이었는데 말이야."

이적행이 흡족한 표정을 지었다.

"선배가 가시면, 저도 따르겠습니다."

여운도가 이적행과 단둘이서라도 신가촌에 들어가겠다는 뜻을 밝혔다.

무량진인과 소인종이 무겁게 고개를 끄덕였다.

정황을 보아하니 천마협의 잔당을 찾아낼 가능성이 높았다. 여기에서도 십대문파가 아닌 다른 사람들이 공을 독차지하게 만들 수는 없었다.

여운도는 병력을 넷으로 나누었다. 사방에서 기습적으로 돌진해 들어감으로써 적의 퇴로를 봉쇄한다는 작전이었다.

세 무리의 사람들이 벌판을 크게 돌아가는 동안, 언덕 위에는 네 번째 무리가 돌격의 순간을 기다리고 있었다. 그들 사이로 한운영과 남궁설리, 그리고 앳된 얼굴의 소녀가 보였다.

"아, 너무 기대돼요. 석 소협의 신공을 드디어 볼 수 있는 건가요?"

모용맹의 금지옥엽이라는 모용혜린(貌容惠璘)이 설레는 음성으로 남궁설리에게 말을 걸었다.

"글쎄……."

남궁설리는 대답에 별로 성의를 보이지 않았다. 철없는 소녀가 분위기 파악을 너무 못한다고 생각했기 때문이다.

현재 별전대 일행에는 모용세가의 무사 10여 명이 섞여 있었다. 모용세가가 비록 무림맹에서 탈퇴는 하지만 영원히 친구로 남겠다는 의미에서 상징적으로 보내온 무사들이다. 그들은 모용세가의 이름이 아닌 개인 자격으로 무림맹에 들어갈 예정이었다.

그 일행에 모용맹의 막내아들인 모용강(貌容康)이 들어 있었다. 모용강이 목숨을 구원 받은 데 대한 순수한 감사의 의미로 따라나섰다면, 모용혜린은 무림맹에서 배필을 찾게 하려는 모용맹의 의지가 반영된 경우였다. 진천보와 뜻을 같이 하되 한쪽 발은 여전히 대륙에 걸쳐 놓겠다는 속내였다.

문제는 모용혜린이 무림맹에 도착하기도 전에 석도명에게 반해 버렸다는 점이다. 모용세가에서는 이미 석도명이 우상이나 다름없는 존재였으니 다른 사람은 눈에 차지 않는 게 당연했다.

말로만 듣던 석도명의 실력을 직접 볼 수 있을 것이라는 사실에 모용혜린은 아무것도 눈에 들어오지 않았다.

그렇게 좋아서 어쩔 줄 몰라 하는 모용혜린의 모습을 보면서 남궁설리가 속으로 혀를 찼다.

'쯧, 너 같은 철부지를 석 악사가 좋아할지 모르겠구나.'

남궁설리가 고개를 돌려 한운영을 바라봤다. 한운영은 아무런 내색도 하지 않은 채 먼 곳을 보고 있었다.

"그 검에 걸맞는 사람이 되어 달라는 제 부탁은 아직 유효합니다. 그리고 지금은 그렇게 될 거라고 믿고 있구요."

한운영이 검을 돌려주려고 했을 때 석도명은 그렇게 말하며 검을 받아주지 않았다.

한운영은 지금 그 말을 혼자 곱씹고 있었다.

누군가의 기대를 받고, 또 그걸 채우기 위해 노력한다는 것. 정말로 쉽지 않은 일이다.

한운영이 주먹을 움켜쥐었다. 말로 설명할 수 없는 무엇이 가슴에 가득 차올랐다.

*　　　*　　　*

신가촌을 깊숙이 치고 들어간 별전대의 움직임은 전광석화 같았다.

정체불명의 사내들은 별전대의 기습을 받자 우왕좌왕하며 마을 한복판으로 몰려들기에 급급했다.

200여 명이 고작 70명도 안 되는 별전대에 포위돼 어쩔 줄을 몰라하며 허둥댔다. 생각보다 너무나 싱거운 승부였다.

여운도와 이적행이 앞으로 나란히 걸어 나왔다.

"네놈들은 누구냐?"

신가촌의 우두머리로 보이는 사내가 검을 움켜쥔 채 두 사람을 향해 소리쳤다.

이적행이 코웃음을 쳤다.

"흥, 네놈들이 그걸 물을 처지가 아니지. 오히려 내가 알아봐야 할 게 있어."

이적행이 여운도에게 손을 내밀었다.

여운도가 품에서 승천패를 꺼내 이적행에게 건넸다. 그 물건의 출처를 캐는 게 먼저였다.

변고가 생긴 건 바로 그때였다.

여운도의 손에서 승천패를 집어 들던 이적행이 여운도의 손목을 잡아채면서 빙글 몸을 돌려 품안으로 파고 들었다. 그리고 왼손을 기묘하게 비틀어 여운도의 가슴을 찔렀다.

여운도가 황급히 몸을 틀어 가까스로 이적행의 손을 흘려보냈지만 가슴에 적잖은 충격을 입은 다음이었다.

"흑!"

여운도가 고통을 참지 못하고 허리를 꺾었다.

이적행이 여운도의 등에 다시 일장을 가했다. 바로 뒤에 서 있던 무소진의 검이 날아들지 않았더라면 여운도는 척추가 부러져 즉사를 했을 터였다.

무림맹 무사들이 놀라서 달려들자 그때까지 다소곳이 서 있던 이진매가 손을 털자 바늘 같은 암기가 퍼부어졌다.

무사들이 암기를 쳐내는 틈을 이용해 이적행과 이진매는 신가촌의 사내들 사이로 뛰어 들어갔다.

워낙 순식간에 벌어진 일이라, 다른 방향을 막고 있던 석도명이나, 무량진인 등은 손을 써볼 겨를이 없었다.

"왜…… 왜?"

여운도가 믿을 수 없다는 듯이 고개를 저었다.

천마협에게 부친을 잃었다는 공통점이 있었기에 이적행을 믿어 의심치 않았다. 그가 암습을 펼치리라고는 상상도 하지 못했다.

이적행이 스산하게 웃었다.

"흐흐, 나를 원망하지 말게. 자네가 먼저 나를 속였으니까."

"쿨럭, 그런 일 없소이다."

"크흐흐, 내가 천산을 이 잡듯이 뒤지고 다녔다는 사실을 잊지 말게. 세월이 가면 별걸 다 알게 되더란 말이지."

"……."

무슨 까닭인지 여운도는 붉게 충혈된 눈으로 이적행을 쏘아보기만 할뿐 말을 하지 않았다.

보다 못한 무량진인이 공격 명령을 내렸다.

"쳐라!"

별전대원들이 망설이지 않고 쳐들어갔다.

신가촌의 사내들이 둥글게 원진을 짠 채 별전대를 막아있다. 그리고 후미에 있던 사내들이 불화살을 쏘아대기 시작했다. 사마형이 예상했던 대로 풀 더미에 불을 붙여 화공을 펼치려는 시도였다.

슈욱, 슈우욱.

불화살이 날아가 사방에 펼쳐진 풀 더미에 떨어지는 것을 보면서 사마형이 이마를 찡그렸다.

사내들의 의도를 짐작할 수 없어서였다. 신가촌이 불바다가 되면 그 가운데 갇혀 있는 자신들이 가장 큰 피해를 볼 터였다. 자살을 감행하려는 게 아니라면 퇴로가 막힌 상태에서 어떻게 불을 놓는다는 말인가?

사마형의 두 눈이 의혹으로 물들었다.

"아차!"

사마형이 뭔가를 깨달았지만, 상황을 되돌리기에는 너무 늦은 상태였다.

펑, 퍼엉.

불이 붙은 풀 더미는 요란한 소리를 내면서 삽시간에 허물어졌다. 풀 더미가 떨어져 내린 자리마다 시커먼 돌탑이 모습을 드러냈다. 풀 더미는 순전히 돌탑을 가리기 위한 은폐물이었던 것이다.

돌탑이 하나씩 드러날 때마다 계속해서 폭음이 들리더니 갑자기 흙바람이 몰아치기 시작했다. 그리고 신가촌 전체가 자욱한 안개에 뒤덮였다.

그 안개 속에서 비명이 연이어 터졌다.

"으악!"

"으헉!"

조금 전까지 마을 복판에 몰려 있던 신가촌의 사내들이 순식간에 안개 속으로 모습을 감춰 버렸다.

별전대원들은 안개를 뚫고 날아드는 검과 화살을 정신없이 쳐내기에 바빴다.

"크흑, 진법이었어…… 진법……."

사마형이 고통스럽게 머리를 흔들었다.

지형이 너무 평탄한 바람에 방심한 것이 화근이었다. 고작 풀 더미로 눈속임을 할 것이라고는 상상도 하지 못했다. 상대를 너무 깔보고 방심에 방심을 거듭한 자기 자신을 자책할 수밖에 없었다.

오행금쇄진으로 천마협을 궤멸시킨 뒤 세상 사람들은 사마세가의 진법이 천하제일이라고 했다. 헌데 그 사마세가의 소가주인 자신이 이렇게 허무하게 진법에 걸릴 줄이야!

사마형이 넋을 잃고 허공을 바라봤다.

안개는 점점 짙어져 가고 있었다.

〈6권에서 계속〉